Das schweigende Klassenzimmer

Das Buch

Oktober 1956, Storkow in der Mark Brandenburg, nicht weit von Berlin: Es sollte eine kleine spontane Aktion sein, als das Gerücht umging, der Fußballstar Ferenc Puskás sei unter den Opfern der Niederschlagung des Aufstandes in Ungarn: fünf Minuten lang Schweigen mitten im Unterricht. Doch es wurde ein politischer Skandal, der das Leben von 15 Schülern, einer Schülerin und ihren Familien auf immer veränderte. Eine Flut von Untersuchungen, Verhören, Beschimpfungen und Drohungen brach über die jungen Leute herein. Standhaft weigerten sie sich, einen »Rädelsführer« zu benennen. Schließlich wurde die Klasse aufgelöst, die Abiturienten der Schule verwiesen. In West-Berlin trafen sich die meisten von ihnen als Flüchtlinge wieder – und blieben als Klasse zusammen bis zum Abitur.

Dietrich Garstka, einer der Schüler von damals, hat anhand seiner Erinnerung, vielen Interviews und Aktenfunden einen getreuen und aufrüttelnden Bericht der damaligen Ereignisse geschrieben – ohne Zorn, doch bewegend und lehrreich, wie es nur wahre Geschichten sein können.

Der Autor

Dietrich Garstka, geboren 1939, studierte Germanistik, Soziologie und Geographie in Köln und Bochum und war Gymnasiallehrer in Essen und Krefeld. Heute lebt er in Essen.

DIETRICH GARSTKA

Das schweigende Klassenzimmer

Eine wahre Geschichte über Mut, Zusammenhalt und den Kalten Krieg

List Taschenbuch

Besuchen Sie uns im Internet:
www.ullstein.de

Wir verpflichten uns zu Nachhaltigkeit

- Papiere aus nachhaltiger Waldwirtschaft und anderen kontrollierten Quellen
- Druckfarben auf pflanzlicher Basis
- ullstein.de/nachhaltigkeit

Der Verlag hat sich bemüht, sämtliche Rechteinhaber der Fotos ausfindig zu machen. Sollten weitere Ansprüche bestehen, bitten wir um freundliche Nachricht.

MIX
Papier | Fördert gute Waldnutzung
FSC® C083411
FSC www.fsc.org

Ungekürzte Ausgabe im List Taschenbuch
List ist ein Verlag der Ullstein Buchverlage GmbH, Berlin
1. Auflage Dezember 2007
10. Auflage 2024

Umschlaggestaltung und Konzeption:
RME Roland Eschlbeck und Kornelia Rumberg
(nach einer Vorlage von Büro Jorge Schmidt, München)
Titelabbildung: ullstein bild
Satz: LVD GmbH, Berlin
Gesetzt aus der Janson
Druck und Bindearbeiten: CPI books GmbH, Leck
ISBN 978-3-548-60769-6

Für unsere Mütter und Väter

Inhalt

1. Geheimsache Oberschule

Die Staatssicherheit ermittelt über eine Abiturklasse

Am 3. November 1956 tippt ein Oberfeldwebel in Frankfurt (Oder) auf die Tasten seiner Schreibmaschine. Er schreibt alle Wörter klein, auch die Überschrift: *besonderheiten*. Er verschreibt sich, drückt einen Buchstaben, der nicht passt, lässt ihn stehen, schreibt weiter, wieder falsch, auch diesen Fehler lässt er stehen, dann trifft er die richtigen Tasten.

Er schreibt von *einer 12. klasse in der oberschule in storkow*. Hinter seine vertippten Buchstaben setzt er: *kreis beeskow*. Der liegt weit im Osten der Deutschen Demokratischen Republik, 30 km nur von der polnischen Grenze, aber auch nur 70 km von Berlin entfernt. Eine Kaff-Gegend ist das. Die Dörfer, auch die kleinen Städte, ducken sich in den sanften Mulden, drücken sich eng zusammen auf den flachen Hügeln, die das mächtige Eis einst liegen gelassen hatte. Wasser und Sand, Sand und Wasser.

Ein Oberfeldwebel schreibt über eine Schulklasse. Sie habe *5 gedenkminuten fuer die gefallenen freiheitskaempfer der konterrevolution in ungarn eingelegt*.

Der Oberfeldwebel ist von besonderer Art. Er kämpft nicht mit der Waffe. Er ist *leiter der inform.-gruppe*. Er kürzt ab. So oft geschrieben, so sehr bekannt. Information, Informant.

Seine Welt ist die Nachricht, die er von denen, die er leitet, erhält. Und dann gibt er sie weiter. Er gibt Meldung ab. An die *fachabteilung sowie die bezirksleitung der partei*. Deshalb tippt er. Er kämpft mit dem Ohr, mit dem Auge. Er lauscht, er schaut. Er lässt lauschen, er lässt schauen. In die letzte Zeile, ganz unten auf der Seite, setzt er sein Zeichen: *mfs*, Ministerium für Staatssicherheit.

Er schreibt von einer Schulklasse in Storkow und von Ungarn. Storkow, noch kleiner als die Kreisstadt Beeskow, 25 km westlich von ihr, wo Straßen zu Stränden werden, wenn der Sand auseinanderfällt, weil es Tage nicht geregnet hat, wo die Wellen des Dolgensees durch das schaukelnde Schilf ans Ufer klatschen.

Und in Ungarn wird gekämpft, gegen die Herrschaft der Kommunisten, gegen die Rote Armee. Konterrevolution. Verwerflich, widerlich. Für diese Konterrevolutionäre hat eine 12. Klasse der Oberschule in Storkow fünf Gedenkminuten eingelegt. Auch verwerflich, aber noch mehr: unglaublich.

Der Oberfeldwebel notiert über die Gedenkminuten: *für die gefallenen Freiheitskämpfer der Konterrevolution.* Kurios. Weiß er, was er da zusammensetzt? Konterrevolution, das ist korrekt.

Aufstand gegen den Sozialismus kann nur Konterrevolution sein, nicht Revolution, weil Sozialismus Revolution ist. Aber die Konterrevolutionäre, die sind für ihn gefallene *freiheitskämpfer*.

Das geht doch nicht. Freiheitskämpfer, das sagt man im Westen, ein Modewort in diesen Tagen, aber eben im Westen, im faulen kapitalistischen Westen. Hat er zu viel West-Funk gehört, den RIAS, den SFB, den NWDR? Oder ist er so beeindruckt von dem Unfasslichen – eine Schulklasse ehrt den Feind –, dass ihm der Abstand zum verwerflichen Verhalten verlorengeht? Oder will er schreiben, wie die Schulklasse die Konterrevolutionäre bewertet? Aber so macht man das nicht. So ohne Distanz. Auch das noch: Er ehrt die Rebellen, sicher faschistisches Gesindel, sie sind *gefallen*, nicht erschossen, vernichtet, liquidiert.

Sein Text:

am 1.11.1956 hat die 12. klasse der oberschule in storkow f kres kreis beeskow 5 gedenkminuten fuer die gefallenen freiheitskaempfer der konterrevolution in ungarn eingelegt.
diese mitteilung ist noch nicht überprüft.
die fachabteilung sowie die bezirksleitung der partei erhielten in allen faellen mitteilung.[1]

Der Text des Oberfeldwebels wird von der informierten Stelle am selben Tag gelesen. Oben rechts ist mit Bleistift das Datum notiert: 3. 11. Am linken Rand ein dicker Strich mit Bleistift von oben nach unten gezogen, an seinem unteren Ende ein Querstrich: Bis hier im Text ist alles wichtig. Links neben dem Strich, mit demselben Bleistift geschrieben, schräg: *Oberschule.* Dazu ein Haken, eckig: Hier ist Wichtiges, Dringendes.

Drei Tage später erfolgt seine zweite Mitteilung. Wieder unter dem Vermerk *besonderheit:*

mit fs 3. 11. 1956 berichten wir, dass die 12. klasse der oberschule in storkow/beeskow 5 gedenkminuten fuer die gefallenen »freiheitskaempfer« der konterrevolution in ungarn einlegten.
die ueberpruefungen ergab eine bestaetigung dieser mitteilung.
70 prozent der eltern brachten zum ausdruck dass dieses eine dummheit der jugendlichen war. der andere teil der aeusserte sich nicht dazu.
bisher wurde nichts bekannt, dass es heute Mittag zu der durchfuehrung der gedenkminute kam.[2]

Er setzt die Freiheitskämpfer in Anführungsstriche. Aha, er zitiert, Distanz ist ausgedrückt. Andere sagen Freiheitskämpfer, nicht er. Er hat sich gegen die anderen definiert, das Ereignis ist geordnet. Und dann lauschen und schauen: Er hat überprüfen lassen. Die Eltern der Schüler sind ihm wichtig. Er notiert ihre Bewertung. Woher kennt er so schnell die Prozentzahlen?

Eine lange Pause von sieben Wochen. Am 20. Dezember 1956 schreibt der Oberfeldwebel wieder über die unbotmäßige Schulklasse aus Storkow. Warum erst nach sieben Wochen? Sah er keinen Bedarf nach weiterer Untersuchung? Bei solch einem Fall? Da hätte er doch müssen, da wäre er doch gefordert ... Seine Mitteilung ist jetzt eine Seite lang, Überschrift *besondere ereignisse*. Am Rand wieder die Schrift mit dem Bleistift: *Eilt!*, eingerahmt mit zwei Strichen oberhalb und unterhalb. Darunter eine *V*, das ist eine Abteilung in der Stasi-Zentrale. Unter V eine energische schräge Handschrift mit Bleistift: »mit (unleserlich) in Verbindung setzen!« Die Dramatik der Randbemerkung streicht sich in den Text hinein, er ist mit Bleistift unterstrichen:

auf grund der vorkommnisse an der oberschule in storkow (siehe informationsbericht v. 3. 11. 56) wo schweigeminuten durchgefuehrt wurden, fuehrte in der vergangenen woche der genosse minister Lange eine aussprache mit den lehrern und schuelern durch, wobei er den termin stellte, dass bis zum 21. 12. 56 der oder die betreddnn betreffenden schueler festgestellt werden sollen, welche die schweigeminuten organisiert haben. sollte dieses nicht bis zu diesem termin geklaert sein, dann wird der gesamten klasse das weitere studium untersagt.[3]

Ein Minister in der Klasse. Rädelsführer wird gesucht. Ultimatum. Schulverweis. Sperrig stellt sich sein spröder Ausdruck gegen die Dramatik des Geschehens.

Nun aber hat er es eilig. Nach nur zwei Tagen, am 22. Dezember 1956, schreibt der Oberfeldwebel noch einmal, jetzt ein Finale:

nach mitteilung der kd beeskow hat der minister gen. Lange angeordnet, dasz die 12. klasse aufgeloest ist und keiner der schueler dasz abetur somit ablegen kann.

Entlassung? Die ganze Klasse? Er erklärt:

> *von seiten der partei in verbindung mit dem volksbilduns ministerionn m inisterium wurde alles unternommen, die schueler zu bewegen, über ihre schlechte haltung rechenschaftabzulegen. jedoch lieszen sich die schueler nicht damit ein.*[4]

Noch immer sammelt er falsch getippte Buchstaben. Sein Ton: nüchtern, sachlich, distanziert, nichts von *besonderheiten*. Abiturklasse, schlechte Haltung, Entlassung.

Eine Geschichte ist zu erzählen von einer Schulklasse, von 5 Mädchen und 15 Jungen, 17 oder 18 Jahre alt, die wegen ihrer *schlechten Haltung*, von der sie nicht lassen wollen, die große Politik in ihre kleine Schule zwingen, und erleben müssen, wie das ist, wenn man Diktatoren reizt.

2. Stalin fällt um

Wir hören vom Aufstand der Ungarn

Wir waren 1956 die Abiturklasse, die 12. Klasse, 5 Mädchen, 15 Jungen, an der Kurt-Steffelbauer-Oberschule in Storkow, einer kleinen Stadt mit etwa 5000 Einwohnern in der Mark Brandenburg, damals Bezirk Frankfurt (Oder), eine Stunde mit dem Zug oder mit dem Auto von der Berliner Mitte entfernt.

Im Oktober 1956 sendete der verbotene RIAS aufregende Nachrichten, die unseren Schulalltag durcheinanderbrachten. Gespannt hingen wir an den Rundfunkgeräten.

RIAS, 24. 10. 1956, Nachricht:

Tausende und Abertausende Studenten, Arbeiter und Soldaten demonstrieren seit gestern Abend für Freiheit und Unabhängigkeit ihres Landes. Mit (...) der ungarischen Fahne und Spruchbändern, auf denen zu lesen stand, (...): »Schickt die Rote Armee nach Hause« und »Wir fordern freie und geheime Wahlen«, zogen die Demonstranten durch die Straßen. Später stürmten sie Parteibüros und öffentliche Gebäude. Sicherheitstruppen stellten sich ihnen entgegen und verwickelten die Demonstranten in blutige Kämpfe. Regierung und Politbüro der Kommunistischen Partei Ungarns wurden unter dem Druck der Ereignisse umgebildet. Imre Nagy, erst kürzlich von dem Vorwurf des Titoismus rehabilitiert, trat wieder an die Spitze von Partei und Regierung. Über den Rundfunk erließ die Regierung Aufrufe an die Bevölkerung, die zur Ruhe mahnen. Als die Lage sich dennoch zu-

spitzte, griffen sowjetische Truppen auf Bitte des neuen Ministerpräsidenten in die Kämpfe ein.[5]

RIAS, 24. 10. 1956, Gespräch:

Der Kampf der Ungarn, der revolutionäre, ist das ein Kampf für Freiheit und Gerechtigkeit?
Ja, Ungarn war ja jahrhundertelang die Bastei gegen den Osten. Und wird auch immer die Osten-Bastei sein. Schauen Sie, wenn wir nun das nehmen, die Glocken läuten. Warum läuten die Glocken in den Mittagsstunden? Weil, Ungarn hat die türkische Macht damals zurückgeschlagen, und jetzt steht Ungarn auch fest, felsenfest. Und vergessen Sie nicht, damals waren die Russen nach Westen marschiert, in diesem kleinen Budapest waren sie drei Monate. Und jetzt? Sie kennen meine Leute nicht. Die werden jetzt kämpfen bis zu dem letzten Blutstropfen, bis zu dem letzten Mann, weil, die werden das nie vergessen, das geistige Blutbad, was die Russen angerichtet haben und diese ganze Besatzung, was die Russen gemacht haben.

RIAS, 27. 10. 1956, Kommentar:

Mit Phosphor-Granaten schossen die Sowjets gestern in die Arbeiterviertel Budapests. Mit Panzern rückten sie gegen Betriebe vor, in denen die Arbeiter die ungarische Revolution gegen den Angriff der sowjetischen Reaktion verteidigten (...) Die sowjetischen Divisionen, deren Panzer gegen Budapester Arbeiter eingesetzt wurden, eröffneten das Feuer im Namen einer Arbeiter- und Bauernmacht, und ihre erste Amtshandlung war die Gründung einer sogenannten Arbeiter- und Bauernregierung.
Auch das ist schon einmal geschehen. Nach 1945, als die sowjetische Armee zum ersten Mal in Ungarn einmarschierte, als die Polit-Offiziere und die Instrukteure mit der Gründung der Volksrepublik Ungarn begann. Es hat keine Arbeiter gegeben, die für die Volksrepublik Ungarn in den Streik oder auf die Straße

gingen. Was die Arbeiter für diese sogenannte Volksrepublik empfanden, war Hass und Empörung, sie hassten diesen Staat, der vorgab in ihrem Namen zu regieren (...) Aber als sie es wagten, Forderungen zu stellen, da ließen die sowjetischen Generale ihre Soldaten auf sie schießen. Wo gibt es in sogenannten kapitalistischen Ländern Generale, die im Auftrag einer Partei oder einer Wirtschaftsgruppe so gegen Arbeiter vorgehen könnten?

Es ging um Ungarn. Bewaffneter Aufstand. Gegen das sozialistische Regime, gegen die Diktatur, und dann gegen die Sowjetarmee. Drei Jahre zuvor, am 17. Juni 1953, hatten wir den Aufstand deutscher Arbeiter erlebt, auch in Storkow. In der Schuhfabrik wurde gestreikt. Im Arbeiter- und Bauernstaat war Streiken verboten, weil konterrevolutionär. Arbeiter streiken gegen Kapitalisten, nicht aber gegen Sozialisten, gegen den Staat, in dem der Sozialismus aufgebaut wird, für die Arbeiter und mit den Arbeitern. Wir hatten beobachtet, wie die Polizei und der Staatssicherheitsdienst die Streikführer im Betriebsgelände der Schuhfabrik an der Lebuser Straße festnahmen, durch das Tor in bereitstehende Wagen zerrten, vorbei an den Arbeiterinnen und Arbeitern, die durch Gewehrläufe, die auf sie gerichtet waren, daran gehindert wurden, ihre Kollegen aus den Griffen dieser Ordnungshüter zu befreien.

Und nun, drei Jahre später, Ungarn. Wir verstanden sofort, dort war mehr los als damals bei uns. Die Ungarn kämpften mit Waffen. Es war wie David gegen Goliath, das kleine Ungarn, 500 km von West nach Ost und 300 km von Nord nach Süd, gegen das größte Land der Erde, 9000 km von West nach Ost, 3000 km von Nord nach Süd. So stellten wir uns das Verhältnis zwischen diesen beiden Staaten vor. Wir sahen keine Bilder, Fernsehen gab es nicht. Wir hörten Radio, RIAS. Aus den Worten machten wir Bilder in unseren Köpfen. Wir begeisterten uns für die Ungarn. Hier stand ein ganzes Volk auf. Es entschied sich für den bewaffneten Aufstand. Die Besatzungsmacht sollte raus, das elektrisierte uns.

RIAS, 27. 10. 1956, Interview mit einer geflüchteten Ungarin:

Sie glauben, dass es besser ist, seine Heimat zu verlassen, als unter den Russen zu leben?
Natürlich, es ist ja schwer, die Heimat zu verlassen, mein Herr, nicht wahr!
Es ist entsetzlich, aber unter den Russen zu leben, das ist viel, viel fürchterlicher.
Sie kennen die Russen?
Wir kennen sie. Wir haben das schon mitgemacht, einmal.
Haben Sie Angst, dass die Russen eventuell Vergeltung üben könnten?
Wir haben Angst. Wir haben Angst, bitte. Eine Riesenangst haben wir sogar, ja. Denn wir kennen sie.

RIAS, 29. 10. 1956, Reportage:

Es war eine wunderschöne Demonstration. Die jungen Kerle haben den Zug angefangen.
Die Studenten?
Auch die kleinen Buben, die 13-jährigen, die 14-jährigen. Mit denen hat's angefangen. Sie haben Fackeln (...) getragen, haben die roten Fahnen in die Donau geschmissen. Und sind so gezogen, nicht wahr. Inzwischen ist eine Deputation zum Radio und hat, ich weiß nicht, hat Gerö [Erster Sekretär der kommunistischen Partei der ungarischen Werktätigen] zur Verantwortung ziehen wollen. Der hat inzwischen eine Rede gehalten. Und dort hat man vier Studenten abgeschossen.
Wer hat zuerst geschossen?
Die AVH [Staatssicherheitsdienst]. Als die Demonstranten ins Funkhaus kamen.
Bei dieser Demonstration?
Nicht bei der Demonstration, die ins Radio eingedrungen sind. Man hat sie hineingelassen.
Wer hat zuerst geschossen?
Die AVH.

Die AVH hat zuerst geschossen, als die Demonstranten ins Funkhaus kamen?
Ja, dann sind sie mit Bomben, diesen, no, wie sagt man, Tränenbomben gekommen.
Tränengas?
Tränengas gekommen. Und dann hat's erst angefangen. Die zweite Provokation war vor Stalin.
Denkmal.
Denkmal, ja. Dort haben sie schon wieder in die Menge hineingeschossen.
In die unbewaffnete Menge?
In die unbewaffnete Menge (...)
Es steht eindeutig fest, dass die AVH zuerst geschossen hat?
Das ist ganz bestimmt, das ist ganz bestimmt. Natürlich war dann die AVH sehr, sehr, wie soll ich sagen, gemein, weil sie am Abend dann auf der Gasse so auf die Leute geschossen haben, dass sie gar nicht gewusst haben, warum. Ganz grundlos.

Wir alle hörten RIAS. Das war der Rundfunk im amerikanischen Sektor von Berlin, der Sender der amerikanischen Besatzungsmacht. Noch heute fallen ehemaligen Genossen Abwertungen aus dem Kopf, wenn sie von diesem Sender sprechen: ein schlimmer Sender, ein Hetzsender, ein Falschmelder. Die Initialen des Senders wurden entsprechend anders gefüllt: *R*undfunk *i*m *A*mi-*S*old oder: *R*evolverhelden, *I*ntriganten, *A*genten, *S*aboteure.

RIAS hören war verboten: »Volksverhetzung.« Deshalb funktionierte der Mechanismus des Ausschaltens. Bevor man das Radio ausschaltete, stellte man einen DDR-Sender ein. Wenn undurchsichtiger Besuch aus dem Gespräch heraus erklärte, jetzt einmal eben die Nachrichten hören zu wollen, schaltete er das Radio ein und hörte, welcher Sender eingestellt war. Schnell war man als Westhörer identifiziert. Weil die Funktionäre wussten, dass Millionen den RIAS hörten, legten sie auf seine Frequenz ein nervendes Band von störenden Geräuschen. Wir hörten trotzdem. Wenn wir im Internat RIAS hörten, stellten wir vor der Zimmertür eine Wache auf, wir trauten den jüngeren Schülern nicht.

Es gab eine Kultsendung, nur kurz, aber jeden Tag, abends um 18.00 Uhr, später nur noch jeden Sonntag um 12.00 Uhr. Sie begann mit dem Läuten der Freiheitsglocke. Diese Glocke war ein Geschenk der USA an Berlin, sie hing – und hängt – im Glockenturm des Schöneberger Rathauses, Sitz des Regierenden Bürgermeisters von West-Berlin. Und dann sprach die Stimme:

> *Ich glaube an die Unantastbarkeit und die Würde jedes einzelnen Menschen. Ich glaube, dass allen Menschen von Gott das gleiche Recht auf Freiheit gegeben wurde. Ich verspreche, jedem Angriff auf die Freiheit und der Tyrannei Widerstand zu leisten, wo immer sie auftreten möge.*

Das sollte ein Hetzsender sein? Diese Worte erhoben uns. Vielleicht kamen sie in Westdeutschland als Phrasen an. Uns trafen sie. Wir wurden in der Schule aus dem Geist des Humanismus erzogen, kulturelles Erbe der Klassik nannte man das. Jedoch unterschied sich unser Alltag in der DDR deutlich von ihm. Humanismus war Politisierung für den Sozialismus, in dem der Einzelne nur ernst genommen wurde, wenn er gehorchte: den Funktionären, der Partei, der FDJ. Die Kult-Worte des RIAS wirkten nie verbraucht, obwohl sie jeden Tag gesendet wurden, weil unsere verbogene »Humanisierung« auch nie aufhörte. So lebten wir im Fieber aufgeregter ideologischer Hochwertigkeit.

RIAS, 30. 10. 1956

Außerordentliche Sitzung des Abgeordnetenhauses von West-Berlin, Rede des Präsidenten Willy Brandt. Während der folgenden Sätze ertönte die Freiheitsglocke:

Ich glaube, dass ich einem Gefühl des gesamten Hauses und der gesamten Bevölkerung Ausdruck verleihen darf, wenn ich sage, wir verneigen uns vor den Opfern des Kampfes für Freiheit und Frieden und Selbstbestimmung der Völker. Vor den Arbeitern, Bauern und Studenten von der Frankfurter Allee in Berlin bis Posen und Budapest und bekunden unseren unbeugsamen Willen, dass auch unser eigenes Land mit seiner Hauptstadt Berlin in Freiheit wieder vereinigt werden muss.

RIAS, 29. 10. 1956
Aufruf von Otto Suhr, Regierender Bürgermeister von West-Berlin:

(...) Ebenso wie die Unfreiheit ist auch die Freiheit nicht teilbar. Und was in Ost-Berlin vor drei Jahren begann, was sich über Posen und Warschau jetzt nach Budapest fortsetzte, könnte eines Tages über Prag und Leipzig nach Ost-Berlin zurückkehren (...) Die Flamme der Freiheit lässt sich nicht ersticken. Sie wird weiterbrennen, weiter um sich greifen, und der Tag wird kommen, an dem Recht und Freiheit siegen.

Das traf. Wir im Osten, in der sowjetisch besetzten Zone, in der »Zone«, waren gemeint. Wir hatten einen Traum, auch wir Mädchen und Jungen, von Freiheit, der auch der Traum von der Einheit war. Wenn Otto Suhr von der Flamme der Freiheit, Willy Brandt vom unbeugsamen Willen zur Freiheit und Einheit sprachen, wuchsen Freiheit und Einheit zum Gefühl der Sehnsucht in uns. Die Ungarn kämpften für diese Sehnsucht. Sie waren unsere Helden, die den Mut hatten, sich gegen die imperialistische Sowjetunion zu erheben.

*

Warum fühlten und dachten wir jungen Menschen von 17, 18 Jahren antisowjetisch, oder einfacher, antirussisch? Öffentlich durften wir das Wort Russe gar nicht gebrauchen. Der Russe war nur ein Teil des Vielvölkerstaates der Sowjetunion. Wir mussten sagen: Sowjetmensch. Und der Sowjetmensch, mussten wir sagen, lebe in dem Sowjetvolk, dem ruhmreichen. Die Sowjetmenschen wussten alles besser, sie konnten alles besser, so jedenfalls verstanden wir als Jugendliche unsere Belehrungen. Man stahl uns die Geltung unserer eigenen Geschichte. Unter uns sagten wir nur Russe oder Russki oder übernahmen die Landsersprache des Zweiten Weltkrieges, indem wir vom Iwan sprachen.

Beim Einmarsch der Roten Armee waren wir sechs oder sieben Jahre alt. Als Befreier erlebten wir die Soldaten nicht. Wir alle trugen Erinnerungen mit uns, die dem Bild vom Sowjetmenschen widersprachen, und weil über dieses Bild öffentlich nicht gesprochen werden durfte, richteten wir uns in zwei Kammern unseres Bewusstseins ein: Was wir erlebt oder gehört hatten und was wir sagen sollten. In unserem Gedächtnis dämmern noch heute Bilder unserer Begegnungen mit sowjetischen Soldaten.

Gisela erzählt:

Wir hatten uns beim Einmarsch der Roten Armee in den Wald zurückgezogen. In einem Erdloch suchten wir Schutz. Es war mit Baumstämmen, auf denen Laub gestreut war, überdacht. Meine Mutter lag ganz unten auf dem Boden, unter dem Federbett, so konnte sie keiner sehen. Sie musste sich krümmen, das Loch war eng. Auf dem Federbett saßen meine Großmutter und ich. Die Russen kamen. Sie schauten rein und gingen weiter. Sie suchten deutsche Soldaten, die sich in diesen Erdlöchern versteckt hielten. Dann kam ein Soldat mit einer vorgehaltenen Kalaschnikow. Er stieg in das Loch rein. Ich bekam Angst. Ich schrie: Mama! Meine Mutter hob den Arm, sie wollte mir helfen. Meine Großmutter schlug ihr den Arm nach unten. Der Soldat stellte sich mit dem MG vor das Loch. Er blieb die ganze Nacht. Ich hatte das Gefühl, er steht für uns Wache gegen andere Soldaten, die den Wald durchstöberten auf der Suche nach Frauen. Er gab meiner Groß-

mutter einen Bonbon: Essen, gutt. Sie nahm ihn ängstlich in den Mund. Als er sich etwas entfernt hatte, spuckte sie ihn aus, sie hatte Angst vor Vergiftung.

Gertraud erzählt:

Wir kamen aus Groß Eichholz aus dem Wald nach Bugk zurück. Als wir schlafen gingen, legten sich die Frauen zuerst ins Bett, die Kinder legten sich auf die Frauen und schauten oben mit dem Kopf heraus. Im Untergeschoss hielten sich viele Russen auf, sie kochten, wir Kinder kriegten etwas ab. In der Scheune hatten die Russen Vieh zusammengetrieben. Als sie abzogen, ließ ein älterer Offizier für uns eine Kuh und ein Kalb zurück, er sagte: Milch für Kinder.

Bernd-Jürgen erzählt:

Was nachts geschah, das wussten wir Kinder. Wir hörten es ja. Wir Kinder mussten am Tag aus den Kellern raus und in Eimern Modder, dreckige, schlammige Erde, holen. Damit schmierten sich die Frauen ein. Einmal wollten sie meine Mutter mitnehmen. Meine Großmutter legte sich auf sie. Mit dem Gewehrkolben haben sie ihr den Schädel blutig geschlagen. Dann ließen sie von ihr ab. Wir kamen nach Cottbus, wir wohnten hier bei der Schwester meines Vaters. Wir Kinder mussten betteln gehen oder klauen, wenn wir nicht verhungern wollten. Auf dem Flughafen strichen die Russen deutsche Flugzeuge für den eigenen Gebrauch neu an. Ich durfte zuschauen. Hier war auch was zu holen. Ich ging mit einer leichten Milchkanne aus Blech auf das Gelände, die Soldaten mochten mich, ich war ein kleines Kerlchen mit schwarzen Haaren. Sie schütteten mir graue Grütze in die Blechkanne und gaben mir dazu schwarzes Brot. Prima. Als ich aber aus dem Gelände herauskam, standen größere Jungen da und haben mir das Essen weggenommen. Das passierte oft.

Dietrich erzählt:

Wir gingen auf der Landstraße, meine Mutter, mein Bruder Wilfried, Rainer lag im Kinderwagen; wir hatten den Wald ver-

lassen, in dem wir uns vor den Russen versteckt hatten, und wollten nach Hause. Ein sowjetischer Militärlastwagen fuhr an uns vorbei, stoppte, aus dem Seitenfenster schaute eine Soldatin zu uns zurück. Als wir sie erreicht hatten, hielt sie eine Puppe aus dem Wagen, reichte sie meiner Mutter und sagte in hartem russischen Akzent: Chirr, deitsche Mutterr. Zu Hause dann die Zerstörung, die Dinge zerschlagen, zerrissen, aus dem Fenster geworfen.

Bedrohung und Angst, Fürsorge und Freude, der Besatzer hinterließ ein doppeltes Bild in uns. Weil aber die Erwachsenen nur die Bedrohung und die Angst kannten, dominierten diese Bilder in uns. Die ängstliche Vorsicht wurden wir nicht los. Sie war die Besatzungsmacht in uns selbst.

Von ihrer Wirkung erzählt Dietrich:

Es war im Sommer 1952, ich war 13 Jahr alt. Wir Fahrschüler aus Lindenberg saßen in der Bahnhofsgaststätte von Beeskow, zum Lochbillard reichte das Geld nicht mehr. Unserem Tisch gegenüber saß ein sowjetischer Offizier mit zwei Soldaten. Auf unserem Tisch stand eine Schale mit steinharten Erbsen. Wer traut sich, eine Handvoll von diesen Erbsen auf den Russentisch zu schmeißen? Zögern, eigentlich nicht ernst gemeint. Ich erinnerte mich, was am Tag zuvor in dieser Gaststätte los war. Ein russischer Soldat war in den Gastraum völlig betrunken hereingetorkelt, brüllte irgendetwas Unverständliches, schleppte sich an die einzelnen Tische, von denen die Gäste aufgestanden waren und sich an die Wand gedrückt hatten. Keiner wagte mit dem Soldaten zu reden, seine Aggression wurde hingenommen. Daran dachte ich, nahm die Erbsen und schmiss sie auf den Russentisch. Ich rannte nach draußen, hörte sie noch auf die Tischplatte ticken, an die Gläser klirren, aber ich kam nicht weit, nach ca. 100 Metern wurde ich festgehalten, umgedreht und sah in das Gesicht des Offiziers, jung, klug, fast melancholisch. Er ließ mich los und fragte: Warum machst du das? Ich hatte nur noch Angst. Es vergingen Sekunden. Warum machst du das?, wiederholte er. In seinem Gesicht keine Aggression, im Gegenteil, Trauer. Schließlich erzählte ich die Geschichte vom letzten Tag. War ich das?, fragte er. Nein. Lebt dein

Vater noch? Ja. Ist er Faschist? Bist du Faschist? Mein Bruder ist tot, von Deutschen getötet. Soll ich dich erschießen? Denke mehr nach. Er drehte sich um und ging zum Bahnhof zurück, ich verdrückte mich in Richtung Innenstadt. Ich erzählte niemandem davon.

Die Beschämung saß. Sie verhinderte aber nicht das Denken in den zwei Kammern.

*

Eine Nachricht aus Budapest faszinierte uns besonders. Stalin war umgefallen:

Auf dem Stalinplatz glich die Szene mehr einem großen Volksfest. Gegen zehn Uhr abends gelang es der Menge endlich, das acht Meter hohe Stalinstandbild umzureißen. Nur die beiden Stiefel blieben auf dem Sockel stehen, und in einen Stiefel stellte man eine schon schwer mitgenommene ungarische Fahne. Das Standbild selbst wurde mit einem Lastwagen über die Stalinstraße, die Hauptstraße der Stadt, geschleift.[6]

Stalin war allgegenwärtig. Er war von göttlicher Omnipotenz. Immer wieder hatten wir von seiner unvergleichlichen Größe gehört, sodass wir schon anfingen, Stolz zu fühlen, dass dieser Mann in seiner Weisheit das ganze sozialistische Lager führte. Aber er war auch der Albtraum. Er war die Besatzungsmacht. Wir sahen, wie die Waggons in Richtung Osten fuhren, wir hörten, wie die Räder dumpf auf die Stöße der Gleise schlugen, die Waggons waren voll. Wir sahen auch, wie die Waggons aus dem Osten kamen, die Räder klapperten hell über die Stöße, sie waren leer. Ausbeutung sagten die Älteren. Unsere Grundschullehrer sagten nichts dazu. Sie hätten es uns erklären können. Tabu. Sie ließen uns zurück in unseren zwei Kammern im Kopf. Angst vor Verschleppung wegen Sabotage, wegen eines offenen Wortes, wegen westlicher Gesinnung bestimmte die Atmosphäre, wenn es um die Besatzer – und im Hintergrund um Stalin – ging.

Ein Beispiel des Stalin-Götzendienstes: Dietrichs Vater wurde in seinem Mathematikunterricht auf der Berufsschule in Storkow von zwei Vertretern der Volksbildung des Kreises Beeskow besucht. In der Nachbesprechung wurde die Unterrichtsstunde gelobt, aber: Wo ist der Bezug zur Gegenwart? Erstaunen des Lehrers: In Mathematik? Antwort: Sie hätten erklären müssen, dass, wenn Stalin nicht ein großer Mathematiker wäre, der Aufbau des Sozialismus so nicht möglich gewesen wäre.

20 Kilometer östlich von uns wurde die »erste sozialistische Stadt Deutschlands« erbaut, mit dem Namen Stalinstadt. Unser Klassenlehrer fuhr mit uns auf die Großbaustelle, wir waren beeindruckt. In Berlin wurde, als Symbol des neuen, sozialistischen Berlin immer wieder propagandistisch gepriesen, die »Stalinallee« gebaut. Wir Schüler sangen Loblieder auf Stalin, die wir in der Grundschule gelernt hatten. In dem Marschlied »Stalin steht mit uns auf Wacht«, getextet von Paul Wiens, sangen wir:

Nun, da der Nebel wich,
Jugend, erhebe dich;
siege das Stalinsche Wort:
Friede dem Morgenland,
Friede dem Abendland,
Friede dem Süd und dem Nord!
(…)
Nun, da die Sonne scheint,
Heimatland, sei vereint!
Banne die Schatten der Nacht!
Stalin, die klare Sicht,
Stalin, das Morgenlicht,
Stalin steht mit uns auf Wacht![7]

Das »Lehrbuch für den Geschichtsunterricht, 8. Schuljahr, von der Oktoberrevolution bis zum Aufbau der DDR«, Volk und Wissen Volkseigener Verlag Berlin, 1953, das alle Schüler der DDR in den fünfziger Jahren durchzuarbeiten hatten, enthielt am Anfang zwei ganzseitige Fotos, eins von Lenin, eins von Stalin. Im Buch selbst waren viele sowjetische Gemälde abgebildet, auf denen Stalin stets in der Haltung des Führers, der die Richtung des Handelns bestimmte, abgebildet war, selbst wenn Lenin vor ihm stand oder saß. Stalin war alles:

Stalin, der Retter der jungen Sowjetunion im Kampf gegen die Interventionsarmeen, auf Seite 44:

Zu Tausenden reihten sich die Arbeiter und Bauern in die Rote Armee ein, die unter Stalins Leitung geschaffen wurde.

Wir mussten das glauben, weil wir nicht wussten, dass Trotzki die Rote Armee geschaffen hatte.

Stalin, der große Wirtschaftsführer, auf Seite 61:

Stalin arbeitete den 1. Fünfjahrplan aus, der am 1. Oktober 1928 begann.

Stalin, der hervorragende Wissenschaftler, auf Seite 74:

Im Jahre 1938 erschien das hervorragende wissenschaftliche Werk Stalins »Die Geschichte der Kommunistischen Partei der Sowjetunion (Bolschewiki). Kurzer Lehrgang«.

Stalin, der größte Jurist, auf Seite 83:

Die Stalinsche Verfassung steht hoch über allen Verfassungen der Länder, in denen die Imperialisten ihre Herrschaft in Form der bürgerlichen Demokratie ausüben; denn sie garantiert den Werktätigen ihre Rechte.

Stalin, der heldenhafte Kriegsführer, auf Seite 257:

Den größten Anteil an der Befreiung der Welt vom Faschismus hatten die heldenhaften Menschen der Sowjetunion, ihre Soldaten, ihre Wissenschaftler, Arbeiter und Bauern unter Führung der Partei der Bolschewiki und ihres großen Führers Stalin. Nichts kann die Bedeutung dieses Kampfes besser kennzeichnen als die Worte Stalins …

Stalin, der visionäre Volksführer, auf Seite 263:

Unter der Führung Stalins hat das Sowjetvolk in der Zeit des ersten Nachkriegsfünfjahrplans den Weg zum Kommunismus beschritten.

Stalin, der Herrscher über die Natur, auf Seite 265:

Die UdSSR verfügt über unermessliche Rohstoffquellen und Naturreichtümer. Durch den Stalinschen Plan zur Umgestaltung der Natur werden diese Schätze umfassender als je zuvor zum Wohle des Menschen ausgenutzt. Und: *Diese gewaltigen Stalinschen Großbauten werden insgesamt ein Gebiet von 28,5 Millionen Hektar bewässern und für den Menschen nutzbar machen.*

Stalin, der Volksfreund, auf Seite 334:

Am 13. Oktober 1949 richtete Josef Wissarionowitsch Stalin, der beste Freund des deutschen Volkes, ein Telegramm an das deutsche Volk und seine Regierung, in dem er die Gründung der Deutschen Demokratischen Republik als einen Wendepunkt in der Geschichte Europas bezeichnete.

*

Unsere Wahrnehmung des ungarischen Aufstandes war punktuell. Von den großen Zusammenhängen der Entstalinisierung seit der Geheimrede Chruschtschows vom Februar 1956, in der er den Götzen Stalin entthront hatte, wussten wir nicht viel. Wir hatten aber erlebt, wie Genossen, die vor ihrem heiligen Stalin gebeugt durch ihr Leben krochen, anfingen, ihn zu relativieren, dann zu kritisieren. Menschen mit Maskierungen. Unser Problem war: Diese Wechsler vertraten ihre Positionen vorher wie nachher mit solcher dogmatischen Entschiedenheit, dass in uns nur ein desillusioniertes Staunen zurückblieb. Wir glaubten ihnen noch weniger als vorher. Wir brannten für den ungarischen Aufstand. In ihm wurde so vieles gesagt und auch getan. Wir hielten es für die Wahrheit. Bei uns, in der Schule, in den Zeitungen, im Rundfunk, auf Veranstaltungen mutierte das verlogene Dogma. Seine Geltung war so entschieden, dass auch das Gegenteil von ihm galt. Wer früher Stalinist war, war jetzt eben keiner mehr. Die Sklavensprache der taktierenden Anpassung, der blendenden Täuschung etablierte sich als Sprache der dogmatischen Herrschaft. Der ungarische Aufstand machte in uns Jugendlichen lebendig, dass Menschen für die eigene Identität, für ihre Würde kämpfen können. Wir fühlten aber auch wieder deutlich, wie ohnmächtig alle diese Versuche waren, die fremde sowjetische Diktatur zu beseitigen.

Die Zahlen der ungarischen Niederlage erfuhren wir viel später: 2700 getötet, 12 000 verwundet, 350 »Verräter« hingerichtet, 35 000 eingesperrt, 200 000 in den Westen geflüchtet.

3. Nichts als Schweigen

Wir protestieren gegen die Niederschlagung des ungarischen Freiheitskampfes

Es war Montag, der 29. Oktober 1956, in der ersten großen Pause vor dem Geschichtsunterricht bei Werner Mogel. Wir standen in Gruppen im sogenannten Stufenraum, der eigentlich vorgesehen war für Physik und Chemie. Wir redeten über das, was wir aus Ungarn gehört hatten. Staunen, Begeisterung, Trauer, Wut mischten sich zum emotionalen Durcheinander. Vorne zwischen dem Experimentiertisch und der ersten Bankreihe standen Karsten, Horst Z., Bernd-Jürgen und Dietrich. Hans-Jürgen kam, wie so oft, als Letzter in den Raum, warf die Tasche auf seine Bank in der zweiten Fensterreihe und stellte sich zur Gruppe nach vorne, hörte zu und teilte dann für alle im Raum laut genug mit, im RIAS habe man dazu aufgerufen, Schweigeminuten durchzuführen, als Gedenken und Protest der vielen Toten wegen. Hans-Jürgen war der beständigste Hörer des RIAS.

Dietrich, dicht bei Hans-Jürgen und Karsten stehend, reagierte direkt, wie nebenbei und nur für die beiden neben ihm verständlich: Das machen wir auch. Der Appell elektrisierte die vordere Gruppe, flüsterte sich durch die Reihen nach oben und verstummte, bevor ihn alle verstanden hatten, denn der Lehrer bewegte sich schon in Hörweite auf uns zu. Aber wie und wann? Jetzt gleich, in der nächsten Stunde. Geschichte bei Werner Mogel, FDJ-Sekretär und Parteisekretär der Schule. Das passte. Aber die Stunde begann gleich, Werner Mogel näherte sich der offenen Tür. Wir bemühten uns, die Zeit festzulegen. Von 10.00 bis 10.05 Uhr schien die beste, kurz und wirksam, es war die Zeit, in der unser Wissen über die letzte Stunde abgefragt wurde. Also: Nichts sagen, keine Antwort geben, auf keine Frage. Wir standen auf, stellten uns neben unsere Bank. So gut wir von vorne konnten, flüsterten wir, den Kopf leicht zur Seite gedreht, nach hinten, in der Hoffnung, Hans-Jürgens Verlautbarung hatten alle gehört. Von 10.00 bis 10.05 Uhr nichts sagen, Schweigeminuten. Laut konnten wir nicht mehr reden, Werner Mogel stand schon in der Türöffnung. Während das Schweigen von vorne nach hinten durchgeflüstert wurde, schritt Werner Mogel gemessen die breiten Holzstufen nach vorne bis hinter den Experimentiertisch, legte sein Geschichtslehrbuch darauf und begrüßte uns: »Freundschaft.« Das war der obligatorische Gruß der FDJ, Mitglied der FDJ waren wir. Unsere erwartete schneidige Antwort »Freundschaft!« fiel, wie so oft, kläglich aus: Morgen, Guten Morgen, dazwischen auch Freundschaft. Wir setzten uns. Dietrich drehte sich noch einmal nach hinten zu Gerd, nichts sagen, klar? Ja doch.

Werner Mogel setzte sich auf den Stuhl hinter dem Experimentiertisch. Er schaute. Er schlug das Geschichtsbuch auf und las, was zu prüfen war. Vorne links neben der Tafel hing die große Uhr, Typ Bahnhofsuhr. Wir schauten uns gegenseitig an und nickten in Richtung Uhr. Werner Mogel schaute vom Buch auf. Seine Augen sprangen durch die Reihen. Das abzufragende Thema: die vorrevolutionäre Situation 1918 in Deutschland. Er fragte zunächst die ganze Klasse, keinen Einzelnen. Die Haltung der SPD zum Ersten Weltkrieg? Keine Hand war oben. Die Haltung des Spartakusbundes? Keine Meldung. Werner Mogels Augen wurden wach. Er fragte jetzt gezielt, erst Karsten, dann Bernd-Jürgen. Selbstverständlich wussten sie, der Spartakusbund ist die Gruppe unerschrockener revolutionärer Kämpfer gegen den imperialistischen Krieg, er ist die unerschrockene Gruppe linker Sozialdemokraten, die ihre illegal gedruckten Aufrufe mit dem Namen des heldenhaften Spartacus unterzeichneten. Diese Sätze und andere hätten sie aufsagen können wie eine Phrase, sie gehörten zu den Besten der Klasse. Sie standen auf, stellten sich steif neben die Bank, schauten auf die Uhr an der Wand und sagten nichts. Die Fragen wurden einfacher. Wann wurde der Spartakusbund gegründet? Wer war Spartacus? Die gleiche Reaktion bei anderen. Gertraud, oben in der letzten Bank der Fensterreihe, wurde nervös. Was ist denn los? Solche Fragen können die nicht beantworten? Das sind doch die Besseren. Mit der Frage muss eine Schwierigkeit verbunden sein, die ich übersehe. Ich melde mich lieber nicht. Bis zu ihr war die Flüsterdurchsage nicht gelangt. Waltraut, die neben ihr saß, hatte es nicht mehr geschafft, sie zu informieren. Jetzt, während den Prüfungsfragen, ging es nicht mehr. Werner Mogels Augen stachen. Reden, auch Flüstern, war verboten. Und daran hielten wir uns.

Werner Mogel saß und schaute. Er erhob sich, blieb hinter dem Experimentiertisch, hielt den Kopf nach hinten geneigt, umfasste mit der rechten Hand sein Kinn und führte sie kratzend den Hals nach unten über seine schwarzen Barthaare. Seit Wochen rasierte er sich nicht mehr. Seine schwarzen Augen schienen sich bis zu den rötlich schimmernden Augenrändern zu dehnen. Aus seinem bleichen Gesicht stülpte er die leicht violette Unterlippe scharf nach vorne. Der dünne frische Speichel auf ihr glänzte so zart wie Seide. Er war übernächtigt vom Fernstudium der Geschichte, das er neben seiner Schultätigkeit bewältigen musste. Noch einmal fragte er: Welche Machtorgane hatten sich auf Initiative des Spartakusbundes gebildet? Die Klasse war gefragt. Nichts. Sein helfender Zusatz: In Anlehnung an schon vorhandene Bildungen in der Sowjetunion? Jeder wusste die Antwort, Arbeiter- und Soldatenräte, sie waren in der letzten Stunde ausführlich besprochen worden. Keine Antwort. Seine Augen rückten von Bank zu Bank, bis sie sich an Gisela festhefteten. Sie schaute nicht nach vorn, nicht auf die Wanduhr. Sie schaute auf ihre unansehnliche kleine Armbanduhr. Die Peinlichkeit suchte ihre Verborgenheit im Blick auf das viel zu kleine Ziffernblatt. Gisela war eine gute Schülerin, FDJ-Leiterin der Schule dazu. Werner Mogel fragte sie: Was ist denn los, Gisela? Sie stand auf, schaute nach unten auf ihren Arm, den sie auf die Bank stützte, um ihre kleine Uhr zu sehen. Es war 10.05 Uhr. Sie schaute nach vorne und sagte: Nichts, Werner.

In den Bänken knarrte Entspannung, Sitzhaltungen wurden gelockert. Es war geschafft. Fünf Minuten Anspannung. Vor uns hatte nicht nur der Lehrer gestanden, sondern die Ideologie, die Staatsmacht. So überhöht dachten wir uns in das Schweigen hinein. Werner Mogel ließ von der Prüfung ab. Keine Nachfrage. Der Unterricht nahm seinen vorgesehenen Gang. Thema Novemberrevolution. Jetzt kannten wir die Arbeiter- und Soldatenräte, den Spartakusbund, Karl Liebknecht, Rosa Luxemburg, die glühenden Revolutionäre, Ebert und Scheidemann, die Sektierer auf der Rechten, Feinde der Revolution. Als die Stunde zu Ende war, ging Werner Mogel ohne eine Bemerkung oder Frage zu unserem Verhalten aus dem Klassenraum.

Jetzt redeten wir, laut, aufgeregt, alle redeten mit. Es stellte sich heraus, dass die Flüsterbotschaft in den hinteren Reihen nicht verständlich angekommen war. Die Aktion sei viel zu spontan gewesen, man hätte so nicht mitmachen können. Aber keiner der in den letzten Reihen Sitzenden sprach sich gegen sie aus. Im Gegenteil: Wenn es eine Aktion für Ungarn gewesen sei, so sollte man sie noch einmal durchführen, damit alle mitmachen könnten.

Die Klasse verließ den Raum, um in einen anderen Unterrichtsraum zu gehen. An der letzten Bank oben vor der Klassentür stand Dietrich. Reinhard kam auf ihn zu. Er schaukelte seinen Kopf in verschiedene Richtungen, was immer dann geschah, wenn er kritisieren wollte. Sein Vorwurf: Was habt ihr euch dabei gedacht, solche Aktion ohne Absprache mit allen? Ich habe mich überrumpelt gefühlt. Wenn die Zeit nicht mehr gereicht hat, dann hättet ihr die Aktion abblasen sollen. Dietrich wurde grundsätzlich: Glaubst du denn, das Schweigen war falsch, das kannst du doch nicht meinen? Das ist nicht so, dass weißt du auch. Aber die Aktion war falsch. Ihr seid verrückt, das bringt uns nur Scherereien, das war die Aktion nicht wert. Dietrich bemerkte zwar ein unangenehmes Ziehen in seinem Magen, wehrte sich aber gegen die wiederholt erlebte rationale Überlegenheit Reinhards: Die Sache ist richtig, zu ihr muss man stehen. Reinhard stellte fest: Mit dir ist vernünftig nicht zu reden, du willst die Aktion einfach, du spinnst. Ohne Einigung folgten die beiden den anderen.

Zu Hause erzählten die meisten, was vorgefallen war. Die Eltern wurden skeptisch. Walburgas Mutter: Was, das habt ihr gemacht? Glaubst du nicht, dass ihr Schwierigkeiten kriegt? Walburga wehrte ab: Wir haben doch weiter nichts gemacht, wir haben doch nur nichts gesagt. Die Mutter von Karsten wurde nachdenklich: Mensch, das wird Folgen haben. Dietrich erzählte zu Hause nichts, er wollte sich mit seinem Vater nicht auseinandersetzen. Der war Lehrer an der Berufsschule in Storkow.

*

Am nächsten Tag, dem 30. Oktober, saßen wir im Biologieraum, der sich im ersten Stock über dem Stufenraum befand. Er war im letzten Schuljahr vor dem Abitur unser Klassenzimmer. Es war wieder das Ende der ersten großen Pause. Wir erwarteten unseren Mathelehrer Fricke für die Doppelstunde Mathematik. Kurz vor Beginn der Stunde erhielten wir die Nachricht, der Unterricht falle wegen einer Lehrerkonferenz aus, wir sollten uns selbst beschäftigen. Lehrerkonferenz? Wegen uns? Das muss nichts bedeuten. Wir versuchten ruhig zu bleiben.

Dietrich schlug vor, über die internationale Lage zu diskutieren, was die Zustimmung aller fand, ohne dass darüber abgestimmt werden musste. Internationale Lage, das bedeutete Ägypten und Ungarn. Im Nahen Osten war Krieg. Israelische Truppen waren in die Sinai-Halbinsel eingedrungen. Ihr Ziel war der Suezkanal. Israel führte einen Präventivkrieg gegen die Araber. Krieg war spannend. Wir tauschten uns aus und stellten Vermutungen an über das Kräfteverhältnis, die Siegeschancen Israels. Keine Kriegsbegeisterung, aber doch gespannte Aufgeregtheit.

Das Nahost-Thema war jedoch bald erledigt. Eine andere Nachricht fesselte uns: Puskás war tot. Irgendjemand rief die Meldung in die Klasse, ein anderer schwächte ab, es sei nicht sicher, wieder ein anderer warf ein, die Nachricht sei schon dementiert, natürlich alles aus dem RIAS. Puskás war eines unserer Idole. Er war der Spielführer der damals schon legendären ungarischen Fußballnationalmannschaft, der goldenen Mannschaft, wie sie in Ungarn genannt wurde, die die Fußballmacht England zum ersten Mal im eigenen Land, im Wembleystadion, schlug, und zwar mit 6 : 3, und im Rückspiel in Budapest mit 7 : 1 nach Hause schickte. Wir konnten die Spiele im DDR-Rundfunk verfolgen. Dass diese ungarische Mannschaft im WM-Endspiel 1954 gegen Deutschland verloren hatte, war für uns kein Anlass, Puskás abzuwerten. Mit Sozialismus hatte unsere Bewunderung nichts zu tun. Ungarn war nicht Sozialismus, der war verbunden mit der Sowjetunion. Und so viel verstanden wir: Ungarn war ganz anders. Nun hörten wir, Puskás war im Kampf gegen die Rote Armee gefallen. Puskás war Major der ungarischen Armee, erfuhren die meisten jetzt erst. Dass er im Armeesportklub Honvéd Budapest spielte, war uns bekannt, nicht aber seine militärische Position. Den Namen Honvéd verstanden wir auch nicht. Hätten wir seine Bedeutung gekannt, unsere Wut und Trauer hätten sich mit noch intensiverem Erhabenheitsgestus artikuliert: die Vaterlandsverteidiger im revolutionären Kampf der Ungarn 1848.

Aus diesem spontanen Mitgefühl wuchs das Bedürfnis, noch

einmal eine Schweigeminute durchzuführen. In den vorderen Reihen erhoben wir uns, einige in den hinteren Reihen wollten nicht, es wurde daran erinnert, dass die Aktion gestern nicht glücklich gelaufen sei, jetzt könne man noch einmal mit allen eine Schweigeminute durchführen. Reinhard wehrte ab, nicht schon wieder, stand aber auf. Die wenigen, die hinten sitzen geblieben waren, kamen sich blöd vor, standen zögernd auf. Die Minute begann. Unsere Köpfe waren nach unten geneigt. Keiner redete mehr, alle waren ernst, keiner fiel in Albereien wie sonst bei geforderten demonstrativen Haltungen. Die Bilder in den Köpfen füllten die Sekunden: Puskás, Panzer, Leichen, Blutfahne, trauernde Massen hinter dem Sarg des toten Helden, in den Nebenstraßen heimlich kontrolliert von den sowjetischen Panzern, die Sehnsucht nach Freiheit pulsierte im stillen Marsch des trauernden Volkes. Die Minute war um. Wir setzten uns. Noch lange war Schweigen. Wir schauten uns in den einzelnen Bänken, auch über die Bänke hinweg, ernst an, noch getragen vom Augenblick erhabener Wichtigkeit, die die Wendung in unsere gewohnte forsche Lockerheit verzögerte. Wir waren uns selbst überlegen. Wie beim ersten Mal, wieder keine konstruktive Diskussion vor der Aktion, sondern spontaner Protest, der das zufriedene, stolze Gefühl erhabener Allgemeingültigkeit hinterließ.

Reinhard war von gestern noch bedient. Heute musste er sich gefallen lassen, dass ihm vorgeworfen wurde, keine Ahnung vom Fußball zu haben. Aber um Fußball ging es ihm schon nicht mehr. Er hielt uns nüchtern, mit Blick auf Dietrich, vor, was der Quatsch solle, wir handelten uns Ärger ein, aus dem wir nicht mehr herauskämen. Warum war er so vorsichtig? Er hatte Erinnerungen, von denen wir damals nichts wussten, weil er darüber mit uns nicht redete. Sein Vater war nach dem Zweiten Weltkrieg im KZ Buchenwald eingesperrt worden. Er war in der Nazi-Zeit NS-Parteigenosse. Von 1945 bis 1950 war er inhaftiert, fünf Jahre, ohne dass seine Familie davon wusste. Krank kam er zurück, gesund wurde er nicht mehr. Reinhards Grundgedanke: Das System ist nicht human, mein Vater hat keinen Juden umgebracht. Über die sowjetische Haft in Buchenwald nach dem Krieg durfte in der DDR nicht gesprochen werden, auch nicht in der Familie, Buchenwald war Naziterror, sonst nichts.

Am nächsten Tag wussten wir: Puskás war nicht gefallen, die Meldung war falsch. Das störte uns nicht. Wir fühlten uns nicht betrogen oder benutzt, weil unser Mitgefühl für den ungarischen Freiheitskampf gegen die Sowjetunion solche Falschmeldungen bagatellisierte. Zum RIAS gab es keine Alternative, wenn wir erfahren wollten, was sich täglich ereignete. Der DDR-Rundfunk war ein Loch des Totschweigens, das der RIAS füllte.

*

Am Tag unserer zweiten Schweigeaktion berichteten zum ersten Mal zwei Augenzeugen im »Neuen Deutschland«. Die Demonstration am 23. 10. habe sich nicht *gegen den Sozialismus und gegen die Arbeiter- und Bauernmacht* gerichtet, sondern gegen wirtschaftliche und administrative Fehler. Bald aber hätten sich, auch schon während der Demonstration am 23. 10., *reaktionäre und konterrevolutionäre Elemente die Bewegung der Massen zunutze gemacht und bewaffnete Aktionen gegen den Arbeiter- und Bauernstaat eröffnet.* Und Albert Norden, Sekretär für Agitation und Propaganda im Zentralkomitee der SED, formulierte die ideologische Ausrichtung im Leitartikel in derselben Ausgabe des »Neuen Deutschland«, nachdem er *schlimme Vergehen gegen die sozialistische Gesetzlichkeit* zugestanden hatte: *Auf verschiedenen nationalen Wegen geht es zum Sozialismus. Aber der Marxismus-Leninismus ist das Pflaster jeder dieser Straßen. Im Gegensatz zum imperialistischen Lager gibt im sozialistischen Lager kein Staat Befehle, und keiner würde sie entgegennehmen (...) Ohne die Sowjetunion gäbe es heute kein unabhängiges Ungarn.* Das reichte uns wieder einmal. Aus dem Loch des Totschweigens war die ideologische Phrase gekrochen. Einfach nur abstoßend.

Von dieser Gefangenschaft des ZK-Sekretärs Albert Norden im eigenen ideologischen Gestrüpp berichtet Franz Loeser, Professor für Philosophie an der Ost-Berliner Humboldt-Universität und hoher SED-Funktionär, 1983 aus der DDR geflüchtet, in seinem Buch »Die unglaubwürdige Gesellschaft, Quo vadis, DDR?« von 1984:

»Aber«, unterbrach ich erregt, »die Praxis der DDR-Propaganda erreicht doch genau das Gegenteil. Die Unterdrückung jeglicher Kritik, das Ignorieren von Problemen, die Schönfärberei, das alles dient ja nicht der Beruhigung, sondern löst doch erst recht Beunruhigung, Unzufriedenheit und Empörung aus. Die Menschen fühlen sich von den Massenmedien entmündigt und betrogen. Sie wollen ausreichend und wahrheitsgemäß informiert und nicht rosa-rot animiert werden. Unsere Massenmedien sind unglaubwürdig, die Bevölkerung orientiert sich im Westen ...« Norden antwortete nicht. Er schaute über mich hinweg. Weit weg, so schien es mir. Schließlich sagte er: »Wem sagst du das alles. Glaubst du, ich weiß das nicht?« Dann lächelte er ein wenig. Es war kein glückliches, optimistisches Lächeln, sondern müde, gezwungen, verzweifelt.

4. Vorwärts und nicht vergessen

Unsere Schule zwischen Gestern und Morgen

Welche Erklärung fand die Diktatur für dieses unbotmäßige Verhalten ihrer Jugend? Der Genosse H., Abteilungsleiter für Volksbildung beim Rat des Kreises Beeskow, schrieb dazu am 8. Januar 1957 in einem Bericht zur Lage in Storkow seine Begründung:

> *Die Begründung für das Verhalten der Schüler der 12. Klasse ist weiterhin im Versagen der Erziehungsfaktoren Schule, Elternhaus und Jugendorganisation zu suchen. In einigen Elternhäusern wurden laufend westliche Rundfunksender gehört und damit das Denken der Menschen vergiftet. Das Lehrerkollegium ist uneinheitlich. Es besteht keine Einigkeit in wichtigen Entscheidungen. Die gefassten Beschlüsse der BPO [Betriebsparteiorganisation] wurden nicht verwirklicht. Die Bildungsarbeit stand im Vordergrund, während die Erziehungsarbeit vernachlässigt wurde. Offensichtlich wurde die Erziehungsarbeit der Lehrer durch den Klassenleiter (Koll. Kastner) nicht koordiniert. Die Arbeit der Jugendorganisation wurde durch das Kollegium kaum unterstützt. Der Gen. Schwerz hatte die Leitung der Schule nicht fest in der Hand (…) Er verstand es nicht, die Lehrer zu einem einheitlichen Lehrkörper zusammenzuführen, wobei er auch nicht die entsprechende Unterstützung durch die BPO hatte. Die Verbindung der Lehrer zum Elternhaus war ungenügend. Die gewählten FDJ-Funktionäre der Schule waren zu unselbständig und erkannten auch nicht die ganze Bedeutung der Erscheinun-*

> *gen an der Schule. Hinzu kommt eine gewisse Portion unbefriedigter Abenteuerlust der Schüler und die Unterdrückung der fortschrittlichen Kräfte in der Klasse durch die negativen Elemente.*[8]

Die Eltern vergifteten ihre Kinder ideologisch, das Lehrerkollegium war keine Einheit, der Klassenleiter koordinierte nicht, der Schulleiter hielt die Zügel nicht fest in der Hand, die Parteigruppe unterstützte ihn nicht, die FDJ-Funktionäre waren inkompetent und wir, die Schüler, hatten eine unbefriedigte Abenteuerlust in uns. Der eigentlich pädagogische Vorwurf aber war: Die Lehrer beschäftigten sich mehr mit der Bildungsarbeit als mit der Erziehungsarbeit, und das hieß Erziehung zu ideologischer Gesinnung.

Genosse Mückenberger, Erster Sekretär der SED-Bezirksleitung, bestätigte diese Erklärung am 11. 1. 1957 in einem Bericht über die Ereignisse in der Oberschule Storkow und zog seine Schlussfolgerung:

> *Die Parteiorganisation der Schule hatte nicht die politische Führung im Pädagogischen Rat [Lehrerkonferenz] und auch nicht innerhalb der Schülerschaft. Es gab im letzten Jahr wiederholt ungesunde Auseinandersetzungen zwischen den einzelnen Lehrern und auch innerhalb der Parteiorganisation, die oftmals in Streitereien ausarteten und sich ungünstig auf die Erziehungsarbeit auswirkten. Das führte dazu, dass sich die Lehrerschaft fast ausschließlich mit sich selbst beschäftigte und wenig Einfluss auf die politisch-ideologische Erziehungsarbeit der Schüler nahm. Aus diesem Grunde hatte der Feind die Möglichkeit, besonders innerhalb der Schülerschaft zu arbeiten.*[9]

Stimmte das? Unterschiedliche Auffassungen erlebten wir in jeder Stunde. Wir waren die Generation, die im September 1945 eingeschult wurde, vier Monate nach dem Ende des Zweiten Weltkrieges, der erste Jahrgang der neuen Zeit. Die Nazi-Lehrer waren entlassen. 1956, elf Jahre nach dem Nationalsozialismus, unterrichteten uns noch immer Lehrer, die nicht erst in der DDR ausgebildet worden waren, auch nicht in der Nazi-Zeit, sondern in der Weimarer Republik. Unsere Lehrer repräsentierten zwei Lager, die Gruppe, die unbedingt die DDR vertrat, und die Gruppe, die sich mehr oder weniger von ihr distanzierte. Die einen waren für uns Sprachrohr der sozialistischen Parolen, die sich zwar auf einen Humanismus beriefen, den wir ihnen aber nur eingeschränkt abnahmen. Die anderen waren für uns Vorbilder eines Humanismus, in dem der einzelne Mensch in seiner Würde zu achten war. So verbrachten wir unsere Schulzeit im Bewusstsein eines Dualismus zwischen äußerer Anpassung und gegenteiliger innerer Bewertung. Uns war nicht immer klar, ob dieser Dualismus nicht auch für unsere Lehrer galt, mehr oder weniger. Die Beurteilung unserer Schule durch den Genossen H. von der Kreisleitung der SED enthielt somit einen Abglanz von Wahrheit, von dem er selbst wohl nicht einmal eine Ahnung hatte.

*

Unsere Schule, erbaut 1949, war der erste Schulneubau im Deutschland östlich der Elbe nach dem Zweiten Weltkrieg, errichtet auch aus den Steinen zerbombter Häuser der Stadt. Sie war klein, für Storkow groß. Vier Pavillons reihten sich entlang der Fontanestraße aneinander, die von der Karl-Marx-Allee zum Storkower See führte. Dächer nicht aus Ziegeln, sondern aus einfacher Dachpappe. Eine Schule am See. Zwischen den Pavillons waren quadratische Lichthöfe frei gelassen, die die Klassen nutzen konnten, wenn sie unter freiem Himmel unterrichtet werden wollten, weshalb die Schule auch Freilichtschule genannt wurde. Nach Osten hin begrenzte ein lichtes Birkenwäldchen die Pavillons, durch das der Storkower See hindurchschimmerte. Nach Westen hin zur Karl-Marx-Straße wurden sie durch einen kleinen Anbau für die Schulleitung begrenzt. Neben ihm richtete sich ein einstöckiger uniformer Klotz auf, in dem die naturwissenschaftlichen Fächer unterrichtet wurden. Er sah und sieht immer noch aus wie »Bauhaus für Arme«. Ein überdachter Wandelgang verband die Pavillons zum Hof hin. In der Mitte des Wandelgangs, gegenüber den Pavillons, stand das Toilettenhäuschen, das zu geheimen Gesprächen oder zum Spicken bei Klassenarbeiten ungeeignet war. Es wurde auch von unseren Lehrern benutzt, für eigene Lehrertoiletten hatten die finanziellen Mittel 1949 nicht gereicht.

Am hinteren Ende des oberen Stockwerkes, das dem Unterricht in Biologie und Erdkunde diente, war ein kleiner Raum angefügt, in dem der FDJ-Sekretär der Schule und ihr Parteisekretär Werner Mogel sein Büro eingerichtet hatte. Weil seine Arbeit nicht dem Rhythmus unserer Unterrichtsstunden folgte, musste er während des Unterrichts wiederholt den Mittelgang zwischen unseren Bankreihen entlang durch den ganzen Klassenraum schreiten, was er störungsarm versuchte, indem er gar nicht mehr anklopfte und auf den Ballen in langen Schritten seine Funktionärskammer zu erreichen suchte. Es blieb nicht aus, dass einige von uns vermuteten, diese sanfte Durchquerung unseres Unterrichtes sei nicht Mittel, sondern Zweck, FDJ und Partei seien immer dabei. Das war Unsinn, Werner Mogel war aufrecht, er war nie heimlich.

In seinem Kellergeschoss war Hausmeister Paul Werner an der Heizung mit roher, oft noch feuchter Braunkohle tätig. Er war Altkommunist und notwendig für die geordnete Parteiarbeit in der Schule, weil nur drei Lehrer von sieben Mitglied in der SED waren, zu einer Betriebsparteiorganisation aber mindestens vier gehörten, was Reinhard aus unserer Klasse annehmen ließ, der Genosse Werner könne unsere Gespräche im Klassenraum des Klotzes durch die Heizungsrohre leicht abhören.

Der Schulhof bestand fast nur aus fließendem märkischen Sand, sodass sich der junge Mathelehrer Hallmann und der kräftige Bomber aus der Klasse über uns in einem Ringkampf auf der Erde wälzen konnten, ohne sich zu verletzen, was unseren Deutschlehrer Paul Holz, Jahrgang 1898, veranlasste, uns, die wir neben ihm standen, unter Kopfschütteln mitzuteilen, dass ein Mindestmaß von Distanz zwischen Lehrer und Schüler nun doch notwendig sei.

Das Problem des wüsten Schulhofs wurde 1954 von unserer Klasse, wir waren der 10. Jahrgang, gelöst. Zusammen mit unserem Direktor Georg Schwerz ebneten wir den Grund ein, schoben den Sand von da nach dort, mit Loren auf Schienen, Georg Schwerz bewegte die Massen mit einem Traktor, wir legten Beete an, pflanzten eine Reihe von Pappeln, die den Schulhof nach Norden in Richtung Ernst-Reuter-Straße begrenzten. Heute stehen sie nach zweimaliger Erweiterung der Schule in ihrer Mitte. Wir leisteten vorbildliche sozialistische Aufbauarbeit, ganz im Sinn des sozialistischen Ohrwurms der neuen Zeit, den alle Schulkinder in der DDR mitsingen konnten, vor allem den Bau-auf-Refrain, der uns für ein besseres Morgen rhythmisierte:

Jugend erwach, erhebe dich jetzt,
die grausame Nacht hat ein End.
Und die Sonne schickt wieder die Strahlen hernieder
vom blauen Himmelsgezelt.
Bau auf, bau auf, bau auf, bau auf,
Freie deutsche Jugend, bau auf!
Für eine bessere Zukunft
richten wir die Heimat auf.[10]

Das alte Gebäudeensemble steht heute auf einer Liste für Denkmalschutz. Manches Mitglied der heutigen Schulgemeinde ärgert das. Man brauche Platz für neue Gebäude, was sollen die ollen Klamotten noch da rumstehen. Diese Steine jedoch bewahren Geschichte auf, die Geschichte vom Anfang eines jungen Staates, in dem vieles besser werden, in dem der Mensch für den Menschen da sein sollte. Bürgermeister Franz Becker schrieb zur Schuleröffnung:

In den ersten vier Jahren der neuen Zeit von den fortschrittlichsten Männern und Frauen der Stadt mit dem Ziel errichtet, der Storkower Jugend eine freundliche Stätte des Lernens für ein friedliches und glückliches Leben zu geben, war diese Schule ein Symbol der Demokratie und des Humanismus.[11]

In den Steinen dämmert noch immer der Traum von einer besseren Welt. Auch unsere Geschichte hängt noch in diesen Steinen, die Geschichte einer Schulklasse, die man an die Wand fahren wollte, die aber doch einen Ausweg fand. Im Herbst 1956 waren wir in der 12. Klasse, ein halbes Jahr vor dem Abitur, es war für den 28. Mai geplant. Mit uns lernten an dieser Schule ca. 120 Schüler, mehr waren wir nicht. Zur Oberschule der DDR gehörten damals die Klassen 9 bis 12. Von Klasse 1 bis 8 besuchten wir die Grundschule, in der alle Schüler ohne jede Differenzierung nach Leistung oder Neigung zusammengefasst waren. In den Dorfschulen der Umgebung von Storkow, aus denen viele Schüler in die Oberschule nach Storkow kamen, wurden oft alle acht Klassen in einem Raum unterrichtet – Einklassenschulen, von denen es in der DDR 1950 noch 961, 1958 nur noch 23 gab.[12]

*

In der 12. Klasse waren wir alle Mitglied in der FDJ. Weniger aus Überzeugung, wenngleich auch die für manche Kameraden galt, als aus der Einsicht, ohne solche Beteiligung gehe es nicht vorwärts. Dieter war der Einzige, der das blaue FDJ-Hemd in der Schule trug. Er kam erst in der 10. Klasse zu uns, aus der Oberschule Beeskow. An seinem Hemd glänzte das Abzeichen für gutes Wissen, das er in Bronze, Silber und Gold erreicht hatte. Sozialistischer Vorbildschüler? Also Vorsicht. Seine korrekte Formalität unterstützte seine Ausstrahlung von Distanz. Nach einigen Wochen ließ er das blaue Hemd zu Hause. Er hatte verstanden, die Oberschule Storkow verpflichtete ihre Schüler nicht so wie die in Beeskow. Kamerad war man nicht im blauen Hemd.

Siegfried trat erst in der 10. Klasse in die FDJ ein. Er hatte sich wiederholt anhören müssen, dass einige Schüler nicht so recht an unseren Staat glaubten. Etwa zwei Monate nach seinem Eintritt erhielt sein Vater, Landwirt in Kehrigk, 12 km von Storkow entfernt, einen Brief von der Schulleitung, in dem ihm mitgeteilt wurde, dass Siegfried ab sofort kein Schulgeld mehr zu bezahlen brauche. So funktionierte die Erleichterung des Lebens. Karsten trat erst Ende der 11. Klasse ein, er war der letzte Schüler der Schule, der nicht Mitglied war. Sein fragwürdiger Stolz darauf war nicht zu halten. Er erhielt ein Stipendium von 45 Mark im Monat. In einem Brief von der Schulleitung wurde seiner Mutter angekündigt, dass das Stipendium ab der 12. Klasse auf 25 Mark reduziert werde. Das Geld hätte nicht gereicht, er hätte von der Schule gehen müssen. Während eines Fahnenappells wurde er feierlich vor der angetretenen Schülerschaft in die FDJ aufgenommen. Das Stipendium wurde nicht reduziert.

*

Wer gehörte nun zu diesem *uneinheitlichen* Lehrerkollegium, das *keine Einigkeit in wichtigen Entscheidungen* herstellen konnte? Nur sieben Lehrer und zwei Aushilfslehrer unterrichteten an der Schule. Sie unterschieden sich sehr. Die einen kamen vom Gestern, Weimarer Republik und Nationalsozialismus, sie sprachen nicht vom Gestern, weil ihnen das Heute das Gestern verbot. Sie sprachen nicht vom Morgen, weil sie dem Morgen mit Skepsis begegneten. Die anderen standen im Heute und sprachen vom Morgen, weil sie das Gestern als verdammtes Gestern definierten und das Heute verklärten mit den Aussichten aufs Morgen.

Aus der Vorkriegszeit kamen zu uns unser Klassenlehrer Gustav Kassner, unser Deutschlehrer Paul Holz, unser Musiklehrer Georg Ziethas und unser Russischlehrer Richard Wöhl, das einzige Mitglied der SED unter den Älteren. Drei jüngere Lehrer unterrichteten uns: der kommissarisch eingesetzte Direktor Georg Schwerz, Mitglied der SED, in Biologie und Erdkunde, Werner Mogel in Geschichte – er war als FDJ-Sekretär zu uns gestoßen, übernahm die Leitung der SED-Schulgruppe – und Wolfgang Fricke in Mathematik und Latein. Er war Mitglied der CDU. Seine Distanz zur SED war erheblich.

Der Name Ziethas erschien uns fremd, was unser Musiklehrer jedoch schnell änderte, wenn er wiederholt rief: Mach die Tür zu, sonst zieht das. Ziethas suchte Mitglieder für den Schulchor. Im Gegensatz zu Pfeiffer mit drei f brummten wir nicht, krächzten nicht, quatschten nicht, wenn er unsere Stimmen mit seinem Ohr an unserm Mund testete. Wir funktionierten, denn das Mitsingen im Chor war eine angenehme Art, die geforderte »gesellschaftliche Tätigkeit« zu erfüllen.

Ziethas, Kassner und Holz trugen Textilien aus feinerem Tuch, öfter Krawatte, vor allem die Schuhe waren von einer differenzierten Eleganz, die in der DDR nicht produziert wurde. Sie trugen Vorkriegsware. Aus dieser Zeit hatten sie beide auch ihre Knickerbocker gerettet, die sie anzogen, wenn sie Ausflüge mit uns unternahmen. Diese Knickerbocker gaben ihnen die Möglichkeit, lässige Bürgerlichkeit auszudrücken, die sich vom proletarischen Sansculotte deutlich distanzierte. Die Vorkriegszeit lief mit uns. Auch SED-Mitglied Wöhl kleidete sich bürgerlich. Er trug unter dem Jackett stets eine Weste, aus deren Uhrentasche eine goldene Kette baumelte, die wiederum zu seinem Goldzahn passte, der uns anglänzte, wenn er lachte. Er lachte oft.

Werner Mogel trug einfache, solide Textilien, das FDJ-Hemd nicht immer, nie Krawatte. Georg Schwerz legte Wert auf seine Kleidung, aber immer leger, ohne Krawatte, zu besonderen Anlässen außerhalb des Unterrichts wählte er auch eine Krawatte, z. B. beim Tanzen. Undenkbar, dass FDJ-

Sekretär Werner Mogel oder Direktor Georg Schwerz Weste mit Krawatte getragen hätten. Dieser Unterschied prägte sich uns ein. SED: offener Kragen. Nicht-SED: Krawatte. Wöhl stand dazwischen, mit Weste.

*

Wolfgang Fricke ging westlich gekleidet, er trug Cordhose und Cordjacke und dazu die leisen weichen Schuhe mit fülliger Kreppsohle, alles das gab es in der DDR nicht zu kaufen. Er kaufte in West-Berlin. Als junger Lehrer erreichte er den Anschluss an die Vorkriegsfraktion, indem er auch Knickerbocker trug, aber westlich modern aus weichem Cordstoff. Er war der Einzige, der nach einem normalen Hochschulstudium in der DDR zu uns gekommen war. Fricke steigerte sein Ansehen bei uns außerordentlich, als er es geschafft hatte, die schöne Brigitte aus der Drogerie am Markt mit den filigranen Schaufensterrahmen im Stil der Jahrhundertwende als seine Braut zu gewinnen. Wir nannten sie Puppa. Gerd, Schüler unserer Klasse, der immer glaubte, er könne es mit jedem bei jeder aufnehmen, wollte sie wenigstens in Verlegenheit bringen. Er ging in die Drogerie und hauchte mit seiner sonoren Stimme über den Ladentisch: Einmal Fromms. Wie bitte? Einmal Kondome von Fromms. Ein Hauch von zarter Röte überflog Puppas Gesicht. Gerd, den sie natürlich wie uns alle kannte, nahm ihre Röte als Trophäe mit und ging mit den Worten: Ach so, die gibt es hier nicht, hinaus. Draußen warteten drei Klassenkameraden auf ihn und ließen sich vom Heldenstück berichten.

*

Unser Klassenlehrer Gustav Kassner, Jahrgang 1900, hieß bei uns Schüwe. Er bemühte sich vergeblich, uns die schiefe Ebene zu erklären, er erklärte immer nur die »schüwe« Ebene. Sein weißgraues Haar, das über den Ohren weit nach oben kurz geschoren war, legte sich von einem Mittelscheitel aus wohlgeordnet nach links und rechts. Zuweilen ließ er die Scheitelhaare länger wachsen, sodass seine gütigen Augen weicher gerahmt erschienen. Im seinem Physik- und Chemieunterricht trug er grundsätzlich einen weißen Kittel, auf dem nie ein Schmutzflecken zu sehen war. Alle Versuchsobjekte baute er in seiner Kammer hinter dem Fachraum selbst. Zu kaufen gab es fast nichts.

Er passte nicht in diese neue Zeit. Er konnte nicht einmal sagen, wann Stalins Geburtstag war. Es sei ja kein Wunder, bei diesem Klassenlehrer, stellten die Parteifunktionäre später fest, als sie nach Erklärungen für unsere konterrevolutionäre Aktion suchten. Als die Funktionäre der Staatssicherheit ihn hart bedrängten, sich für sie zur Verfügung zu stellen, kippte er ohnmächtig um. Die Gefangenschaft in Russland wirkte nach. Im Krieg diente er als Hauptmann. 1944 bis 1948 verbrachte er in russischer Gefangenschaft. Viele Soldaten hingen durch, sie sahen kein Ziel mehr vor sich. Kassner hielt dagegen: Wir müssen durchhalten, ich gebe jetzt Unterricht. Nach der Gefangenschaft wollte er nach Potsdam. Man nahm ihn nicht. Er war »Militarist«. So kam er nach Storkow. Das lag nicht weit weg von seiner Heimat, Zielenzik, kurz hinter Frankfurt (Oder), wo er auch nach dem Physik- und Chemiestudium in Berlin als Lehrer gearbeitet hatte, bevor er in den Krieg musste. Er wollte nie wieder zurück in seine Heimat, die nun polnisch war. Heimat, sagte er, ist dort, wo das Herz ist. Die fand er in Storkow: Ach, wie schön, dass ich alter Remisenkater dich gekriegt habe. Über das Gesicht seiner Frau huscht ein Lächeln, als sie sich an seine Worte erinnert, 20 Jahre nach seinem Tod. Landsmannschaften lehnte er ab. Man darf nichts mehr haben, dann geht es wieder, war sein einfacher Gedanke für die Zeit nach dem Krieg.

In einer Physikstunde behandelte er die drahtlose Nachrichtenübermittlung. Wer hatte die erfunden? Im Physikbuch stand ein russischer Name. Wir wussten aber von dem italienischen Erfinder Marconi. Herr Kassner, das war doch Marconi. Schüwe stand an der rechten Seite des Experimentiertisches, unterhalb der Klassenuhr, schaute uns nicht mehr an, sein Blick richtete sich auf die Eingangstür zum Klassenraum am oberen Ende des Stufensaals. Nach einer Pause sagte er: Das müssen wir hier so sagen. Sein Blick ging nach unten vor die ersten Bankreihen, er wendete sich zur Tafel für eine Skizze und gewann damit Zeit, den drückenden Ernst in seinem Gesicht vor uns zu verbergen. Wir begriffen und fragten nicht weiter.

Es gibt eine Liebe, die kann töten. Dieser Satz seines Vaters leitete ihn. Den Anderen nicht beschlagnahmen, seine Intimität wahren. Diese Vornehmheit verstanden wir. Aber sie war so unpolitisch, für die ideologische Erziehung nicht zu verwenden. *Die Bildungsarbeit stand im Vordergrund, während die Erziehungsarbeit vernachlässigt wurde.*

Als er seine Frau kennenlernte, offenbarte er sich ihr: Ich muss dir etwas gestehen. Du musst mich teilen. Mit wem? Mit meiner Klasse. Noch als wir die Schule verlassen hatten, sorgte er sich um uns: Hoffentlich sind sie gut zu ihnen. Es ging ihm besser, als er erfuhr, dass man sich im Westen um uns kümmerte. Unsere spätere Aktion, die unser Aus für seine Schule bedeutete, bejahte er: Ich hätte es auch gemacht in der Jugend. Es ist das Recht der Jugend, sich zu begeistern, sich solidarisch zu verhalten.

*

Paul Holz, er hieß bei uns Päule, war unser Deutschlehrer, Jahrgang 1898. Sein weißgraues Haar war nicht wie bei Schüwe gescheitelt, sondern einfach glatt nach hinten gekämmt. Er repräsentierte für uns das Zeitalter der Klassik, das in der DDR als kulturelles Erbe des Humanismus wichtig genommen wurde. Der humanistische Gedanke reichte für ihn bis zu Fontane, danach gab es fast nichts mehr, was zu erzählen sich gelohnt hätte. Er erzählte gern anekdotisch, in Merksätzen: Meine Herren und Damens, Lessing ist geboren in

Kamenz. Bei Werner Mogel hatten wir Geschichte, Päule erzählte Geschichten.

Es konnte geschehen, dass Päule im Stehen, mit dem Gesäß an der vorderen Pultkante leicht abgestützt, vor der Klasse mitten im Unterricht einschlief. Sein Schlaf konnte 5 Minuten dauern. Wir unterhielten uns ruhig, nach dem Erwachen ging der Unterricht einfach weiter. Päule war zuckerkrank, es war schwierig für ihn, das Insulin aus West-Berlin zu bekommen. Aus seiner inneren Ruhe heraus ging er uns gegenüber souverän mit ideologischen Anforderungen um. Als Reinhard in einer Klassenarbeit über Fontanes »Effi Briest« die geistige Kurve nicht schaffte, fragte er Päule, was er denn schreiben solle, ihm falle nichts Gescheites ein. Päule beruhigte ihn: Reinhard, du weißt doch, was du schreiben sollst. Das reichte. Bei Reinhard klickte es: Gesellschaftskritik. Er konnte wieder schreiben. Päule lebte in einer offenen Verborgenheit: Lass es gehen, wie sie wollen, aber bleibe Mensch. Das war sein Humanismus in schwerer Zeit.

Er hatte schon einiges hinter sich. Die Nazis suspendierten ihn 1933 als sozialdemokratischen Rektor einer Mittelschule in Zehdenick im Kreis Templin. Das geschah nach dem am 7. April 1933 erlassenen *Gesetz zur Wiederherstellung des Berufsbeamtentums*. Artikel 4 wirkte: *Beamte, die nach ihrer bisherigen politischen Betätigung nicht die Gewähr dafür bieten, dass sie jederzeit rückhaltlos für den nationalen Staat eintreten, können aus dem Dienst entlassen werden.*[13]

Er wurde aber nicht entlassen, sondern zur Strafe versetzt und degradiert und gelangte so nach Storkow. Dafür galt der Paragraph 5: *Jeder Beamte muss sich die Versetzung in ein anderes Amt derselben oder einer gleichwertigen Laufbahn, auch in ein solches von geringerem Rang und planmäßigem Diensteinkommen (...) gefallen lassen, wenn es das dienstliche Bedürfnis erfordert.*

Aus dem Mitglied der SPD wurde 1938 schließlich ein Mitglied der NSDAP. Davon haben wir damals nichts gewusst. Wir hätten es auch nicht geglaubt. Holz und Nazi? Unmöglich. Später war zu erfahren: Er wollte dem ständigen Drängen des Schulleiters nicht mehr widerstehen. Er wollte seine Ruhe haben. Nach dem Krieg, den er auch als Soldat im Osten durchleben musste, wurde er nach seiner Entnazifizierung wieder als Lehrer in Storkow eingestellt.

Seine Suche nach einer unanfechtbaren Insel der Tätigkeit in schwerer Zeit übertrug er auch auf uns, als wir in Schwierigkeiten gerieten: Macht euch das Leben nicht kaputt. Lasst mal, es wird wieder vorübergehen. Sagt lieber nichts, am besten, ihr redet nicht darüber.

*

Unser Russischlehrer Richard Wöhl, Jahrgang 1894, war der vierte ältere Herr in unserer Schule. Er unterschied sich von den anderen dadurch, dass er Mitglied der SED war. Aber er propagierte nicht, er missionierte nicht. Mit nonchalanter Gelassenheit spulte er seine Stunden ab. Diese Lockerheit kam uns entgegen, denn es gab ein Problem: Wir hatten keine Lust, Russisch zu lernen. Wir lernten selbstverständlich doch, wir wollten und konnten auch nicht die Arbeit verweigern. Aber wir taten nur das Mindeste, was immer zu wenig war. Russisch war die Sprache der Besatzer. Es war nicht verbunden mit der Lust an einer neuen Sprache. Russisch war verbunden mit der Unlust an dem ständigen Selbstlob der großen Sowjetunion. Richard Wöhl führte uns trotzdem mit seinem lächelnden Charme eines lebenserfahrenen Mannes in die Strukturen der russischen Sprache ein, mit der Vision, einmal Puschkin, Tolstoi oder Dostojewski im Original lesen zu können. Von wegen.

Zuweilen erlaubte er sich, den Unterricht ausfallen zu lassen. Er ging mit uns im strammen Schritt spazieren. Im Klassenraum war es zu kalt, Kohle war knapp. Wir schritten, bis wir nicht mehr froren. Oder er stellte sich am Anfang des Unterrichts vor uns auf, beugte sich, die Arme nach vorne gestreckt, in die Knie, stemmte sich wieder nach oben. Also waren wir aufgefordert, Kniebeugen zu machen, zwanzig Mal, wer noch fror, durfte oder musste sich weiter quälen.

So unorthodox verhielt er sich auch in Gesprächen mit uns, nicht öffentlich, aber mit Einzelnen von uns. Dietrich traf ihn auf dem Schulweg an der Burg am ersten Schultag nach den Sommerferien. Sie gingen gemeinsam bis zur Schule auf dem rechten Sand- und Schotterweg, der noch nicht gepflastert war. Auf die Frage, wo Dietrich die Ferien verbracht habe, antwortete er, bei seinem Onkel in Duisburg, also im kapitalistischen Westen. Solche West-Orientierung war nicht gern gesehen, wurde aber geduldet. Wöhl kam zur Sache, als Kommunist redete er über den Arbeiter. Es sei doch so, der Arbeiter in Westdeutschland habe ein gutes Auskommen, er verdiene gut. Dietrich bestätigte und fügte hinzu, ein solches materielles Niveau könne man sich in der DDR nicht vorstellen. Wöhl wies nicht zurecht, sondern erklärte. Die DDR müsse sich aus dem Nichts heraus aufbauen, es fehlten die Hilfen, die Westdeutschland erhalte. Er schloss das Thema ab mit der nüchternen Feststellung: Die Wirtschaft des Kapitalismus produziere so viel, dass für den Arbeiter ein gutes Stück übrig bleibe. Solche realistische Beurteilung lag neben der Linie der Partei, in der er Mitglied war. Die konservativen Lehrer der bürgerlichen Vorzeit wagten solche Sprache nicht, sie wollten ihre Ruhe.

Wöhl konnte noch offener werden. Reinhard hatte sich einmal vertraulich an ihn gewandt und gefragt, ob das Falschmeldungen seien, dass in der Sowjetunion deutsche Kommunisten getötet und dazu noch von den eigenen deutschen Genossen denunziert worden seien. Wöhl zögerte nicht: So sei verfahren worden. Auch er habe nicht gewusst, ob er nach seinem Aufenthalt in Moskau werde zurückkommen können. Wöhl wagte viel. Er brach ein zentral verfügtes Tabu, das zur Staatsräson gehörte. Einem unkontrollierbaren Schüler gegenüber. Aber Lehrer und Schüler vertrauten sich.

*

Werner Mogel, unser Geschichtslehrer, Jahrgang 1926, vertrat die Parteilinie eindeutiger. Er war Vorsitzender der schulischen Parteigruppe und unser FDJ-Sekretär. Obwohl er unser Lehrer war, duzten wir ihn, was in der FDJ normal war. Als er später unser Geschichtslehrer wurde, blieben wir beim Du, Sondergenehmigung des Pädagogischen Rates. Er repräsentierte für uns wie kein anderer die Staatspartei SED. Im Geschichtsunterricht war er uns einige Seiten im Buch voraus, was sein Ansehen bei uns nicht steigen ließ. Er hätte interessanter unterrichten können, aber dazu fehlte ihm die spielerische Leichtigkeit, er gab sich immer grundsätzlich. Geschichte war immer Klassenkampf. Und Klassenkampf war auch Kampf in der Klasse. Bei ihm lernten wir Merksprüche der neuen Zeit. Einer davon hieß: Die DDR ist das Bollwerk des Friedens in Deutschland, in Europa und in der ganzen Welt. Zuweilen standen wir in den Pausen zusammen und brüllten den Spruch aus dem Klassenzimmer hinaus. Die Phrase wurde zum Spiel. So machte sie Spaß.

Die Belehrung ereignete sich an den FDJ-Nachmittagen in der Schule. Er stellte uns die kommunistischen Leitfiguren vor, z. B. Karl Liebknecht, Rosa Luxemburg, Ernst Thälmann. Hier lernten wir einige Säulen des sozialistischen Liedgutes:

Dem Morgenrot entgegen,
ihr Kampfgenossen all.
Bald siegt ihr allerwegen,
bald weicht der Feinde Wall.
Mit Macht heran und haltet Schritt,
Arbeiterjugend, will sie mit?
Wir sind die junge Garde
des Proletariats.[14]

*

Auf, auf zum Kampf, zum Kampf!
Zum Kampf sind wir geboren.

Auf, auf zum Kampf, zum Kampf,
zum Kampf sind wir bereit!
Dem Karl Liebknecht[, dem] haben wir's geschworen,
der Rosa Luxemburg reichen wir die Hand.[15]

*

Spaniens Himmel breitet seine Sterne
über unsre Schützengräben aus.
Und der Morgen leuchtet aus der Ferne,
bald geht es zum neuen Kampf hinaus.
Die Heimat ist weit,
doch wir sind bereit.
Wir kämpfen und siegen für dich,
Freiheit.[16]

Wir sangen alles mit, wir sangen gerne, auch solche schmissigen Marschtakte. Sie beflügelten unsere Versuche, in der »Gesellschaft für Sport und Technik«, GST, im Gleichschritt marschieren zu lernen.

Als Morgenlied, dem Lied vor dem Beginn des Unterrichts, sangen wir sie fast nie. Wir sangen meist Volkslieder, die wir bei Ziethas oder schon vorher in der Grundschule oder von unseren Eltern gelernt hatten.

Werner war oft Ziel unserer kleinen destruktiven Einfälle. Meistens steckte er sie weg. Aber an einem FDJ-Nachmittag kam es anders. Er wollte mit uns diskutieren über den Unterschied zwischen der demokratischen friedliebenden DDR – Demokratie ist, wenn die Arbeiter und Bauern die Macht übernommen haben – und dem kapitalistischen revanchistischen Westdeutschland – Kapitalismus ist, wenn die Arbeiter ausgebeutet werden. Wir ließen uns darauf nicht ein, hingen auf den Stühlen oder redeten lustlos in Allgemeinplätzen, mit denen wir uns nicht, wie gewünscht, positionierten, z. B.: Die DDR ist das Bollwerk des Friedens in … Dieses Mal verlor er die Beherrschung: Ich möchte niemandem drohen. Aber ich möchte die Klasse 12 warnen und ihr sagen, dass es sich die Regierung genau überlegen wird, ob sie ihre eigenen Mörder auf die Hochschulen und Universitäten schicken wird. Das Fass der Demotivation war wieder einmal voll. Der Begeisterte wollte uns begeistern und musste seine Vitalität gegen uns richten, weil die Enttäuschung ihn zu lähmen drohte. Aus dem Choleriker platzte der verbale Schuss, der ihn aus dem Gefühl der Ohnmacht zu befreien vermochte. Einer von uns wandte ein, dieser Ton sei doch wohl nicht richtig. Werner war so erregt, dass er noch einmal zulangte: Bei den Arbeitern ist das so Sitte, offen seine Meinung zu sagen, aber das versteht ihr bürgerlichen Pinkel ja nicht. Das war es. Er war der klassische Vertreter des Arbeiter- und Bauernstaates in der Arbeiterpartei, die für die Befreiung des Menschen arbeitete. Und wir waren letztlich Vertreter des Klassenfeindes oder der Klasse, die beim Umbruch der Gesellschaft Widerstand leistete. Für viele von uns war es umgekehrt: Werner ließ zu oft seine soziale Herkunft heraushängen: Ich bin Arbeiter. Aber in unserer Klasse saßen nicht nur Arbeiter- und Bauernkinder, sieben waren es von zwanzig.

Dennoch, Werner ließ sich nie entmutigen. Er wusste sich auf der richtigen Seite im Kampf für eine bessere Zukunft. Er unternahm mit uns Ausflüge, die auch einfach Spaß machten. Weil er jedoch wiederholt glaubte, seinen Kampfauftrag erfüllen zu müssen, hatte er auch immer wieder Enttäuschungen durchzustehen. Er unternahm mit uns einen Fahrradausflug in die Märkische Schweiz. Wir hatten uns schon mit unseren Fahrrädern auf dem Schützenplatz versammelt, als Werner schwer bepackt auftauchte. Er hatte drei Luftgewehre mitgebracht. Das war ein neues Bild für uns: Lehrer mit Gewehr. Wir waren antifaschistisch, das hieß auch antimilitaristisch, erzogen worden. Werner bat uns, ihm die Gewehre abzunehmen. Keiner wollte sie nehmen. Werner sagte: Wenn keiner die Gewehre nimmt, blasen wir den Ausflug ab. Reinhard übernahm zwei Gewehre, befestigte sie auf seinem Fahrrad, der Ausflug fand statt. Die Gewehre verteilten wir dann abwechselnd unter uns. Bei der Schießübung in der Märkischen Schweiz wollte zuerst keiner mitmachen. Zwei Luftbüchsen stampften wir in die Erde, die feuchte Erde wischten wir außen wieder ab. Schießen funktionierte mit diesen Gewehren nun nicht mehr. Werner tobte: Dass er solche Fahrt überhaupt übernehme und dann so etwas!

Amüsanter – für uns – war schon die Schießübung mit Werner hinter dem Schützenhaus, dieses Mal mit dem Kleinkalibergewehr 110 aus 50 m Entfernung. Weit oberhalb der Scheibenwand schauten die Gesichter von Wilhelm Pieck, dem Präsidenten der DDR, und Otto Grotewohl, dem Ministerpräsidenten der DDR, auf großen plakatierten Fotos in unsere Richtung. Karsten erschoss Wilhelm Pieck, was ihm eine Rüge eintrug, denn es war unmöglich, ohne Absicht so hoch daneben zu schießen.

Dietrich hatte Werner Mogel schon in der Kreisstadt Beeskow als seinen Geschichtslehrer in der Klasse 8 der Grundschule kennengelernt. An der Wand hinter seinem Pult hingen vier Wörter aus roter Pappe: lernen, lernen, nochmals lernen. Das war ein Zitat von Lenin. Für Dietrich war das immer eine Einheit, Lenins Lernen über Werner Mogels Kopf an die Wand genagelt.

In einer Unterrichtsstunde fragte Werner Mogel Dietrich: Wo hast du deine Schuhe her? Von meinem Onkel. Und der wohnt im Westen? Ja, in West-Berlin. Dietrich war stolz auf seine Schuhe. Sie waren die ersten anständigen Lederschuhe, hohe dazu, die er nach dem Krieg trug. In dem Dorf Lindenberg, 12 km von Storkow entfernt, wo er bis 1953 mit seiner Familie gewohnt hatte, trug man kaum Lederschuhe, sondern Schuhe mit einer Holzsohle, über die Kunstleder gezogen war, in denen man keine Strümpfe trug, sondern Fußlappen, die um die nackten Füße gewickelt wurden. Oder man trug gar keine Schuhe, sondern Holzpantinen, die auch im Winter wärmten. Vom Frühjahr bis in den Herbst ging man barfuß. Werner Mogel erklärte nun, was es mit den Schuhen auf sich hatte: Das sind englische Soldatenschuhe. Er sei in englischer Gefangenschaft gewesen, seit Januar 1945, sie hätten Abwassergräben an der Straße von Liverpool bis London ausgraben müssen. Er, der gelernte Maschinenschlosser, habe durch die Hilfe von Kameraden Zugang zur geistigen Welt gefunden, lesen, Theater spielen. In Anlehnung an Maxim Gorki nannte er seine Gefangenschaft seine »Universitäten«.

Als er 1948, 22-jährig, nach Fürstenwalde zurückkehrte, bildete man ihn im Lehrerbildungsinstitut Ludwigsfelde zum Lehrer aus, Ende 1949 fing er in Beeskow als Neulehrer an. 1953 kam er in unsere Schule als FDJ-Sekretär und wurde schließlich unser Geschichtslehrer.

*

Auch unser Direktor Georg Schwerz, Jahrgang 1925, war Neulehrer. Er hatte ein unverwechselbares Merkmal: Die Finger seiner rechten Hand waren so versteift, dass er sie in den Gelenken nicht bewegen konnte. Wir sahen seiner Schrift an, dass die Hand ein zweites Mal hatte lernen müssen zu schreiben. Ein Granatsplitter fuhr ihm, dem 19 Jahre jungen Soldaten, bei Kämpfen in der Tschechoslowakei 1944 in die Hand. Nach der Entlassung aus der sowjetischen Kriegsgefangenschaft ergriff er, der bis zum 17. Lebensjahr als Gutsarbeiter tätig war, 1946 die Chance, auf einem Lehrgang von einem drei viertel Jahr in Bernau Neulehrer zu werden. Hier wurde er Mitglied der SED. Ein sowjetischer Kulturoffizier konnte ihn davon überzeugen, in welchem System der Gesellschaft für den Menschen gearbeitet werde und in welchem nicht. Die jungen Lehrer sollten in den märkischen Dörfern und Städten als missionarische Erzieher der neuen Zeit tätig sein. Noch 1948 wurde er an der Altstadtschule in Storkow als Lehrer eingestellt.

Als Lehrer kam Georg Schwerz unterschiedlich bei uns an. Die meisten von uns nahmen ihm übel, dass er zu stramm als

Genosse auftrat. Er strebe nach Positionen, von denen aus er bestimmen könne. Einige meinten, er habe eine Freude daran, jemanden vorzuführen.

Andere von uns wiederum sahen in ihm einen guten Lehrer, er war stets bestens vorbereitet, erklärte verständlich, hatte ein großes Interesse an seiner Weiterbildung, ließ uns nach seinen auf dem Pult liegenden Blättern selbst unterrichten, wenn er als Direktor abgerufen wurde. Er lehrte immer praktisch am Leben orientiert, wir verstanden, wofür das gut war, was wir bei ihm lernten. Seine SED-Position nahmen einige von uns nicht recht ernst, was sollte er machen, wenn er den Ehrgeiz hatte, sich beruflich zu entwickeln? Für ein besseres Leben zu arbeiten, woran er glaubte, das könne man ihm nicht vorwerfen.

Seine bildungsferne Jugend schlug zuweilen im Unterricht durch. In Erdkunde, das er fachfremd unterrichten musste, kam er auf Bordeaux zu sprechen. Er sprach es so aus, wie es geschrieben wird, dreisilbig: Bor-de-auks. Bordeaux hatte er nie gehört. Karsten fragte zu Hause seine Mutter, die ihm die richtige Aussprache erklärte. Am nächsten Tag ging Karsten nach dem Unterricht zum Erdkundelehrer Schwerz und teilte ihm mit, was ihm seine Mutter gesagt hatte. Der Direktor hörte sich Karstens Erklärung an, lächelte, bedankte sich und erklärte, er komme aus einfachen Verhältnissen, in denen keiner eine Fremdsprache gesprochen habe, schon gar keine westliche, er habe auch noch viel zu lernen. Er bat, ihm auch weiterhin zu helfen, wenn es wieder einmal ein solches Problem geben sollte. Der Neulehrer verschwieg den Gutsarbeiter nicht. Offenheit war seine Haltung, und die imponierte.

Die Nähe zwischen Direktor Schwerz und uns wurde zum Erlebnis in einer freiwilligen Aktion unserer Klasse, den Schulhof zu gestalten. Aus der unebenen Wüstenei des märkischen Sandes sollte ein idyllischer Platz zum Verweilen werden, umhegt von einer begrenzenden Reihe junger Pappeln. Georg Schwerz schwärmt noch 40 Jahre später:

Wir waren junge Lehrer, ich war ein junger Direktor. Mit unseren Jungs hätten wir Du sein wollen. Das war eine verschworene Gemeinschaft. Das war ein wüstes Gelände, wir haben das ganze Gelände eingeebnet, nach Feierabend. Wir haben hier Loren herangefahren. Wir haben ganz schwere körperliche Arbeit geleistet. Und die Pappeln, die da stehen, die haben wir gepflanzt mit diesen Jungs. Also, es waren eigentlich, bis auf dieses Vorkommnis, meine glücklichsten Jahre. Ich war Direktor, ein junger Direktor. Wir hatten Schüler, die intelligent waren, mit denen man Unterricht machen konnte, die auch engagiert waren, ob geistig oder körperlich. Es war einfach eine Wucht (...)
Es war ein gutes Verhältnis zu dieser Klasse, wie es das eigentlich in den späteren Jahren nicht mehr gab. Es war Nachkriegszeit. Die Lebensmittelmarken waren gerade abgeschafft oder noch nicht alle abgeschafft, es gab vielleicht noch Fettmarken. Es war immer noch zu spüren, dass wir einen Krieg hinter uns hatten, und deswegen war alles nicht so kompliziert. Wir haben auch gemeinsame Ernteeinsätze gemacht (...) Nein, es war nicht vulgär kumpelhaft, aber es war eine Kameradschaft zwischen Lehrern und Schülern. Das habe ich später dann nicht mehr so kennengelernt, weil der Wohlstand dann wuchs und, na ja, also es war einfach anders. In der Klasse waren ja auch Klaus S. und Horst R. Man kannte sie doch alle. Die hatten die gleichen Probleme wie wir. Der Onkel von Klaus S., der wegging, hat mir die Schuhe besohlt. Er hat alles Mögliche gemacht, um meine Schuhe zu besohlen. Ich kam als Umsiedler oder wie sie heute sagen, Flüchtling aus der Gefangenschaft. Ich hatte nichts. Auf Reserven konnte ich nicht zurückgreifen. Ich habe den (...) Jungen doch ganz anders gesehen, ich habe immer an meine guten Sohlen, die ich trug, gedacht. Es konnte kein schlechtes Verhältnis sein.[17]

*

Solche Aktionen außerhalb des Unterrichts beflügelten auch uns. Sie waren für das Ansehen von Schülern wichtig. Sie wurden zusammengefasst unter dem Begriff der »gesellschaftlichen Tätigkeit«. Leistungen im Unterricht reichten nicht, auch wenn sie noch so gut waren. Wir mussten an irgendetwas teilnehmen, was unsere gesellschaftliche Aktivität nachweisen konnte. Die GST, die »Gesellschaft für Sport und Technik«, war eine solche Möglichkeit.

Im Herbst 1954 wurde Dietrich zum Direktor Georg Schwerz gerufen, der ihm mitteilte, er habe eine schöne Aufgabe für ihn, er solle Ausbilder in der GST werden. Dietrich: Oje. Direktor Schwerz: Ja, freust du dich denn gar nicht? Dietrich: Doch, schon, die Aufgabe kommt nur so überraschend. Dietrich sah keine Chance des Entkommens, denn er vermutete, dass man seinen West-Besuchen ein Gegengewicht geben wollte. Er musste in die Kreisstadt Beeskow, wo er in einem kasernenähnlichen Gebäude mit anderen Schülern und auch Lehrern eine Woche lang ausgebildet wurde: Marschieren, Kommandieren, Schießen, Kampf-Geländemarsch in der Nacht. Er musste nun die Schülerinnen und Schüler seiner Schule vor allem im Marschieren ausbilden, das Schießen übernahmen Werner Mogel und andere Erfahrene, Geländekampf wurde von allen Fähigen in Storkow organisiert, nicht nachts, aber bis in die Dämmerung.

*

Der Fahnenappell, der jeden Montag vor der ersten Stunde zelebriert wurde, konnte nun in der gewünschten Ordnung durchgeführt werden. Die einzelnen Klassen stellten sich in militärischer Ordnung auf, die Lehrer standen in Reihe ihnen gegenüber, an der Seite zum See hin stand der Fahnenmast. Die Klassensprecher hatten in aufsteigender Reihenfolge von Klasse 9 bis Klasse 12 vor die FDJ-Leiterin der Schule zu treten, das war Gisela aus unserer Klasse, und ihr das vollzählige oder nicht vollzählige Erscheinen zu melden, sie hatte die Meldung an den Direktor zusammenzufassen. Die blaue

Fahne der FDJ wurde am Fahnenmast hochgezogen. Ein Lied erschallte, die Fahne flatterte, Meldungen der Schulleitung wurden bekannt gegeben, Verpflichtungserklärungen von einzelnen Schülern oder Klassen, Belobigungen oder Tadel, dann erfolgte ordentlicher Abmarsch der einzelnen Klassen. Am letzten Schultag der Woche wurde die Fahne wieder eingeholt. Die blaue Militarisierung unserer Schule hatte begonnen.

Wir ließen es uns nicht nehmen, mit diesem Fahnenappell unser Spiel zu treiben. An einem FDJ-Nachmittag war Werner Mogel verhindert. Wir standen um den Fahnenmast herum. Karsten holte sein Taschentuch heraus, band es am Seil des Mastes fest, zwei andere zogen es hoch, wir hatten uns in Reih und Glied aufgestellt. Wir spielten mit verteilten Rollen, Stellproben waren nicht nötig, wir wussten, wer in welcher Funktion zu stehen hatte, Direktor Schwerz hielt eine Strafrede gegen den rauchenden Gerd, der nach vorne zu treten hatte, zu zehn Liegestützen verurteilt wurde, die er vor der strammstehenden Klasse stemmte, während sie dazu mit hochgereckter Faust sang »Wir sind die junge Garde des Proletariats«. Das Taschentuch wurde eingeholt, rührt euch, abtreten. Nachher dachten wir: Hoffentlich hat uns keiner beobachtet.

Manchmal wurde die vormilitärische Ausbildung übertrieben, wenn die ganz Scharfen uns bedrillten. M. war so einer, Altschüler, FDJ-Ideologe, Idealist der neuen Zeit. Er war begeistert perfektionistisch: Wir hören nicht auf, wir machen weiter, bis es sitzt. Wir: Das sind HJ-Methoden. So! Dann bringen wir mal Schwung in die Bude. Ein Lied! Einer von uns fing an: »Hänschen klein, ging allein ...« Wir sangen mit und steckten eine Rüge ein.

*

Zu den Demonstrationen am 1. Mai, an denen wir alle teilnehmen mussten, konnten wir nun als ordentliche Kolonne auftreten. Für die Maidemonstration 1956 hatten wir drei Kleinkalibergewehre überreicht bekommen, die von den drei Schülern der ersten Reihe getragen wurden. Ein Passant an der Straßenseite kommentierte: Na ja, so weit sind wa also schon wieda, überhebt euch man nich, die könnten ooch losjehn. Drei Gewehre für 120 Schüler, über klobiges Kopfsteinpflaster aus preußischer Zeit. Vorbei an der Ruine des Rathauses auf dem Marktplatz, an säuselnden Lindenbäumen, an kleinen Marktgeschäften. Der Frieden musste bewacht werden. Einige Schüler blickten tatsächlich entschlossen, andere beschlich Peinlichkeit, die meisten nahmen die Gewehre wie vieles andere nicht ernst.

*

Siegfried fand Spaß in der GST. Er nahm teil an einem Funkerlehrgang bei einem ehemaligen Wehrmachtsfunker in Storkow, einmal pro Woche wurde der Morse-Code gelernt und geübt. Dort lernte er auch, wie man mit einer Kristall-Diode, einem Kondensator, ein bisschen Draht und Kopfhörern ein Detektor-Radio zusammenbasteln kann. Diese Konstruktion hatte sich dann mit einer Langdraht-Antenne an der Dachrinne des Internats gut bewährt, um im RIAS Nachrichten, die »Schlager der Woche« und »Pinsel und Schnorchel« zu hören. Ein normales, nicht allzu großes Rundfunkgerät kostete damals etwa 300 Mark. Ein Facharbeiter verdiente rund 200 Mark im Monat. So viel Geld war nicht flüssig.

Nicht nur Siegfried, wir alle hörten RIAS. Westliche Schlager, Rätselsendungen, die »Insulaner«, Sport, Nachrichten, Kommentare, Reden von westlichen Politikern. Den DDR-Rundfunk hörten wir seltener. Wir fanden ihn langweilig. Er deklamierte mehr, als dass er informierte. Er verschwieg, und, wie wir fanden, er log.

*

Nur angenehm fanden wir die gesellschaftliche Tätigkeit im Bereich der Kunst. Wir hatten ein Gesangssextett gegründet, mit dem wir Schlager, meist westliche, sangen. Es reichte für Auftritte in unserer Region. Im Radio DDR hatten wir uns schon zu einer Mikrofonprobe angemeldet. Wir spielten Theater, Tschechows »Ein Heiratsantrag«, Gerd, Dietrich und seine Freundin Marion vergnügten das Schulpublikum so sehr, dass Richard Wöhl auf Dietrich zukam und meinte, er müsse Schauspieler werden.

Mittelpunkt des kulturellen Lebens in der Schule war aber die Volkstanzgruppe. Volkstanz sah man gerne, er wurde gefördert. Volkstanz war geweihte Bewegung des Arbeiter- und Bauernstaates. Gesellschaftstanz lernten wir nicht, Tanzschule gab es nicht. Die junge Frau Scha. griff sich einige von uns Jungen und brachte uns bei, was das ist, Walzer, langsamer Walzer, Foxtrott. Mit unserer Volkstanzgruppe traten wir an vielen Orten auf, als höchste Anerkennung lockte eine Reise in die Sowjetunion. Der Erfolg lag vor allem an der Leiterin, Dietrichs Mutter. Sie wurde wie zu Hause Mutz genannt und ebenso geduzt. Sie motivierte, trainierte, verbreitete heiterste Stimmung mit ihrem überschießenden Berliner Humor. Wo sie war, wurde gelacht. Durch ihre Lebensfreude wuchsen uns Flügel der Leichtigkeit. Wenn sie die Noten für Tänze aus einem Berliner Fachgeschäft Unter den Linden besorgte, merkte sie, dass sie viele Tänze schon aus ihrer BDM-Zeit (Bund Deutscher Mädel im Dritten Reich) kannte. Das Kontinuum der volkstanzbegeisterten Herrschaften über den Graben zwischen alter und neuer Zeit hinweg inszenierte den Erfolg unserer Kompanie mit.

Augenblicke höchsten Vergnügens waren die von unserer Klasse veranstalteten zwei Karnevalsfeiern, was nicht erwähnt zu werden brauchte, wenn da nicht die Kusskiste gewesen wäre. Mitten im Tanzsaal hatten wir einen Verschlag aus Dachlatten, mit Stoff bespannt, aufgestellt, in dem gerade zwei Personen nebeneinander stehen konnten. Während sich die Gesellschaft im geselligsten Tanz wiegte, kam bei unterbrochenem Spiel der Kapelle das Kommando, jedes Paar habe jetzt in die aufgestellte Kiste hineinzutanzen und erst nach einer kleinen Verweildauer wieder auf der anderen Seite herauszukommen. Das Kommando kam selbstverständlich, als unser Direktor mit einer Schülerin tanzte und einige unserer Jungen gerade ihre umworbene Tänzerin berühren durften. Schwerz kniff nicht, verschwand mit der Schülerin in der Kiste und ließ sich durchaus Zeit, bis er wieder herauskam. Wir küssten uns mit unseren Tänzerinnen. Dietrich und Marion küssten sich zum ersten Mal, 16 und 15 Jahre alt; sie zeigte ihm, wie man küsst, wenn man verliebt ist.

5. Wer ist der Anstifter?

Die Genossen Lehrer verhören uns

Die Schweigeaktionen waren für uns abgetan. Wir dachten nicht mehr an bedrohliche Folgen. Aber der Montag, der 5. November, war ein schwarzer Tag der dumpfen Trauer. Die sowjetische Armee, offiziell auf dem Rückzug, hatte heimlich ihre Panzerverbände um Budapest gesammelt und dann den Aufstand rücksichtslos zerschlagen, auch im Land, wo sich der Hauptwiderstand konzentrierte. Im RIAS hörten wir den Hilferuf des ungarischen Freiheitssenders. Einigen von uns ruft er immer noch ins Ohr:

> *(...) SOS, SOS! Völker der Welt! Im Namen der Gerechtigkeit und Freiheit, helft. Das Schiff sinkt, das Licht schwindet, die Schatten werden von Stunde zu Stunde dunkler über der Erde Ungarns. Hört den Schrei. Marschiert vorwärts und reicht uns eure brüderliche Hand. Rettet uns. Hilfe, Hilfe – SOS – rettet uns! Gott mit euch und uns.*[18]

Wir wussten, die Aufständischen werden allein gelassen, die Amerikaner würden nicht eingreifen, wir kannten ihre defensive Haltung während des 17. Juni 1953 in der DDR, dem ersten Volksaufstand im sowjetischen Machtbereich. Noch einmal eine Aktion? Nein. Im ständigen Wiederholen lag kein Motiv. Und mehr als unser Schweigen, eine Tat nach außen, das wussten auch wir, wäre das Ende unserer Schullaufbahn – und noch mehr – gewesen, fünf Monate vor dem Abitur. Unsere demonstrative Protesthaltung fand ihr Ende in der Rückkehr zum Alltag des Lernens. Das Abitur musste vorbereitet werden.

Was war es auch schon, was wir gemacht hatten? Schweigen, mehr nicht. Heute wäre unser Schweigen in der Oberschule Storkow oder in irgendeiner anderen Oberschule in Deutschland unsere private Angelegenheit. Nicht der Rede wert. In der Diktatur ist das anders. Während die Schweigenden verstummen, hören die Diktatoren zu. Bis sie die Sprache des Schweigens verstanden haben.

*

Am Sonnabend, dem 10. November, kam die erste Reaktion. Wir saßen wieder in unserem Klassenraum, Mathematikunterricht. Mathelehrer Fricke eröffnete die Unterrichtsstunde mit der Aufforderung an Gisela, sofort in das Direktorzimmer zu kommen. Ausgang während des Unterrichts war nicht üblich. Sie staunte, erhob sich und ging, begleitet von unseren fragenden Gesichtern. Im Direktorzimmer begrüßten sie drei Genossen, Genosse Georg Schwerz, Leiter der Schule, Genosse Werner Mogel, Partei- und FDJ-Sekretär der Schule, und Genosse Hans Mehling, Vertreter des Kreisschulamtes in Beeskow, vor einem Jahr noch Direktor unserer Schule. Gisela stand in einer etwas engeren Beziehung zu Mehling, sie war verwandt mit Cousins von ihm.

Er fragte sie direkt: Gisela, was habt ihr denn angestellt? Sie wusste nicht, was er meinte. Sie war auf die Frage nicht vorbereitet. Mehling setzte nach: Na, euer Schweigen im Geschichtsunterricht bei Werner Mogel. Was habt ihr euch dabei gedacht? Gisela begriff nun und wiegelte ab. Ja, es ist um Puskás gegangen, wir haben gehört, er sei gestorben. Sie bot unsere Aktion als spontane Reaktion sportbegeisterter Jugendlicher an. Sie versuchte durch Entpolitisierung zu verharmlosen, hatte sich dabei aber in eine Falle geredet. Sie hatte zugegeben, dass wir vom Tod Puskás' wussten, was wir nur aus dem RIAS erfahren haben konnten. Nach der Quelle aber fragte Mehling nicht. Er hatte anderes vor: Von wem ist die Aktion ausgegangen? Das weiß ich nicht. Ich sitze in einer hinteren Bank. Dass eine Schweigeminute durchgeführt werden sollte, ist durch die Reihen geflüstert worden. Gisela meinte, Mehling sei nicht bedrohlich, er frage besorgt. Sie versuchte die Situation zu verstehen, in der sie befragt wurde. Sie spürte seinen Gedanken nach: Er denkt, die haben Mist gemacht, darüber müssen wir reden, das kriegen wir schon hin. Sorgende Anteilnahme um uns glaubte sie in seiner fragenden Stimme, seinem Lächeln zu erkennen. Schwerz und Mogel erschienen ihr wie geschockt über unser Verhalten. Sie wurde entlassen mit dem Auftrag, Hans-Jürgen nach unten ins Direktorzimmer zu bitten. Sie betrat wieder das Klassenzimmer, blieb vor der Klasse stehen und teilte Hans-Jürgen mit, er solle ins Direktorzimmer kommen. Sie ging einen Schritt auf ihn zu, er saß vorne rechts in der zweiten Reihe, und flüsterte ihm zu, aber noch so laut, dass die Klasse sie verstehen konnte: Es ist wegen der Schweigeminute.

Wir horchten auf. Reinhard schaute auf Dietrich, der drehte sich um und schaute nach vorne. Fricke schwieg einen Moment, schaute uns verwirrt an und meinte, wir sollten trotzdem weiter unterrichten. Hans-Jürgen, frecher als wir anderen, ging aus der Tür und rief, zu uns gewandt: Ick weeß jar nischt. Nach zehn Minuten traf er wieder im Klassenzimmer ein und sagte: So, Dietrich, jetzt bist du dran. Er ließ sich in die Bank fallen, klopfte mit seinen langen Fingernägeln auf das Holz und verstummte. Man konzentrierte sich offenbar auf die ersten Reihen. Die Stille löste sich auf, maulende Kommentare wurden laut. Der Unterricht könne so nicht gestört werden, man müsse aufhören mit dem Unterricht, wer abkommandiert sei, könne nichts lernen. Fricke lächelte mit dem Mund und fragte mit den Augen. Er unterrichtete, behutsam, wie er sagte, weiter.

Als Dietrich aufstand, fügte Hans-Jürgen hinzu, er solle mit dem Klassenbuch ins Direktorzimmer kommen. Höhnisches

Gejohle in der Klasse: Von wegen Klassenbuch. Dietrich stand auf, spielte seine Clownsnummer, indem er sich glättend mit beiden Händen über sein lockiges Haar fuhr, mit der rechten Hand an der Brille wackelte, sich das Klassenbuch unter den rechten Arm klemmte und im Gehen seine Schwungbeinnummer abzog, d. h. mit dem kürzeren linken Bein im Vorwärtsgehen ausschweifende Halbkreise formte, sodass Karsten ihm nachrief: Dietrich, halte det Schwungbeen jerade. Das Lachen der Klasse drang noch durch die geschlossene Tür, als die Rolle schon im Treppenhaus von ihm abfiel und einer Mulmigkeit Platz machte, die sich mit einer wachsenden Spannung mischte. Die drei Genossen grüßten freundlich, Schwerz nahm ihm das Klassenbuch ab. Dietrich fiel die Sitzordnung auf, links saß Mogel, rechts Schwerz und etwas nach hinten versetzt Mehling. Sonne fiel in das kleine Zimmer, die so tief stand, dass er geblendet wurde, Mehling war nur schemenhaft wahrzunehmen. Mogel schaute ernst, Schwerz lächelte angespannt, Mehling lächelte, soweit zu erkennen, mit freundlicher Zuwendung. Mehlings Anwesenheit überraschte Dietrich. Vor einem Jahr noch war er Direktor unserer Schule und unterrichtete in unserer Klasse Gesellschaftslehre. Er wurde nach seiner Tätigkeit bei uns zur Bezirksparteischule in Frankfurt (Oder) delegiert.

In Dietrich wurde eine Erinnerung wach, die schnell von Bild zu Bild sprang: Im letzten Herbst war unsere Klasse abkommandiert zur Kartoffelernte auf den Feldern des volkseigenen Gutes von Lindenberg. In einem offenen Lkw wurden wir hingefahren. Lustlos, dennoch fleißig sammelten wir die Kartoffeln in die Körbe, manche von uns drückten einige in die Erde, um sie nicht aufheben zu müssen. Wir standen gerade vor einer neuen Reihe, da ratterte ein offener Lkw heran, voll mit uniformierten Männern. Die Uniformen waren die der Betriebskampfgruppen, dunkelblau. Der Verschlag an der Seite zu uns wurde heruntergeklappt, die Männer sprangen auf den Acker, griffen hastig zu den bereitliegenden dreizackigen Kartoffelhacken, ordneten sich im Laufschritt vor den einzelnen Reihen von Kartoffelhügeln an, begannen entschlossen in die Kartoffelstauden zu hauen und die freigehackten Kartoffeln in die Körbe zu werfen. Unter ihnen sah Dietrich den ehemaligen Direktor Hans Mehling, sprungschnell, entschlossen arbeitend. Er fragte sich damals: Ist das echt, selbst gewollt, oder ist da einer, dem er es zeigen muss? Sie trieben sich, so schien es, gegenseitig an. War das die Parteischule, die Menschen so verändern konnte? Mehling war dafür bekannt, sich bedächtig zu bewegen, zu sprechen.

Dieser Hans Mehling saß nun vor Dietrich. Er begann zu fragen: Ihr habt also eine Schweigeminute für Ungarn gemacht? Dietrich bejahte und lieferte gleich die Begründung mit: Trauer um Puskás. Mehling winkte lächelnd ab und fragte: Wer hat damit angefangen? Dietrichs Antwort: Das weiß ich nicht. Von wem hast du denn die Information erhalten? Das weiß ich nicht mehr. Aber einer muss es doch gewesen sein. Dietrich wurde klar, die Sache interessierte ihn nicht, wenigstens nicht jetzt, er ging auch nur von einer Schweigeminute aus. Er wollte also den Anstifter wissen. Das war gefährlich für den einen, aber ungefährlich für alle. Im Dunst des Nichtwissens konnte sich jeder Einzelne unsichtbar machen: Die Aktion ist so spontan gewesen, ich weiß nicht, wer damit angefangen hat. Hans Mehling lächelte Dietrich an: Aber Hans-Jürgen hat uns gesagt, die Information habe er von dir. Achtung. Entweder log er oder Hans-Jürgen war ein Schwein. Eigentlich konnte nichts davon stimmen. Lügen erschien zu plump, denunzieren war einfach nicht drin, aber er spürte ein feines Gefühl der Enttäuschung, das sich von der Möglichkeit nährte, dass Hans-Jürgen sich freiredete. Er antwortete: Das ist nicht möglich, Hans-Jürgen sitzt so weit von mir entfernt, dass ich ihm gar nichts habe zuflüstern können. Also habt ihr schon gesessen? Dietrich bejahte und dachte, vielleicht war das Ja zu schnell. Aber Mehling ließ ab. Werner Mogel warf ein, leise, ernst: Ist dir klar, dass eure Aktion eine konterrevolutionäre Aktion genannt werden kann? Nein, das war sie nicht, wir waren wütend über die Nachricht, Puskás sei gefallen. Er fragte nicht weiter, auch nicht nach der Quelle der Information, Schwerz fragte nichts. Dietrich wurde entlassen, mit der Aufforderung, Gerd nach unten zu bitten.

Gerds immer etwas traurige Augen flackerten Dietrich an, er erhob sich, knöpfte sein zu enges Jackett zu, seufzte ein »Na dann«, tänzelte zur Tür und lächelte mit gespieltem Charme aus der offenen Klassentür zu uns zurück, bevor er sie hinter sich schloss. Der Unmut in der Klasse wurde lauter. Fricke versuchte uns zu beruhigen, wir sollten die Stunde jetzt hinter uns bringen, die nur noch wenige Minuten dauere. Es schellte, Fricke verließ uns mit der Erklärung, er wolle zu erfahren versuchen, was da unten los sei. Wir setzten uns zusammen und tauschten uns aus. Das Ergebnis war: Die wollten den Anstifter herausbekommen. Gerd kam zurück und bestätigte. Die Frage, wo er die Information hergehabt habe, habe er beantwortet mit dem Hinweis, von allen Seiten sei geflüstert worden. Hans-Jürgen erzählte, er habe nicht gesagt, von Dietrich informiert worden zu sein, er habe nur angegeben, die Information sei von vorne gekommen. In Dietrich biss Enttäuschung, und leise klopfte die Angst.

*

Die Pause war zu Ende, es schellte zur nächsten und für uns zur letzten Stunde, Biologie bei Georg Schwerz. Es war ungewöhnlich, dass er nicht pünktlich kam, aber heute passte es in die gespannte Erwartung. Nach zehn Minuten trat er ins Klassenzimmer. Sein Gruß war nicht unfreundlich, aber sein Lächeln war nur eine Maske, so starr blickte er auf uns, an den Mundwinkeln zerrte Bewegung. Er stellte sich hinter den als Pult dienenden Tisch und erklärte, warum die Befragung durchgeführt worden sei. Sie hätten von der Kreispartei in Beeskow erfahren, dass wir eine Schweigeminute im Geschichtsunterricht bei Geschichtslehrer Werner Mogel für die Ereignisse in Ungarn durchgeführt hätten. Er und seine Kollegen hätten nun den Auftrag, den Vorfall zu untersuchen, die Angelegenheit in Ordnung zu bringen. Keiner der Befragten habe angeben können, wer der Anstifter gewesen sei. Er habe Schwierigkeiten, das zu glauben. Glaubhaft sei für ihn, dass die Klasse um Puskás getrauert habe, was verständlich sei, was aber trotzdem ein schlechtes Licht auf die Klasse werfe, weil die Falschmeldung ja nur im RIAS verbreitet worden sein könne. Man hätte zu ihm kommen können, um darüber vertrauensvoll zu reden. Das aber hätten wir unterlassen. Jetzt folgte die Litanei der zu erwartenden Dankbarkeit gegenüber dem Staat der Deutschen Demokratischen Republik, der uns in schwieriger Zeit das Lernen an einer Oberschule ermögliche, was nicht selbstverständlich sei, der Staat tue viel für uns, stelle Mittel frei, damit wir gut ausgebildet würden.

Als Schwerz eine Pause machte, uns erwartungsvoll anschaute, äußerte Dietrich höflich, dass er den Eindruck gehabt habe, Herr Mehling habe versucht, mit unseren Aussagen nicht korrekt umzugehen, uns unzulässig zu belasten, wie er jetzt von Hans-Jürgen wisse. Das müsste doch erst einmal geklärt werden. Hans-Jürgen warf Schwerz schnoddrig entgegen, Mehling habe einen faulen Trick angewendet, er habe versucht, uns gegeneinander auszuspielen. Während er sprach, stand er vor seiner Bank und ließ die Hand in der Hosentasche, die sich durch seine Faust nach außen wölbte. Flegelhaft war das, die Hand in der Hosentasche. Gerd brummte durch seine dicken Lippen, ein schöner Staat sei das, und Reinhard haute vollends drauf, als er Schwerz entgegenhielt, diese Vernehmungen erinnerten an Gestapo-Methoden und das sei überhaupt eine Schwäche unseres Staates.

Dieser Vorwurf traf. Kommunisten waren auch immer Antifaschisten, sie mit Faschisten gleichzusetzen, das war nicht hinzunehmen, vor allem, weil es öffentlich gesagt war. Bei der Bemerkung von Hans-Jürgen rötete sich das Gesicht von

Schwerz, sein Lächeln verflog. Er wendete sich, seinen Arm auf den Tisch gestützt, aggressiv zu Reinhard: Das ist unerhört. Ich entziehe dir das Wort. Wir sprechen uns später. Durch Reinhards Körper wanderte die Bewegung einer Schlange, mit der er sich langsam auf seinem Stuhl niederließ. Im Sitzen erstarrte er und fixierte mit nach unten geneigtem Kopf die Tischplatte seiner Bank.

Nach einer Pause des Abreagierens sprach Georg Schwerz zur ganzen Klasse: Der Pädagogische Rat werde entscheiden, wie mit der Klasse verfahren werden solle, deshalb sei die Stunde jetzt beendet. Er treffe aber schon jetzt eine persönliche Entscheidung. Er ziehe sein vertrauliches Du der Klasse gegenüber zurück. Er sei enttäuscht, dass an seiner Schule ein solches Verhalten möglich sei. Es war fünf Minuten vor Unterrichtsschluss, er verließ das Klassenzimmer. Auf dem Schulhof besprachen wir das Verhalten von Schwerz. Dass er uns demnächst mit Sie anreden wollte, was er auch tat, bedrückte uns, er brach mit einer selbstverständlichen Vertraulichkeit, alle Lehrer duzten uns. Wir fanden seine Distanzierung aber auch komisch, wir bewerteten sie auch als pädagogisches Unvermögen.

Er war so angesäuert, dass er noch auf einer Elternversammlung den Auftritt von Hans-Jürgen dramatisierte: Der Junge habe ihn mit der Hand in der Tasche bedroht. Es hätte ihn nicht gewundert, wenn er einen Revolver herausgezogen hätte. Die flegelhafte Hand in der Hosentasche war 1956 nicht hinzunehmen.

Wir stellten Vermutungen darüber an, was uns erwartete. Irgendeine Bestrafung musste kommen. Wir machten uns auf den Weg nach Hause. Hans-Jürgen, Karsten und Horst Z. standen abseits. Sie beschlossen wie ein Rat der Eingeweihten, dass es dabei bleibe, die Klasse habe sich spontan für die Schweigeminute entschieden. Sie waren die Einzigen, die Dietrichs spontanen Ausruf unmittelbar gehört hatten. Sie wollten darüber auch nicht mit der Klasse reden. Wissen konnte verführen. Zudem war Dietrichs leiser Satz Zufall des Anfangs. Den konnte man vergessen.

Wer hatte unsere Schweigeaktion an die Kreisleitung der SED in Beeskow gemeldet? Verdächtigt wurden der Direktor Georg Schwerz und der Geschichtslehrer Werner Mogel. Beide haben über die Jahre hinweg mit dem Verdacht des Verrats leben müssen. Sie waren es aber nicht. Wer die Meldung gemacht hat, kann man in den Potsdamer Archiven nachlesen. Er soll hier nicht genannt werden. Die Angehörigen haben darum gebeten. Dem sei entsprochen. Schwamm drüber.

*

Am nächsten Montag versammelten sich alle Schüler und Lehrer vor der ersten Schulstunde wie an jedem Montag zum Fahnenappell. Heute ging es um uns. Direktor Schwerz gab bekannt, der Pädagogische Rat habe beschlossen, der Klasse 12 eine Rüge wegen ungebührlichen Verhaltens und Reinhard, der besonders negativ geredet habe, einen Tadel auszusprechen. Reinhard musste nach vorne treten und sich seine Zurechtweisung anhören. Ordentlich ausgerichtet, nahm er die Meldung zur Kenntnis. Er dachte: Dann trete ich nach vorne, höre mir an, wie ungehorsam ich bin, trete wieder zurück, und dann ist es auch vorbei. Wie Reinhard nahmen wir an, die Angelegenheit sei nach dieser öffentlichen Bestrafung abgeschlossen.

*

Nach den Verhören musste die Kreisleitung der SED in Beeskow handeln. Sie hatte zwar nicht erfahren, was sie wissen wollte, aber sie hatte sich ein Bild von uns gemacht, das ausreichte, einen Einzelnen von uns zu bestrafen. Es traf unseren Kameraden Hans-Jürgen. Georg Schwerz erinnert sich:

Die Kreisleitung der SED hat von mir gefordert, diesen Schüler zu entlassen. Wöhl aber, auch Parteimitglied, hat dagegen gesprochen. Es habe keinen Sinn, jemanden rauszuschmeißen, er gehe dem Staat verloren. So sind wir auf die Idee gekommen, ihn nach Beeskow zu Vollmer zu schicken. Der war Kaderschmied. Er sollte nicht bestraft, sondern erzogen werden. Ich habe mit Vollmer verhandelt, er stimmte zu: Mache ich, aus dem wird noch ein anständiger Staatsbürger werden.[20]

Wer war Hans-Otto Vollmer? Er war Direktor der Friedrich-Engels-Oberschule in Beeskow. Was in Beeskow von ihm umlief, war seine gnadenlose Strenge. Dietrich hörte wiederholt davon, er besuchte die Grundschule in Beeskow, die auf der nördlichen Seite des mit der Oberschule gemeinsam genutzten Schulhofes stand. Ein Licht auf diese Strenge wirft der Text einer »Aktionsgemeinschaft zum Schutze der Kinder« vom 20. Dezember 1956:

Wer den Betrieb in der Friedrich-Engels-Oberschule unter der Leitung des Direktors Vollmer aus eigener Anschauung kennt, der hat genug Grund zu ernster Sorge und wünscht sehnlich, dass hier Wandel geschaffen wird (...) Wie sollen unsere Kinder ihrer späteren Aufgabe entgegenwachsen können, für sie erzogen und befähigt werden, wenn man sie nur gängelt, wenn man sie wegen jeder Kleinigkeit unter Druck setzt und ihnen ständig den weiteren Schulbesuch zu nehmen droht, sofern sie sich mit der ihnen vom Direktor zugeteilten Rolle eines kritiklosen Duckmäuserkollektivs nicht abfinden wollen.[21]

*

Warum sollte Hans-Jürgen der Sündenbock sein? Hans-Jürgen lernte ungern für die Schule. Er war ein Kumpeltyp, verhielt sich aber nervend provokativ. Nicht nur gegen uns, auch gegen Lehrer. Vor allem gegen Werner Mogel redete er schnodderig. In seinem Hintergrund wusste er seinen Vater,

Rechtsanwalt in Ulm, der ihn mit Geld versorgte. Das war nicht die Ursache seiner großen Geste, aber es ließ ihn glauben, auf großer Spur seine provozierenden Bahnen ziehen zu können. Er war fähig, sich um Kopf und Kragen zu reden. Nach einer Geschichtsstunde stand er mit Dietrich und Werner Mogel am Flügel in unserem Klassenraum, lehnte sich lässig mit den Armen auf den Deckel des Flügels und offenbarte Werner Mogel, es gebe jetzt ein neues Buch über Rommel, da könne man sehen, wie der von den britischen Kriegsgegnern geschätzt worden sei. Werner Mogel fragte, wo er das Buch gesehen habe, was Hans-Jürgen beantwortete: In West-Berlin. Dietrich trat ihn gegen seinen Schuh. Werner Mogel wandte ein: Dass man solche Bücher überhaupt herausgeben könne. Was Hans-Jürgen nicht daran hinderte nachzusetzen: Ja, aber man erfahre doch mehr als in Geschichtsbüchern. Dietrich wollte abschwächen, indem er meinte, Geschichtsbücher könnten eben nicht ausführlich sein, wenn nicht sowieso in solchem Buch vieles fragwürdig sei. Er griff Hans-Jürgen beim Ellenbogen, an dem er ihn mit den Worten aus dem Klassenraum zog, sie dürften zur Verabredung nicht zu spät kommen. Draußen fragte er ihn, ob er bescheuert sei, was Hans-Jürgen lapidar abtat: Der kann mich mal.

Die Staatssicherheit hatte ihn schon beobachtet. Die Kreisdienststelle Fürstenwalde schickte an die Kreisdienststelle Beeskow auf deren Anfrage einen Bericht, datiert vom 9. 11. 1956:

D. [Hans-Jürgen] wohnt bei seiner Mutter. Frau D. ist von ihrem Mann geschieden. Sie ist als Buchhalterin im VEB Sägewerk in Kolpin beschäftigt. Die Einstellung der D. zur DDR kann als gut bezeichnet werden. Sie ist auch im Vorstand des Roten Kreuzes und leistet hier eine aktive Mitarbeit.

Ihr Sohn Hans-Jürgen ist ganz das Gegenteil. Er besucht die Oberschule in Storkow, ist auch Mitglied der FDJ, hat sich aber noch nie im Ort an einer gesellschaftlichen Arbeit betätigt. Ab

17.00 Uhr sitzt er Tag für Tag in der Gaststätte bei Dräger in Kolpin und spielt mit Alt und Jung Billard. Er wird in Kolpin »Billardkönig« genannt. Nach Aussagen eines Genossen ist er ein Strolch, er ist frech gegen ältere Personen, lässt sich überhaupt nichts sagen, hat immer das letzte Wort. Er steht mit seinem Vater in Verbindung, von diesem wurde er laufend mit Geld unterstützt, diese Geldsendungen holte sich D. ab in West-Berlin, ohne dass seine Mutter etwas davon wusste. Er kauft sich auch jede Menge Westschmöker, so dass er die anderen Jugendlichen damit versorgt.

Der Genosse L. hat sich schon mit der Mutter unterhalten, diese sagte, was soll ich denn machen, wenn er nicht vernünftig wird, soll er zu seinem Vater gehen. Dieser ist als Rechtsanwalt in Westdeutschland tätig. L. ist der Meinung, dass der D. bestimmt, wenn er die Schule absolviert hat, zu seinem Vater nach Westdeutschland macht. Mitglied der FDJ ist er nur deshalb, damit er die Oberschule besuchen kann. D. kann jeden Einwohner beurteilen, er weiß auch über die Ablieferung und das Soll Bescheid. Der Gen. L. ist der Ansicht, dass er der DDR mehr Schaden macht, als etwas anderes, und man müsste ihn von der Oberschule werfen.[22]

In einem »Bericht zur Lage in Storkow« vom 8. 1. 1957 schreibt der Genosse H. vom Rat des Kreises Beeskow über Hans-Jürgen:

Zur Friedensfahrt 1956 verbreitete D. das westliche Argument in der Klasse, sowjetische Fahrer haben absichtlich Täve Schur zu Sturz gebracht, damit er nicht als Etappensieger in Berlin ankommt. Ende Oktober belog D. den Gen. Schwerz, indem er Urlaub zum Arzt erbat, in Wirklichkeit aber nach West-Berlin fuhr, was er auch zugab. Nach Angaben der Lehrer entfaltete D. die negative Diskussion über Ungarn in der Klasse.[23]

Georg Schwerz erinnert sich an das Bild, mit dem man Hans-Jürgen fixierte:

Da war ein Schüler, der hat vorsätzlich immer politische Agitation getrieben über den RIAS. Der Pädagogische Rat, eingeschlossen die parteilosen Lehrer, war der Ansicht, dass eine westliche politisch gezielte Propaganda nicht an der Schule verbreitet werden sollte. Und dieser Schüler sollte versetzt werden an die Oberschule zu Vollmer, ins Internat, weil angenommen war, das Elternhaus hat politisch in diese Richtung mit beeinflusst, was keiner wusste und auch nicht wissen konnte. Er sollte nicht strafversetzt werden, strafversetzt schon, aber er wäre in ein ordentliches Internat gekommen, hätte Internatsgeld bekommen, 100 oder 120 Mark, und hätte dort eine Schule besucht, die nicht schlechter war, und sein Abitur gemacht wie hier auch. Ich muss das mal so sagen: Man hätte den ja schon gleich einsperren können. Hat man also auch nicht getan. Man war zunächst sehr kulant.[24]

Wir, seine Klassenkameraden, wussten von diesem Plan nichts. Der Termin für seine Entfernung aus unserer Klasse war schon bestimmt. Georg Schwerz: *Vorgesehen war der 1. Januar. Dann aber kam Lange.*

6. Die staatliche Keule

Der Volksbildungsminister pöbelt uns an

Es war Donnerstag, der 13. Dezember 1956, in der zweiten großen Pause. Wir saßen oben im Biologieraum des naturwissenschaftlichen Gebäudes. Auf den Hof wollten wir nicht gehen, es war frostig kalt. Einige von uns allerdings mussten auf den Schulhof, weil dort die Toilette war. Sie kamen mit einer Nachricht zurück: Unten auf der Einfahrt vor dem Schulhof ständen zwei große schwarze Limousinen, drin sitzen tue keiner. Schüler aus anderen Klassen hätten ihnen gesagt, zwei Männer im mittleren Alter seien die Treppe hinunter in den Heizungskeller gegangen, wo der Hausmeister Paul Werner sich aufhalte, jetzt seien sie im Lehrerzimmer.

Zu viert gingen wir auf den Schulhof, schwenkten links in den Weg hinter dem naturwissenschaftlichen Trakt ein und erblickten die beiden Autos. Es waren zwei schwarze SIM-Limousinen, sowjetische Fabrikate aus den Molotow-Werken, die auf unserem Schulgelände noch nie gesehen worden waren. Solche Karossen fuhren nur ausgewählte hohe Funktionäre der Staats- und Parteiführung. Wie zwei zu groß geratene Panther standen sie dicht hintereinander mit ihrem schmalen nach oben gezogenen Kühlergrill und dem kompakten Rundbuckel ihrer Hinterteile.

Wir eilten wieder nach oben, denn die Mathestunde musste gleich beginnen. Die ersten fünf Minuten vergingen, Mathelehrer Fricke kam nicht, was noch nie vorgekommen war. Schließlich erschien in unserem Unterrichtsraum ein untersetzter korpulenter Herr, dem ein anderer sich anschloss, gefolgt von Fricke. Kurz hinter der Eingangstür, die Fricke zuzog, blieb er stehen, die anderen beiden hinter ihm auch. Er stellte sich vor, mit sonorer Stimme: Volksbildungsminister Lange. Er wolle mit der Klasse sprechen. Er schaute sich zu seinem Begleiter um, blickte in den hinteren Teil des Klassenraums, blickte ihn wieder an, sodass dieser nach hinten ging und sich auf einen freien Stuhl setzte. Fricke folgte ihm und setzte sich auf einen anderen freien Stuhl in der letzten Reihe. Er ließ einen Stuhl Abstand zwischen sich und dem Fremden.

Volksbildungsminister. Hatten wir richtig gehört? Wir waren selbstverständlich schon bei Erscheinen der Herren aufgestanden. Gespannt schauten wir auf diesen Herrn Lange, dessen Namen wir nie gehört hatten. Er schaute uns an. Abschätzende, ruckartig bewegte Blicke trafen unsere geordneten Reihen. Seine Augen hefteten sich abwechselnd auf unsere Gesichter. Sie beeindruckten weniger durch sich selbst als durch ihre dunklen buschigen Augenbrauen. Die rechte legte sich über dem Auge ruhig in die Waagerechte, ehe sie sich nach außen spreizte, während sich die linke aus dem Nasenansatz steil, wie ein Ausrufezeichen, nach oben stellte. Seine herzförmigen kurzen Lippen begrenzten ein breites ovales Kinn, das unten von einer fetten Halswulst umrundet wurde. Sein massiver Kopf, mit hoher Stirn und glatt nach hinten gekämmtem weißgrauem Haar, steckte wie ohne Hals in einem weißen Hemdkragen. Zwei Warzen stülpten sich auf der glatt gespannten Haut füllig nach außen.

Nachdem sein Gesicht als eine Andeutung von kontrollierender Kraft präsentiert war, forderte er uns zum Setzen auf. Er selbst nahm Platz auf dem Stuhl vor dem Pult. Bernd-Jürgen und Dietrich saßen ihm nun in der mittleren Reihe direkt gegenüber. Sein stahlblauer Anzug dünstete einen klinisch strengen Geruch von frischer Konfektionsware aus.

Nach einigen Sekunden wiederholter Augensprache begann er einen Vortrag. Wir seien Schüler an einer Oberschule der Deutschen Demokratischen Republik. Das Bildungssystem in der Deutschen Demokratischen Republik sei eine sozialistische Errungenschaft. Sie stehe jedem offen, unabhängig vom Verdienst der Eltern. Die Gedanken bei vielen: Diese Information stimmte nicht. Erst nach dem 17. Juni 1953 wurde die beschränkte Erlaubnis für Kleinbürgerkinder, eine Oberschule der DDR zu besuchen, aufgehoben, einige Klassenkameraden waren schon für Lehrstellen angemeldet gewesen, Dietrich z. B. bei der Reichsbahn, er war Sohn eines Lehrers, Horst R. beim Forstamt, er war Sohn eines Arztes. Lange fuhr fort: In Westdeutschland entscheide das Geld der Eltern, wer die Oberschule besuchen könne. Die Großzügigkeit unseres Staates bedeute aber eine Verpflichtung für jeden Schüler, er habe sich würdig zu erweisen, indem er fleißig lerne, gesellschaftlich aktiv sei, damit in der Deutschen Demokratischen Republik der Sozialismus verwirklicht werden könne. Die Oberschüler seien die künftigen jungen Kader, sie trügen große Verantwortung. Der Klassenfeind schlafe nicht. Sehr wachsam müsse man sein. Er sei ein alter Kommunist. Er habe den Klassenfeind persönlich kennengelernt. Gegen den Faschismus habe er gekämpft. Er könne erzählen, wie die Faschisten mit ihm und anderen kommunistischen Genossen umgegangen seien. Im KZ Sonnenburg habe er die Faschisten erlebt, aber auch die Solidarität der Genossen. Sie hätten diesen Kampf nicht umsonst gekämpft. Sie schlügen zu, wenn der Klassenfeind glaube, den teuer erkämpften Sozialismus kaputt machen zu können. Diese Härte sei er seinen Erfahrungen als Kommunist schuldig.

Er machte eine Pause. Wir waren alle still. Jeder ahnte, das war eine einleitende Drohung. Er lehnte sich auf dem Stuhl zurück. Aus dieser distanzierteren Haltung heraus wechselte er unvermittelt das Thema. Er sei in Ungarn gewesen, vor dem Zweiten Weltkrieg. An Ernteeinsätzen habe er teilgenommen. Wenn die Zeit des Mittagessens herangekommen sei, hätten sich die Landarbeiter an den Rand der Felder vor die begrenzenden Büsche gesetzt und ihre mitgebrachte Mahlzeit gegessen. Einige aber hätten sich nicht dazugesetzt. Sie seien hinter den Büschen verschwunden. Nach fünf Minuten seien sie wieder hervorgekommen. Und was hätten sie gemacht? Er reckte bei der Frage seinen Kopf nach oben, sodass er uns aus der gewonnenen Augenhöhe mit zugespitzten Brauen fixieren konnte. Nach einer für die Wirksamkeit der Frage gelassenen Pause nahm er die Außenseite seiner rechten Hand an den Mund und wischte sie mehrere Male über seine Lippen hin und her. Er nahm die Hand von den Lippen, legte sie, sich wieder mit den Unterarmen abstützend, auf das Pult und beantwortete seine Frage selbst: Den Mund hätten sie sich gewischt. Die hätten so getan, als hätten sie etwas zu essen gehabt. Durch das Abwischen ihres Mundes hätten sie ihre Mahlzeit nur vorgetäuscht. Sie hätten gar nichts zu essen gehabt, sie seien arm gewesen, gehungert hätten sie. Wegen dieser Armut hätten sie sich so geschämt, dass sie sich, während die anderen gegessen hätten, hinter den Büschen verkrochen hätten. Man habe sie Mundwischer genannt.

Er ließ eine längere Pause. Die nutzte Dietrich mit der vorgetragenen Bitte, ihn zu entlassen für eine wichtige Probe der Volkstanzgruppe. Selbstverständlich könne er gehen. Er streckte den Arm, zur Klasse geöffnet, und sagte verständnisvoll höflich, wer gehen müsse, könne selbstverständlich gehen. Es musste jedoch niemand anderes weg. Dietrich verabschiedete sich und verließ den Klassenraum.

Fritz Lange aktualisierte: Die Volksrepublik Ungarn habe einen schweren Weg zu gehen. Es gehe um den Übergang von der agrarischen zur industriellen Gesellschaft. Die Arbeiterpartei der Volksrepublik habe auf diesem Weg schwere Fehler begangen. In der DDR seien diese Fehler vermieden worden. Die ungarische Bevölkerung habe mit diesen Fehlern nicht einverstanden sein können, sie sei berechtigt unzufrieden. Aber diese Unzufriedenheit hätten faschistische und konterrevolutionäre Elemente ausgenutzt, die nur ein Ziel gehabt hätten: den Sozialismus zu beseitigen. Die Sowjetunion habe deshalb eingreifen müssen.

*

Der Minister wurde unvermittelt konkret: Was mit der Schweigeminute sei, warum wir das gemacht hätten. Aus der Klasse erhielt er die Antwort, dass wir um den totgeglaubten ungarischen Fußballspieler Ferenc Puskás getrauert hätten. Als er begreifen musste, dass er keine andere Antwort erhalten würde, drängte er mit einer neuen Frage: Wer habe die Aktion angestiftet? Er erhielt als Antwort, die Aktion hätten wir alle gemeinsam durchgeführt, es gebe keinen Anstifter. Er forderte nun eindringlich belehrend die einzelnen Befragten auf, nicht von »uns« zu reden, sich nicht hinter den anderen zu verstecken, sondern nur von sich persönlich zu sprechen. Darauf erhielt er die wiederholte Antwort, man wisse es nicht.

Er brüllte, Blödsinn, das könnten wir jemandem erzählen, der sich die Hose mit der Kneifzange anziehe. Hier gebe es einen oder mehrere Rädelsführer. Er verlange, dass sich die Klasse von diesem oder von diesen distanziere, die die Schweigeminute für die ungarischen Konterrevolutionäre organisiert hätten. Wir sollten ihm nichts von Puskás erzählen, hier seien ganz andere Elemente am Werk, die sich auf die Seite des Klassenfeindes gestellt hätten. Was wir ihm sagen würden, das könne doch keiner glauben, die ganze Klasse könne sich doch nicht auf die Seite des Klassenfeindes stellen.

Arthur fragte den Minister, woher er diese einseitige Information über uns habe. Lange antwortete jovial: Jawohl, mein Junge, das darfst du wissen. Arthur dachte an Werner Mogel: Der hat uns angeschwärzt, der ehemalige HJler, der steckt dahinter, dass der Minister jetzt in unserer Klasse sitzt. Arthur ließ sich oft treiben von seinem moralischen Rigorismus. Der Minister blieb stumm. Wenige Augenblicke Pause. Antwort gab er nicht. Seine Stimmung hatte sich geändert: Sei er hier der Angeklagte oder wir? Seine gönnerhafte Haltung hatte er abgelegt, er wurde lauter.

Arthur meldete sich noch einmal und fragte, ob er noch etwas sagen dürfe. Ja, dürfen Sie. Herr Minister, Sie werden laut, aber deshalb haben Sie noch nicht Recht. Wie merkwürdig, kein Donnerwetter. Der Minister sagte gar nichts, er ließ von Arthur ab, der konnte sich setzen. Warum traute sich Arthur, den Minister so direkt anzugehen? Hinter ihm stand die Macht seines Vaters, von dem er immer wieder sagte, er habe eine Position, in der er viel, auch über uns, wisse. Als Bezirksoberbaumeister bei der BDVP (Baudienst bei der Volkspolizei) war er einflussreiches Parteimitglied, mit Verbindungen zu den leitenden Parteifunktionären des Bezirks Frankfurt (Oder).

Reinhard wollte es nun wissen. Er erklärte dem Minister, seine negative Beurteilung der Klasse könne ein Vorurteil sein, von dem der Herr Minister sich vielleicht leiten lasse, weil er davon gehört haben könne. Und er berichtete, unser FDJ-Sekretär und Geschichtslehrer habe sich auf einer FDJ-Versammlung unfair uns gegenüber geäußert. Er habe gesagt, er wolle niemandem drohen, aber die Regierung werde es sich genau überlegen, ob sie ihre eigenen Mörder auf die Hochschule schicken werde.

Der Minister zögerte nicht. In zunehmender Lautstärke antwortete er: Dieser FDJ-Sekretär habe Recht gehabt. Er sei überzeugt, dass wir, die Schüler, denen er jetzt gegenübersitze, im Fall von Ereignissen wie in Ungarn nicht nur applaudierten, wenn ein Minister wie er selbst aufgehängt werde, sondern selber noch den Strick zuzögen. Nach einer Pause hob er noch einmal an: Wenn einer von uns den konterrevolutionären Putsch in Ungarn verteidige und die Maßnahmen zu seiner Niederschlagung kritisiere, dem werde er mit der blanken Faust die Fresse polieren, dass er sich dreimal überschlage.

Nachdem er sich gefasst hatte, veränderte er seine Fragehaltung. Was wir einmal werden wollten, war ihm jetzt wichtig. Er fragte gezielt einzelne Schüler. Wir standen auf, stellten uns neben die Bank und gaben unsere Antworten ab. Mit Kopfnicken oder wegwerfender Handbewegung forderte er uns zum Setzen auf.

Er fragte Dieter nach seinem Berufswunsch. Der sagte, Journalist. Der Minister dehnte die ersten Wörter seiner Antwort: Sooo, Jouurnaliist! Er fixierte Dieter und hob seine geschärfte Stimme: Ein Journalist müsse glauben, was er schreibe, man brauche in der Presse keine Schwätzer und Lügner wie in Westdeutschland. Dieter durfte sich setzen.

Walburga fragte er als Einzige nach ihrer Religion. Sie war diejenige, die wirklich aus ihrem Glauben heraus lebte, also auch regelmäßig in den Gottesdienst ging, was wir anderen nicht taten. Als sie antwortete, sie sei katholisch, gab er ihr in abwertender Betonung ein langsames Ahaa mit, was ihr die Röte ins Gesicht steigen ließ und ihren Kopf in kurze Rechts-Links-Bewegungen versetzte, was ihr passierte, wenn sie peinlich berührt war.

Karsten antwortete, er wolle Geografie studieren und dann in die Forschung gehen. Auf die Zusatzfrage, was seine Eltern machten, antwortete er, seine Mutter nichts. Der Minister wurde ungehalten, er habe nicht gefragt, was seine Mutter mache, sondern seine Eltern. Karsten setzte noch einmal mit seiner Mutter an, sie arbeite auf der Forst- und Traktorenstation in Kolpin. Nun schoss die Frage nach dem Vater hinterher. Karsten versuchte noch einmal eine Nebelantwort: Sein Vater sei nicht mehr hier. Und auf die energische Aufforderung, ja, was denn nun, musste er endlich bekennen, sein Vater wohne in Westdeutschland. Herablassend fiel des Ministers »Na ja« in den ideologischen Sumpf unserer Klasse. Er fasste nach: Was denn sein Vater während des Krieges gemacht habe? Er sei Offizier gewesen. Ach soo. Das biografische Interesse war noch nicht befriedigt. Was sei denn der Vater davor gewesen? Preußischer Revierförster. Der Minister explodierte. Das seien die Richtigen, der Vater erst reaktionärer Beamter, dann Nazi-Offizier und der Herr Sohn auf der Schule, um dem Sozialismus zu schaden und das auf Kosten des Staates. Er brüllte und Karsten stand neben seiner Bank, keine zwei Meter vom Minister entfernt. Während sein Vater beschimpft wurde, dehnte sich die Zeit in dem Bewusstsein, sich ganz still halten zu müssen.

An alle gewandt, fügte der Minister in abgesetzt ruhigem, aber nicht weniger bedrohlichem Ton hinzu, ja, so sei es, wir würden nicht nur Beifall klatschen, sondern am Strick ziehen, das werde immer deutlicher. Er beruhigte sich wieder durch die Antworten von Horst Z., der neben Karsten saß. Sein Vater sei im Krieg vermisst, seine Mutter gehe einer einfachen Arbeit nach, sie sei krank. Das proletarische Opfer-Ideal wirkte für kurze Zeit.

Aber schon wieder wurde er laut, als Waltraut den Berufswunsch Tierärztin angab. Tierärztin, natürlich, das seien die Reaktionärsten auf der Humboldt-Universität. Auf den Dörfern seien die Tierärzte die Schlimmsten gewesen. Sie hätten die Bauern ausgesogen und sich die Bäuche fett angefressen. In uns machte sich Abwertung breit: Der hat es nötig, Dickbauch, Fettgesicht. Er fragte Waltraut, was ihr Vater von Beruf sei. Sie antwortete, Bauernförster: Ach sooo, Stubbenknecht. Die hätten den Bauern das Holz gestohlen, um ihre krummen Geschäfte zu machen. Er schüttete seinen Aggressionskübel weiter aus, als er auf die Antwort von Horst R., sein Vater sei Arzt, nötigend auf ihn einredete, sein Vater sei sicher gegen den Sozialismus, er solle doch zugeben, dass er gegen ihn sei, dass er auf den Staat, auf die Partei schimpfe. Horst R. sagte nichts. Was hätte er auch entgegnen können oder dürfen? Hätte er sagen sollen, sein Großvater sei vor der Nazizeit ein angesehener Bürgermeister in Storkow gewesen? Das alles fiel unter die Rubrik »kleinbürgerliches Pack«.

Als Reinhard auf wiederholtes Nachfragen angab, sein Vater sei in der Leitung der Raiffeisenbank tätig gewesen und nach dem Krieg fünf Jahre in Gefangenschaft – er sagte nicht, wo – attackierte ihn der Minister mit dem einen Satz: Dein Vater war doch auch so ein Faschist. Sag es doch, gib es doch zu, dass dein Vater ein Faschist war. Reinhard hielt an sich. In ihm bohrte nur noch die bedrohliche Erkenntnis: Der Minister hat Personalwissen über uns. Er konnte sich setzen.

Ursula antwortete, sie wolle Lehrerin werden. Er bedankte sich ironisch jovial: Prost Backpflaume. Und schließlich bekam auch Gisela ihr Fett weg, als sie auf die Frage antwortete, was sie in der Schule neben dem Unterricht mache: FDJ-Vorsitzende der Schule. Der Minister: Danke für Backobst.

Er lehnte sich auf seinem Stuhl zurück. Nach einer kurzen Pause fasste er mit entschlossener, ruhiger Stimme zusammen: So, wir weigerten uns zuzugeben, dass hier ein Schulstreik, eine konterrevolutionäre Aktion durchgeführt worden sei, wir weigerten uns, den Rädelsführer zu nennen, wir versteckten den oder die vor ihm. Es wäre aber richtig gewesen, sich von diesem Rädelsführer zu distanzieren, wir seien auf einer Schule der Deutschen Demokratischen Republik und verbündeten uns mit dem Klassenfeind. Sie könnten auch anders mit uns umgehen. Er gebe uns eine Woche Zeit. Bis dahin wolle er von der Klasse den oder die Rädelsführer genannt haben. Werde der, werden die nicht genannt, werde die ganze Klasse vom Abitur ausgeschlossen. Acht Tage Bedenkzeit würden wohl reichen. Erfahre er, wer als Rädelsführer in Frage komme, gingen die anderen straffrei aus. Er stand auf und ging aus der Klasse, sein Begleiter aus der letzten Bank folgte ihm. Fricke hatte den Raum schon nach der ersten Stunde verlassen, er hatte Unterricht.

*

Die Klasse blieb noch einige Minuten im Raum. Wut und Ohnmacht mischten sich zu einem diffusen Gefühl der Hilflosigkeit, von der uns die üblichen verbalen Abwertungen wie Bonzensau, Plusterbacke, Arschloch, Prolet nicht befreiten.

Der Minister stand zu hoch. Einen Rädelsführer, der mit geplantem Vorsatz die Kameraden in eine Protestaktion geführt hätte, gab es nicht. Wir hatten nichts mitzuteilen. Denunzianten wären wir auch nicht geworden, wenn es wirklich einen solchen gegeben hätte. Die empfundene Ohnmacht entließ zwar jeden Einzelnen in seine eigene ratlose Enttäuschung – das sollte nun ein Minister sein –, aber auch in die Vitalität wütender Verachtung, die alle zusammenschmiedete. Noch begriff keiner, dass seine Schulzeit durch eine kollektive Strafe abgebrochen werden könnte. In der ministeriellen Sprache der Gewalt glaubten wir die übliche Phrase zu erkennen, die nichts Wirkliches meinte. Auch Mathelehrer Fricke relativierte, der Minister klopfe nur auf den Busch, so weit werde es nicht kommen.

Auf dem Weg nach draußen stellte Reinhard fest, dass er seine Schultasche im Vorraum unseres alten Klassenraumes, der in der Nähe des Lehrerzimmers lag, hatte stehen lassen. Während er mit der Tasche am Lehrerzimmer vorbeiging, hörte er, wie Russischlehrer Wöhl auf den Minister einredete. Was sie, die Lehrer, hier in mühevoller Arbeit aufgebaut hätten, das mache er, der Genosse Minister, mit einer Handbewegung kaputt. So könne man mit jungen Menschen nicht umgehen, das seien keine Konterrevolutionäre. Ob er sich überlegt habe, was er angerichtet habe, in der Klasse, in der Schule und in der Partei. Die Stimme wurde leiser, Reinhard konnte nichts mehr verstehen und ging. Seine Treue zur Idee des Sozialismus und seine persönliche Erfahrung der Unmenschlichkeit von Sozialisten befähigten diesen Lehrer, sich dem Minister entgegenzustellen. Sozialismus und Würde des einzelnen Menschen waren für diesen Kommunisten untrennbar verbunden. Aus diesem Glauben nahm er die Kraft zum kritischen Wort. Der Minister ließ ihn in Ruhe, er wusste wohl, dass Richard Wöhl Kontakt zu nicht unwichtigen Sowjetbürgern hatte.

*

Was an dem Tag im Lehrerzimmer geschah, konnten wir erst 40 Jahre später und auch nur in Andeutungen erfahren. Mathelehrer Fricke erinnert sich, der Minister sei mit noch einem Herrn ins Lehrerzimmer gekommen, habe sich als Volksbildungsminister Lange vorgestellt. Er habe bekanntgegeben, dass er gekommen sei, um mit der Klasse 12 zu sprechen. Mit dem Direktor Schwerz habe er nicht reden können, weil der an diesem Schulvormittag nicht da gewesen sei. Da die Unterrichtsstunde schon vor fünf Minuten hätte begonnen werden müssen, sei der Minister, nachdem er sich erkundigt habe, wo die Klasse zu finden sei, mit seinem Begleiter losgegangen. Weil diese Stunde seine Mathematikstunde gewesen sei, sei er einfach hinterhergelaufen. Nach dem Klassenbesuch habe sich der Minister im Lehrerzimmer aufgehalten und die Lehrer von seinem Beschluss unterrichtet, den oder die Rädelsführer der konterrevolutionären Aktion bis zu einem Ultimatum am 21. Dezember 1956 von der Klasse erfahren zu wollen. Nur er habe geredet.

In einer Mitteilung aus der Bezirksleitung der SED vom 11. 1. 1957 ist notiert:

> *Am gleichen Tag fand am Nachmittag und am Abend eine Besprechung zwischen dem Genossen Minister, den Lehrern und dem Kollegen Zeidler statt, an der ungefähr ab 17.30 Uhr noch der Gen. Bürgermeister W. und der Gen. D. von der Bezirksleitung der SED teilnahmen. In dieser Aussprache gab Gen. Lange Hinweise, wie die Lehrer bis zum 21. 12. 56 mit den Schülern und den Eltern arbeiten müssten, um die Rädelsführer zu entlarven.*[25]

Auch der damalige Direktor der Schule, Georg Schwerz, erinnert sich. Er sei an diesem Vormittag des 13. Dezembers nicht in der Schule gewesen, weil er eine pädagogische Versammlung in Philadelphia, einem Nachbardorf von Storkow, zu besuchen hatte, in der die Umwandlung der Schule im Zusammenhang mit der Einführung des praxisorientierten Unterrichts besprochen werden sollte. Er sei vorzeitig nach Storkow mit dem Fahrrad zurückgefahren, da für 17.00 Uhr eine Schulparteiversammlung angesetzt gewesen sei. Als er vor der Schule die dicken Limousinen gesehen habe, sei ihm klar gewesen, dass hoher Besuch angekommen sei. Als er in das Lehrerzimmer eingetreten sei, habe er fremde Leute gesehen, von denen sich einer als Volksbildungsminister vorgestellt habe. Der habe ihm mitgeteilt, dass er in der 12. Klasse gewesen sei. Er habe ihn gefragt, was mit seiner Schule los sei, worauf Schwerz geantwortet habe, gar nichts sei los. Der Minister habe entgegnet, von wegen nichts los, ein Schulstreik, eine politische Demonstration habe hier stattgefunden. Danach habe nur der Minister gesprochen. Die Schulleitung und die Lehrer seien nicht fähig, mit solch einem Fall von Aufruhr fertig zu werden. Er, der Minister, müsse ihnen zeigen, wie man so etwas mache. Er habe auch sein Ultimatum bekannt gegeben, aber keine Konsequenzen angedeutet.

Die Aussage der Genossin K., Abteilungsleiterin für Volksbildung im Rat des Bezirkes Frankfurt (Oder), wirft ein Schlaglicht auf den Minister:

> *In der Aussprache, die Gen. Minister Lange mit den Lehrern der Oberschule Storkow hatte, soll er einige unpassende Äußerungen gemacht haben. Ein Genosse soll zu ihm gesagt haben, dass es pädagogisch nicht ganz richtig war, wie er gehandelt hat. Man soll sich doch von dem Sprichwort leiten lassen, nie eine Kollektivstrafe zu erteilen. Daraufhin soll Gen. Lange zu ihm das bekannte Wort aus »Götz von Berlichingen« gesagt haben. Als ein parteiloser Lehrer, der hinter ihm stand bzw. saß, sein Lachen nicht unterdrücken konnte, drehte sich Gen. Lange um und soll zu diesem gesagt haben: »Und Sie mich auch.«*[26]

Direktor Georg Schwerz wunderte sich, dass der Minister über die für 17.00 Uhr geplante Schulparteisitzung informiert gewesen sei, obwohl kein Genosse Lehrer mit diesem darüber gesprochen habe. Wie später zu erfahren gewesen sei, habe er die Information vom Hausmeister Paul Werner erhalten. Wir aus der Klasse 12 waren von Schülern aus anderen Klassen schon informiert worden, dass die Limousinen-Herren die Kellertreppe zum Hausmeister hinuntergestiegen waren. Fritz Lange, der Minister, besuchte Paul Werner, den Hausmeister, weil sie alte kommunistische, antifaschistische Kampfgefährten waren.

Wie hatte der Volksbildungsminister der DDR von unserer Aktion erfahren?

> *Durch eine Aussprache beim ZK der SED soll Gen. Lange von der Provokation an der Oberschule Storkow erfahren haben.*[27]

Dass er aus dem großen Berlin in unsere kleine Schule kam, hatte einen zufälligen Grund:

> *Da er Storkow aus früheren Landeinsätzen kannte, soll er beschlossen haben, selbst dorthin zu fahren.*[28]

Ein Minister in unserer Klasse, 20 Schülerinnen und Schüler, 17 oder 18 Jahre alt, in unserer kleinen unbedeutenden Schule, das ließ nicht nur uns erstaunen, sondern auch die SED-Genossen im Kreis und im Bezirk. Zunächst wussten sie von seinem Besuch nichts. Er kam überfallartig spontan. Er verhielt sich auch so. Keine Argumentation, kein Austausch, kein Gespräch. Nur Zurechtweisungen, Beschimpfungen, Beleidigungen. Vielleicht fühlte er sich als der Beleidigte durch uns: ideologische Lümmel, die so frech waren, die sozialistischen Ideale flegelhaft zu verhöhnen.

*

Nachdem der Minister seine ultimative Forderung an unsere Klasse dem Lehrerkollegium mitgeteilt hatte, verließ er abrupt die Schule, er hatte noch einen Termin am Institut für Lehrerbildung in Potsdam, er sollte vor den dortigen Pädagogik-Studenten einen Vortrag halten über allgemeine politische Probleme der Erziehung. Der damalige Student an der Pädagogischen Hochschule in Potsdam, E. Oe., später Lehrer an unserer Schule, erinnert sich an die Veranstaltung, auf der Volksbildungsminister Lange als Redner angekündigt war, am Tag seines Auftritts in Storkow:

> *Wir Studenten haben zwei Stunden auf den angekündigten Vortrag des Ministers warten müssen. Wir haben selbstverständlich nicht gewagt, den Hörsaal zu verlassen, ein Minister hat eben viel zu tun. Als er endlich eintraf, fiel mir auf, wie aggressiv erregt er war. Er leitete seinen Vortrag ein mit der Erklärung seiner Unpünktlichkeit. In der Stadt Storkow, im Bezirk Frankfurt (Oder), habe er sich länger als geplant aufhalten müssen. Drei Sätze des Ministers habe ich wörtlich in Erinnerung behalten: Ich habe eine Schule in die Luft geblasen. Ich habe eine Klasse geschlossen. Dort hat sich der Klassenfeind voll hineingesetzt. Ich kann mich an diese Sätze erinnern, weil ich nicht glauben konnte, dass ein Minister eine ganze Klasse ausschließen könne. Ich dachte, ein Minister entlässt eine ganze Klasse, das geht doch gar nicht.*

*

Fünf Tage später, am 18. 12. 1956, schrieb der Minister einen Brief an die Genossin K. von der Bezirksleitung Frankfurt (Oder) :

> *Werte Genossin!*
> *In der Oberschule Storkow herrschen in politisch-ideologischer Hinsicht unbeschreibliche Mißstände. Dort war es während der Ereignisse in Ungarn in der 12. Klasse zu einer sogenannten Schweigeminute gekommen. Der Direktor erwies sich als unfähig, eine ernsthafte Untersuchung durchzuführen. Durch sein ungeschicktes Verhalten den Schülern gegenüber kam es dazu, daß die Klasse sich zu einer »verschworenen Gemeinschaft« entwickelte. Der Direktor unterließ es auch, eine entsprechende Meldung über die Vorkommnisse an der Schule zu erstatten.*

Ich selbst erfuhr von den Vorfällen rein zufällig. Am Donnerstag, dem 13. Dezember 1956, fuhr ich selbst nach Storkow, um mich an Ort und Stelle über die Lage zu informieren. Ich hatte mit den Schülern ein Gespräch, das etwa vier Stunden dauerte. (...) Es kam mir darauf an zu erfahren, wer die Initiatoren der sogenannten Schweigeminuten gewesen sind und was die Ursache für die feindliche Demonstration der Schüler der 12. Klasse ist. Ich mußte aber feststellen, daß es völlig erfolglos war, irgendetwas herauszubekommen. Ich kündigte den Schülern an, daß sie nicht zum Abitur zugelassen werden, wenn sie nicht von sich aus Ordnung schaffen und sich von konterrevolutionären Elementen distanzieren.
Nach dem vierstündigen Gespräch hatte ich noch eine etwa sechsstündige Unterhaltung mit einer Gruppe von Lehrern dieser Schule. Dabei mußte ich feststellen, dass mit Ausnahme des Direktors und des Geschichtslehrers die übrigen Lehrer ein faules Versöhnlertum zeigten, das auf ihre eigene politische Haltung zu Rückschlüssen Anlaß gibt.
Wie mir der Direktor heute telefonisch mitteilte, hat inzwischen eine Elternversammlung stattgefunden, in der sowohl die Eltern als auch ein Teil der Lehrer versuchten, das Verhalten dieser Schüler der 12. Klasse zu bagatellisieren. Zu diesen Eltern gehört auch ein Berufsschullehrer namens G a r s k a . Garska ist in der Berufsschule Beeskow als Chemielehrer tätig. Sein Sohn spielt in der 12. Klasse der Oberschule Storkow eine besonders üble Rolle, u. a. durch betont westliches Auftreten. Zu den Lehrern, die sich heute schützend vor die Oberschüler stellen, gehört ein gewisser H o l z , von dem der Direktor der Schule behauptet, daß er vor 1933 Mitglied der SPD und in der Hitlerzeit Mitglied der NSDAP gewesen sein soll. Dieser Holz nennt sich heute »parteilos«.
Es hat den Anschein, daß sowohl ein Teil der Lehrer als auch der Eltern versucht, die Schuld für die Vorgänge auf den Direktor und den Geschichtslehrer abzuwälzen. Ich bezweifle nicht, daß sowohl der Direktor als auch der Geschichtslehrer sicherlich pädagogische Ungeschicklichkeiten begangen haben. Das kann aber niemals das offensichtlich feindliche Verhalten einer

ganzen Schulklasse von Siebzehn- bis Achtzehnjährigen erklären.
Nur ein Beispiel: Nachdem ich am Donnerstag fast vier Stunden mit den Schülern gesprochen und diskutiert hatte, versuchte die gleiche Klasse am Morgen darauf, den Schultag mit dem Lied »Wahre Freundschaft darf nicht wanken« zu eröffnen. Es ist ganz klar, daß hier wahre Freundschaft mit den faschistischen Provokateuren und den Rias-Agenten gemeint war. Wie mir der Direktor telefonisch mitteilte, bedurfte es erst des Einschreitens eines Lehrers, um diesen Gesang zu unterbinden (…)
Das Verhalten des Berufsschullehrers Garska und des Lehrers Holz ist (…) zu untersuchen. Auf keinen Fall kann man zulassen, daß die ganze Angelegenheit sozusagen im Sande verläuft, wie es ein Teil der Eltern und Lehrer will. Der Direktor der Schule müßte disziplinarisch verwarnt werden, weil er eine ordnungsgemäße Meldung über die Vorkommnisse an seiner Schule unterlassen hat.
Mit sozialistischem Gruß
gez. Fritz Lange[29]

Unsere Lehrer waren wieder geteilt. Die Genossen Mogel und Direktor Schwerz auf der einen Seite, auf der anderen Seite die Lehrer, die nicht Mitglied in der SED waren, *faule Versöhnler* nannte er sie. Wöhl, obwohl Genosse, gehörte zu ihnen. Wer gegen ihn, den Minister, sprach, der war ein ideologisches Weichei. Die Faulheit war die unpassende, schwächliche Neigung zur Versöhnung mit dem Klassenfeind. Der war zu bekämpfen, auch wenn er erst 17 oder 18 Jahre alt war.

Woher wusste der Minister von Dietrich? Von seiner *besonders üble(n) Rolle, u. a. durch betont westliches Auftreten*? Dietrich war nicht mehr in der Klasse, als der Minister uns beschimpfte.

Dietrich erinnert sich:

Ein heißer Sommernachmittag 1955 auf der Ernst-Thälmann-Straße. Ich ging auf dem schmalen Bürgersteig in Richtung Bahnhof. Plötzlich stand ein unbekannter Mann mittleren Alters vor mir. Er verstellte mir den Weg. Ich musste stehen bleiben. Er zog mit einer schnellen Bewegung aus der Innentasche seines Jacketts eine Art Ausweis hervor, hielt ihn mir direkt vor das Gesicht und steckte ihn ruckartig wieder ein, nannte zugleich seinen Namen und so etwas wie eine Institution, aber so schnell, dass ich nichts davon verstand. Zum Nachfragen blieb keine Zeit, denn es folgten zwei Sätze: »Ein Oberschüler der Deutschen Demokratischen Republik geht in dieser Kleidung nicht auf die Straße. Ich fordere dich auf, dieses Hemd nicht mehr zu tragen.« Weg war er. Ich trug ein sogenanntes Texas-Hemd, exotische Ornamente leuchteten auf grellem Orange. Ich trug es über der Hose. Ein Hemd über der Hose, dazu noch in solcher Buntheit, das gab es in der DDR nicht. Ich hatte es von meiner Tante aus Duisburg während der letzten Sommerferien geschenkt bekommen. Die Farben gefielen mir gar nicht, aber ich trug es, es war leicht und aus dem Westen. Ich hatte diesen Mann zuvor nie gesehen, trotzdem wusste er, dass ich Oberschüler war. Ich zog das Hemd draußen nicht mehr an. Ich redete auch mit niemandem darüber.

Als Dietrich nach der Wende von 1989 das Buch »Die große Wende einer kleinen Stadt« durchblätterte, eine Darstellung von Storkow in der Nachkriegszeit, fiel sein Blick auf ein Bild. Ein Passfoto. Den kannte er. Das war der Unbekannte: Franz Becker, ehemaliger Bürgermeister von Storkow. Wie ihm ein Stadthistoriker mitteilte, habe sich Becker 1955/56 wiederholt in Storkow aufgehalten. Er war Offizier im Staatssicherheitsdienst. Diese Quelle könnte Fritz Lange im direkten Kontakt benutzt haben, um sich Wissen über uns anzueignen. Reinhards Vermutung, der Minister habe Personalwissen über uns gehabt, war wohl richtig.

Allerdings ist auch eine andere oder zusätzliche Quelle möglich. Es war merkwürdig genug: Der Minister ging nach seiner Ankunft in der Schule nicht zum Direktor, sondern zum Hausmeister und zwar in den Heizungskeller. Paul Werner und Fritz Lange kannten sich aus der Kampfzeit der KPD.

Die Biografie des Genossen Fritz Lange ist klassisch sozialistisch und mag Einblick geben in die Entstehung seines rigiden Verhaltens. Er wurde am 23. November 1898 in Berlin geboren. Er war als Mittelschullehrer ausgebildet, nahm am Ersten Weltkrieg als Unteroffizier teil, war nach dem Krieg als Hilfslehrer einer Volksschule in Berlin-Neukölln tätig, wechselte 1920 von der USPD in die KPD, arbeitete als Funktionär der kommunistischen Kinderorganisation Junge Pioniere, fuhr auf Einladung 1923 in die Sowjetunion, weshalb er aus dem Schuldienst entlassen wurde. Er war weiter für die KPD tätig, als Stadtrat von Berlin 1925 bis 1935, als Redakteur des Bilderdienstes der »Roten Fahne«, als Abteilungsleiter der Roten Hilfe, als Mitglied des Roten Frontkämpferbundes. 1933 war er für ein halbes Jahr im KZ Sonnenburg inhaftiert, nach seiner Freilassung ging er kaufmännischen Tätigkeiten nach, arbeitete in der illegalen KPD mit, bis er 1942 zu fünf Jahren Zuchthaus verurteilt wurde, unter anderem war er in Brandenburg-Görden inhaftiert.

Unter der Sowjetherrschaft wurde er Oberbürgermeister der Stadt Brandenburg, war besonders aktiv als Vorsitzender der Enteignungskommission, aus der schließlich die Zentrale Kommission für staatliche Kontrolle wurde, von der aus er massiv in die Verwaltung eingriff. Seit 1950 war er Kandidat des ZK, Mitglied der Volkskammer, 1954 wurde er, als Nachfolger von Else Zaisser, Volksbildungsminister. 1958 verlor er seinen Status als Kandidat des ZK, wurde auf dem V. Parteitag zur Selbstkritik aufgefordert, weil er die sozialistische Erziehung der Jugend nicht entschieden genug durchgesetzt habe. Im Dezember 1958 wurde er als Volksbildungsminister abgelöst. 1960 wurde er leitender Mitarbeiter im Deutschen Institut für Militärgeschichte in Potsdam. Ab 1961 war er Rentner. Er starb am 16. September 1981 in Berlin-Niederschönhausen.

7. Der letzte Versuch

Die Eltern wehren sich

Die Woche nach dem Besuch des Ministers war voller Anspannung. Für uns Schüler, die Eltern, Lehrer und auch für die Funktionäre der SED. Die Staatssicherheit hielt sich zurück, sie hatte noch nicht die unkontrollierte Allmacht der späteren Jahre. Allerdings erhob der Genosse W. von der Bezirksleitung Frankfurt (Oder) später den Vorwurf, *dass die Staatssicherheit in der Angelegenheit Oberschule Storkow vollständig versagt hätte.*[30]

Genosse Mückenberger, SED-Chef im Bezirk Frankfurt (Oder), formulierte am 11. 1. 1957 genauer:

> *Die Untersuchungen durch die Staatssicherheit waren anfänglich gering. Es wurde die Meinung vertreten, dass das Angelegenheit der Partei sei. Es war nur ein Genosse von der Staatssicherheit in Storkow tätig.*[31]

Unsere Angelegenheit war auf die Ebene der Regierung der Deutschen Demokratischen Republik, auf die Ebene des Zentralkomitees der SED gehoben, der folglich alle anderen Staatsorgane die Initiative des Handelns zu überlassen hatten. Wir waren also der persönlichen Willkür des Ministers unmittelbar unterstellt.

Unsere Eltern wurden aktiv. Bis zum Ultimatum war nur eine Woche Zeit. Sie versammelten sich am 16. und am 17. Dezember, an einem Sonntag und Montag. An der ersten Versammlung nahmen wir teil. Unser Klassenlehrer Kassner hatte jeweils die Leitung. Von der ersten ist das Protokoll erhalten.

Die Anwesenheit wird durch einen Umlauf bestätigt.
Der Klassenlehrer Kastner [sic!] eröffnete pünktlich die Versammlung. Er erklärte, dass die Gründe zu dieser so plötzlich einberufenen Elternversammlung allgemein bekannt seien (...) Kollege Kastner wies auf den Ernst der Stunde hin, auf schwere Entscheidungen, die zu treffen sind. Er sprach die Hoffnung aus, dass die Eltern und die Schule einen gemeinsamen Weg finden mögen, um unsere Jugend vor Unheil zu bewahren (...)
Nach Verlesung dieses Protokolls befragte der Lehrer Kastner die Eltern, ob sie für die Hinzuziehung der Kinder zu dieser Versammlung seien. Der Vorschlag wurde einstimmig gebilligt. Nach Erscheinen der Kinder ermahnte der Klassenleiter die Schüler zur Überlegung und Wahrheit. Sodann erklärte Koll. Kastner, dass der Minister ein lebhaftes Interesse an der Entwicklung der Jugend hat. Eine Schülerin erklärte, dass man dies aus dem Verhalten des Ministers nicht entnehmen konnte. Sein Verhalten vor der Klasse wäre nicht aus sachlichen Überlegungen entstanden, sondern sie waren Äußerungen über Verärgerungen.
Ein Schüler betonte, dass die Fragen des Ministers über die Eltern der Schüler nicht nur Verärgerungen enthielten, sondern fast beleidigend gewesen seien (...)
Ein anderer Schüler sagte, der Minister sei der Ansicht, sie seien nur in der FDJ, um sich Vorteile zu verschaffen.
Der Koll. Holz stellte an die Schüler die Frage, ob der Lehrer Mogel zu den Schülern geäußert hat, sie seien Mörder? Eine Schülerin antwortete: Koll. Mogel sei im Unterricht oft unnötig laut. Er hebe dabei stets seine soziale Herkunft heraus. In einer solchen Situation habe der Koll. Mogel folgende Äußerung getan: »Wir werden uns überlegen, ob wir unsere eigenen Mörder auf die Universität schicken!« Gemeint waren wir. (lebhafte Unruhe) Koll. Holz erklärte mit Nachdruck, dass dies deutlich zeige, wie pädagogische Fehler begangen werden, die auf eine mangelhafte Ausbil-

dung und auf mangelhafte pädagogische Fähigkeiten zurückgehen. Es sei ein Versagen der Schulleitung, wenn solche Spannungen entstanden sind. (Beifall)
Ein anderer Schüler meldete sich, um bekannt zu geben, dass Koll. Mogel die Klasse mit »bürgerliche Pinkel« bezeichnet hätte (...)
Ein Schüler hob hervor, dass der Koll. Mogel angeführte Probleme nicht diskutiere. Die sich daraus ergebenden falschen abwegigen Schlussfolgerungen der Schüler werden später durch den Schulleiter Schwerz als ... gegen die Klasse gebraucht.
Kollege Meck forderte eine baldige Untersuchung, ob derartige negativen Einflüsse im Unterricht vorhanden sind. Die Demokratisierung verlange eine sofortige Kritik an der Schulleitung.
Ein Schüler erklärte den Eltern, dass sie volles Vertrauen zu den Lehrern Holz, Kastner, Wöhl und Ficker haben. Jedoch zu den Lehrern Mogel und Schwerz keinerlei Vertrauen besitzen. (anhaltender Beifall)
Der nächste Schüler stellte an die Eltern die Frage, was die Eltern dazu sagen würden, wenn die Klasse auf Anordnung der Schulleitung auf andere Schulen verteilt werden soll. Alle Eltern bekundeten, dass sie damit nicht einverstanden seien, weil keine Ursache dafür vorliegt.
Daraufhin wurden die Schüler entlassen. Die Eltern äußerten, dass nach dieser Situation eine übereilte Stellungnahme nicht vorteilhaft ist. Sie gelangten zu der Ansicht, diese Sitzung protokollieren zu lassen. Sie beauftragten damit den Kollegen Garstka und baten ihn, einen unverbindlichen provisorischen Entwurf einer Stellungnahme der Eltern vorzulegen. Diese solle auf der nächsten Elternversammlung, am Montag, um 19.30 einberufen werden und die Lehrer sollen dazu eingeladen werden.[32]

Von dieser Elternversammlung war ein Protokoll nicht aufzufinden, aber der Entwurf für den Brief an den Minister. Die Eltern hatten nur ein Ziel: Die drohende Entlassung ihrer Kinder aus der Schule musste verhindert werden. Die Zurechtweisung durch den Minister durften sie nicht völlig ablehnen. Wir mussten kritisiert werden. Die Forderung nach unserem Ausschluss wollten sie jedoch unbedingt zurückweisen, das aber, ohne den Minister zu reizen. In einer Diktatur ein schwieriges Unterfangen. So schoben sie den Geschichtslehrer zwischen uns und den Minister. Lehrerversagen als Ursache für falsches Schülerverhalten. Das war ein Holzweg.

Immerhin waren sie mutig genug, seinen Anspruch auf Absolutheit zu kritisieren. Devotion musste selbstverständlich sein. Der Minister war der absolute Herr.

Wir Eltern waren durch unsere Kinder davon unterrichtet, daß sie in der Schule eine Schweigeminute zu Ehren des angeblich gefallenen Sportlers Puskas durchgeführt haben. Wir haben allgemein geäußert, daß dies unnötig war und dass in solchem Falle zuvor die Erlaubnis der Schulleitung eingeholt werden muß. Wir sehen jedoch nicht ein, daß dieser Fehler der Jugendlichen solche weittragenden Folgen für die Schüler haben soll. Wir erachten es als notwendig eine Untersuchung über die von dem Lehrer eingeführten Unterrichtsmethoden durchzuführen.
Nach übereinstimmenden Aussagen der gesamten Schülerschaft der Schule besteht kein richtiges Verhältnis zwischen dem Lehrer Mogel und den Schülern. Aus dieser Situation ergeben sich Spannungen, die die Schüler zu voreiligen, nicht den Interessen der Schule entsprechenden Handlungen hinreißen ließen. Die Unterrichtsweise des Koll. Mogel findet, wie das durch Hospitationen des Elternbeirates bestätigt wird, eine Ablehnung bei den Schülern. Deshalb erscheint uns der Fehler der 12. Klasse als Folge pädagogischer Fehler des Lehrers. Es liegen keine Gründe vor, der Handlung der 12. Klasse seine politischen Beweggründe zuzuschreiben. Aus den Äußerungen der Schüler entnehmen wir, daß die Schulleitung Schüler ohne den geringsten Erfolg … (ab Schulleitung durchgestrichen).
Wir verwundern uns über die Auffassung des Ministers über den Charakter unserer Kinder. Wir sind der Ansicht, dass dies nur auf eine völlig einseitige, übertriebene Unterrichtung durch die

Schulleitung zurückzuführen ist. Im Interesse der Jugendlichen wäre eine vorausgegangene Befragung der Schüler zweckmäßig gewesen. Mangelnde pädagogische Arbeit hat Schüler und Lehrer getrennt. Aus dem Verhältnis des Vertrauens wurde ein Verhältnis des gegenseitigen Mißtrauens. Dies ist keine Grundlage für eine erfolgreiche pädagogische Arbeit. In dieser Situation ist es leicht, die Kinder für die vermeintlichen Mißerfolge verantwortlich zu machen. Wir halten die Vorstellung des Ministers über die Absichten unserer Schüler für eine maßlose Unterstellung. Wir sind daran interessiert, daß ordentliche Bürger unserer Republik erzogen werden.
Wir appellieren an die Großzügigkeit unserer Regierung, und bitten den Minister, den Jugendlichen den Fehler zu verzeihen und die geeigneten Maßnahmen zu treffen, die Ursachen für die Wiederholung solcher Vorkommnisse zu beseitigen.[33]

Aus diesem Entwurf wurde schließlich eine Kurzfassung, die an den Volksbildungsminister abgeschickt wurde. Die persönliche Kritik ist weg, die Belastung des Geschichtslehrers ist weg. Es bleibt fast nur die Devotion.

Die anwesenden Eltern beschließen, folgenden Brief an den Herrn Minister für Volksbildung zu richten:

Sehr geehrter Herr Minister!
Wir sind durch die Schulleitung über den Besuch des Ministers unterrichtet worden. Die Anordnung des Ministers zur Klärung des Vorganges in der 12. Klasse dieser Oberschule sind uns bekannt.
Wir sind der Ansicht, daß unseren Kindern keine politischen Beweggründe für die Schweigeminuten zugeschrieben werden können. Wir haben alle geäußert, daß eine Ehrung eines gefallenen und beliebten Sportlers nicht nötig ist und der Genehmigung der Schulleitung bedarf. Die Schüler sehen ein, daß sie einen Fehler begangen haben.

Wir appellieren an die Großzügigkeit unserer Regierung und bitten den Herrn Minister, unseren Kindern den Fehler zu verzeihen, um ihnen ihren weiteren Lebensweg nicht zu zerstören.
Wir bitten den Herrn Minister Lange, eine Delegation der Eltern zur Klärung der Angelegenheit zu empfangen.
(Es folgen 21 Unterschriften)[34]

Dass dieser Brief beim Minister auch angekommen ist, bestätigt ein kurzes Schreiben des Persönlichen Referenten von Fritz Lange, des Genossen Schlegel, vom 20. 12. 1956:

Werte Genossin K.!
Anliegend übersende ich Ihnen die Abschrift eines Schreibens der Eltern der Schüler der 12. Klasse der Oberschule Storkow, mit der Bitte um Kenntnisnahme und Beantwortung an Ort und Stelle, wenn Sie entsprechend der Bitte des Ministers an der Klärung der Angelegenheit in Storkow arbeiten.
Der Minister teilt nicht die Auffassung der Eltern, wonach die Oberschüler keine politischen Beweggründe für die Schweigeminute gehabt hätten.[35]

Der Volksbildungsminister Lange antwortete den Eltern nicht, kam schon gar nicht zu einer Besprechung mit den Eltern nach Storkow. Die Bezirksleitung Frankfurt (Oder) und die Kreisleitung Beeskow der SED waren vom Minister angewiesen, den Rädelsführer zu finden. Genossin K. berichtete dem MfS:

Da dies nicht geschah, wurden von Seiten des Rates des Bezirks Telefonate mit dem Ministerium für Volksbildung geführt. Von seiten der Bezirksleitung soll mit dem Zentralkomitee gesprochen worden sein. Nach durchgeführten Verhandlungen des Ministeriums für Volksbildung und dem Zentralkomitee erhielt die Abteilung Volksbildung beim Rat des Bezirks den Bescheid, dass es in der jetzigen Situation darauf ankommt, die Staatsdisziplin zu wahren und die Anordnungen des Ministers durchzuführen sind.[36]

Es sah nicht gut aus für die Eltern und damit auch nicht für ihre Kinder. Irgendetwas Besonderes musste unternommen werden. Das dachte sich die Mutter von Horst R. Sie löste sich nach den Elternkonferenzen aus der geschlossenen Gruppe. Am Dienstag, dem 18. Dezember 1956, fuhr sie allein, ohne Absprache mit jemandem, nach Berlin zum Volksbildungsminister Lange. Sie berichtet:

Auf der Fahrt nach Berlin bin ich immer wieder im Kopf meine Rede an den Minister durchgegangen. Auf dem Fußweg zum Ministerium war ich in Gedanken nur bei meiner Rede, ich wollte nichts vergessen. Als ich die Straße Unter den Linden überqueren wollte, quietschten Reifen, eine Weiße Maus rief mich an: Sind Sie lebensmüde? Ich war bei Rot über die Straße gegangen. Der Polizist stoppte den Autoverkehr, ich konnte auf die andere Straßenseite. Im Ministerium musste ich beim Pförtner meinen Pass abgeben. Ich wurde zum Zimmer des Ministers geschickt. Es lag nicht sehr hoch. Ein großer Raum. Ein großer Schreibtisch stand links im Zimmer. Ich setzte mich ihm gegenüber an den Schreibtisch.

Er fragte mich nach meinem Vorhaben. Ich fing an, meine Rede zu halten. Ich redete mit zarter Stimme, bittend, abwägend. Wie aus der Nebelwand kamen die Worte. Der Schreibtisch wurde immer größer. Ich sagte ihm, das sind unsere Kinder, das war ein Dummer-Jungen-Streich, unbedacht, sie hatten keine politische Absicht, sie trauerten um ihr Fußballspieler-Idol. Er schaute mich an. Dann sagte er: Das war kein Dummer-Jungen-Streich. Die Schüler sind alt genug. Das war eine politische Handlung. Die muss politisch beantwortet werden. Er schaute mich wieder an. Dann stand er auf, kam auf mich zu, stellte sich vor mir auf, öffnete seinen Kragen, bückte sich vor mir und zeigte mir eine tiefe Narbe auf seinem Nacken und sagte: Das waren die Nazis. Er ging zurück, setzte sich wieder mir gegenüber auf seinen Sessel und schaute mich an. Ich sagte: Das war schlimm für Sie. Ich verstehe Sie. Aber ich bitte Sie, und ich redete wieder meine Rede. Er

hörte sich alles an, dann sagte er: Nein. Ich habe kein Vertrauen in diese Jugend. Nach einer Pause sagte er: Wenn es einmal anders kommt, dann sind diese Jugendlichen die Ersten, die am Strick ziehen werden. Das ist eine bewusste politische Aktion. Das ist Konterrevolution. Ich redete wiederum von den Kindern. Immer aus dem Herzen. Ich war ganz Mutter. Er war kein Vater. Er war nur Opfer, der zum Täter wurde, weil er nicht wieder Opfer sein wollte. Er herrschte. Es gab kein Erbarmen. Entweder der Rädelsführer meldet sich oder die Klasse wird vom Abitur ausgeschlossen. Das Gespräch war beendet, es hatte von 11.45 Uhr bis 12.45 Uhr gedauert.
Meine Rückkehr nach Storkow war ohne Wahrnehmung, ich war wie in Trance. Erst am Abend habe ich meinem Mann von meinem Gespräch mit dem Minister erzählt. Ich hatte ihn vorher nicht informiert, nur gesagt, ich fahre nach Berlin, er hätte mich sonst nicht fahren lassen.

Der Mut der Mutter von Horst R., ihre rührende Menschlichkeit bewegten den Minister nicht. Genosse Gnadenlos.

8. Der Verdacht

Dietrich flüchtet nach West-Berlin

Auch Direktor Georg Schwerz stand unter dem ministeriellen Zwang, den Rädelsführer zu finden. Er fand keinen. Aus der Charité in Berlin, die er wegen seiner Magenkrankheit aufgesucht hatte, rief er den Minister an: Er habe trotz intensiven Redens mit der Klasse nichts herausfinden können. Sie seien nicht weitergekommen, von Streik sei keine Rede gewesen. Der Minister habe diese Information nur zur Kenntnis genommen mit den Worten: Gut, Genosse Schwerz.

In der Mitte der Woche fand in Frankfurt (Oder) eine Parteiversammlung statt, an der alle Parteisekretäre und Direktoren der Schulen im Bezirk teilnahmen, auch unser Direktor Genosse Schwerz. Dort musste er einen kurzen Wortwechsel mit anhören. Von der Tribüne fragte laut der Erste Sekretär der SED des Bezirks Frankfurt (Oder) Mückenberger: Wie lange wollen wir uns das in Storkow noch gefallen lassen? Die Parteisekretärin für Volksbildung des Bezirks Frankfurt (Oder) antwortete: Nicht mehr lange, Genosse. Das lassen wir uns nicht mehr lange gefallen. Georg Schwerz fühlte sich bedroht.

Der Druck wurde verstärkt: *Vom Ministerium für Volksbildung sind nun bereits zwei Genossen eingesetzt worden, die die Urheber der Schweigeminuten feststellen sollen.*[37] Im selben Bericht etwas konkreter: *Am 19. 12. 56 führten zwei Genossen der Bezirksleitung der SED persönliche Aussprachen mit den Schülern.*[38]

Gerd und ein anderer Klassenkamerad wurden je drei Stunden zu Hause in ihren Wohnungen einzeln verhört. Die Situation sei sehr ernst. Das sollten sie der ganzen Klasse noch einmal klarmachen. An beide wurde moralisch appelliert. Sie sollten an ihre Eltern denken, die auf sie große Hoffnungen setzten. Es gehe um ihr Abitur. Sie sollten anständig sein, sich vor die Klasse stellen und den Anstifter auffordern, sich selbst zu stellen. Das würde die anderen beeindrucken, sie würden dann ebenso handeln. Und diejenigen, die übrig blieben, das seien dann die Anstifter. Die verhörenden Genossen sagten, sie würden die Namen derjenigen kennen, die verdächtig seien, und nannten die Namen Dietrich, Hans-Jürgen, Karsten, Reinhard. Sei es denn nun einer von denen oder seien es mehrere gewesen? Beide sagten immer nur, sie wüssten das nicht. Gerd musste in seinem Verhör die Sitzordnung auf ein Blatt Papier zeichnen, mit der sie ihn schließlich dazu brachten, die erste Bankreihe in der Mitte als Ausgangspunkt der ersten Schweigeminute für möglich zu halten. Dort saßen Bernd-Jürgen und Dietrich.

*

Am späten Abend des 19. Dezember gegen 22.00 Uhr, es war ein Mittwoch, klopfte es bei Dietrich zu Hause ans Fenster der Parterrewohnung in der Gerichtsstraße 21. Die Klingel an der Wohnungstür wurde nicht gedreht. Dietrich wollte gerade ins Bett gehen. Seine Mutter öffnete das Fenster und schaute ins Dunkel hinaus. Unter dem Fenster stand an die Wand gedrückt Gerd. Sie solle kein Licht machen, er wolle ungesehen hineinkommen. Als er scheu und leise durch die Tür geschlichen war, stand Dietrich auch schon im Wohnzimmer. Gerd trat ein und stellte sich Dietrich gegenüber. Ein schwaches Kerzenlicht beleuchtete das Zimmer, eine Beleuchtung, die man noch von den Abenden der Stromsperrenzeit gewohnt war. Gerd sagte ohne jede Einleitung oder Begrüßung: Dein Name ist gefallen. Ich bin gerade drei Stunden verhört worden. Man hat von mir wissen wollen, wer der Rädelsführer der Schweigeaktion gewesen ist. Dietrich fragte Gerd: Bist du bescheuert? Gerd führte weiter aus: Ich bin von zwei Männern verhört worden, vorgestellt haben sie sich nicht. Ich will dich warnen. Dietrich: Wie blöd bist du eigentlich, wie kannst du meinen Namen nennen? Die Angst trieb ihn in die Aggression. Gerd stand noch immer vor Dietrich und schaute ihn mit groß gewordenen zuckenden Pupillen an, sein Kopf wackelte in leichten Rundungen hin und her, er war aufgeregt: Mensch, ich wollte dich doch nur warnen, deinen Namen habe ich nicht genannt, das hätte ich gar nicht gekonnt, ich weiß doch nicht, wer der Anstifter gewesen ist. Und woher hat man dann meinen Namen? Gerd: Die beiden Männer haben mich so in die Mangel genommen, immer wieder wollten sie wissen, wie die Aufforderung zur Schweigeaktion durch die Klasse geflüstert worden ist. Ich habe nur gesagt, dass der Zuruf von vorne gekommen ist. Du sitzt nun mal vor mir. Dietrichs Vorwurf: Du hättest auch sagen können, von irgendwo vorne. Gerd: Die beiden Männer haben schon andere Informationen gehabt, es ist nur die erste mittlere Bank übrig geblieben, und der Name Dietrich ist gefallen, nicht der deines Banknachbarn Bernd-Jürgen.

Gerd war noch nicht fertig: Die beiden Männer haben mir gesagt, dass morgen zwei aus der Klasse, ein Mädchen und ein Junge, bereit sind, den Namen des Anstifters zu nennen. Sie werden vor die Klasse treten und den Anstifter auffordern, sich selbst zu stellen. Sie haben auf jeden Fall deinen Namen genannt. Ich weiß nicht, was die wissen. Ich bin völlig durcheinander. Ich will dir nur sagen, dass auf einige in der Klasse vielleicht kein Verlass ist.

Dietrich begriff nun, was er Gerd zu verdanken hatte. Er legte seine linke Hand auf Gerds rechte Schulter. Sie kannten sich gut. Sie hatten zusammen Theater gespielt, in der Gesangsgruppe der Schule Schlager gesungen und tanzten zusammen in der Volkstanzgruppe. In Ordnung. Ich danke dir.

Gerd wollte gehen. Dietrichs Mutter führte ihn zur Tür hinaus, schickte ihn aber nicht zum Ausgang in die Gerichtsstraße, sondern in den Garten von Brendels, sodass er ungesehen, über die Zäune kletternd, im Dunkeln verschwinden konnte.

*

Die Eltern von Dietrich hatten natürlich das Gespräch mit angehört. Sie forderten nun ihren Sohn auf, sich mit ihnen an den Tisch zu setzen, der in der Mitte des Wohnzimmers stand. Dietrichs Vater legte noch einmal rohe Braunkohle im Kachelofen nach. Er begann: Nun sind wir unter uns, jetzt woll'en wir wissen, was hat sich wirklich ereignet? Dietrich antwortete nicht gleich. Sein Vater fuhr fort: Wir sind deine Eltern, wir haben ein Anrecht auf die Wahrheit. Wenn du tatsächlich der Anstifter bist, dann sage das jetzt, du bist unser Sohn, wir tragen Verantwortung für dich. Dafür müssen wir aber wissen, was wirklich gewesen ist. Dietrich antwortete: Dazu kann ich nichts sagen. Ich bin völlig überrascht von dieser Verdächtigung. Der Vater schlug vor: Erkläre morgen in der Schule, dass du mit der Sache nichts zu tun hast. Mensch, dachte Dietrich, ist das naiv. Sein Vater fuhr fort: Wenn du wirklich der Anstifter bist, dann sage es jetzt, damit wir weiter überlegen können. Dietrich hatte nichts zu sagen und wollte auch nichts sagen. Er fiel in einen erregten Ton: Die Beschuldigung ist ausgesprochen, die haben einen, da sind sie froh. Soll ich jetzt zum Direktor gehen und sagen, ich bin es nicht gewesen? Ist überhaupt entscheidend, was ich dazu sage? Schwerz ist doch nicht der, der verhört, damit sind inzwischen andere beschäftigt, die nehmen keine Rücksicht mehr. Ich habe keine Chance. Wenn da zwei aus der Klasse einen Namen nennen, dann glauben die mir nicht, die wollen nur einen Namen und an dem halten sie fest, weil es so am einfachsten ist, die Sache zu einem Ende zu bringen. Ich gehe nicht mehr in die Schule. Es hat keinen Zweck, noch länger zu reden, ich bleibe nicht hier. Ich gehe weg, für immer, in den Westen, das habe ich sowieso vor.

Seine Mutter hielt ihren Kopf zwischen beiden Händen, die Ellenbogen auf den Tisch gestützt, und sagte, indem sie die Silben seines Namens lang dehnte: Mensch, Dietrich. Wo willst du denn hin? Dietrich beruhigte: Erst einmal zu Tante Sigrid und Onkel August, dem Pfarrer, nach Pichelsdorf bei Spandau. Der Vater gab zu bedenken: Überlege, ob die Flucht der richtige Weg ist, das macht gerade verdächtig. Dietrich erinnerte seinen Vater an ein Gespräch mit ihm vor einem Vierteljahr, für das er Dietrich auf einen Seitenweg der Gerichtsstraße geführt hatte, weg von der Wohnung, als ob dort falsche Ohren hätten mithören können. Damals hatte er ihm eröffnet, dass sie irgendwann in den Westen gehen wollten, weil sie hier nicht hergehörten. Der Vater nickte, fügte aber hinzu: Wir wollten alle gehen, jetzt gehst du allein. Dietrich spielte Entschiedenheit, was ihm half, die Angst nach innen zu drücken, dort aber war sie lebendig. Man sprach noch lange. Dann stand der Plan.

Die Flucht wurde noch in derselben Nacht inszeniert. Sie musste vorgetäuscht werden als ein spontaner selbstständiger, heimlicher Entschluss des Sohnes. Eltern und Geschwister, die gar nicht informiert wurden, sie schliefen schon, mussten als Unwissende erscheinen. Dietrich schrieb auf einen Zettel: Ich habe erfahren, dass man mich verdächtigt, der Anstifter der Schweigeaktion zu sein. Ich komme erst wieder, wenn sich meine Unschuld herausgestellt hat. Diesen Zettel legte er auf seinen Nachttisch. Er packte seine Schultasche, in die er nur Butterbrote und eine Literaturgeschichte steckte, in der er oft gelesen hatte, sonst nichts, mehr wäre verdächtig gewesen, seine Fahrt musste wie ein Tagesausflug aussehen und nicht wie eine Fahrt ohne Wiederkehr. Die Eltern bat er noch, die Adresse in Pichelsdorf an die Klassenkameraden weiterzugeben, falls auch für andere Gefahr bestände. Die Mutter wollte Dietrich wecken, damit die drei jüngeren Geschwister nicht durch den Wecker aufwachten. Es blieben noch zwei Stunden Schlaf.

Im Bett kam der Schlaf zunächst nicht. War es richtig zu fliehen? Die Familie, die Heimat, die Freunde, die Freundin, alles weg? Die Fragen rissen ihn in eine Wachheit. Warum gerade ich? War es mein West-Kontakt zu meinen Verwandten in Duisburg? Die Begegnung mit dem kontrollierenden Unbekannten? Die kurze Begegnung wurde zu einem Augenblick der Überwachung.

Er dachte an einen bedrohlichen Augenblick im Russischunterricht bei Richard Wöhl. Der hielt Anfang Dezember einen Vortrag über die Notwendigkeit der Verantwortung im menschlichen Leben. Auch Jugendliche hätten schon, wenn es der Augenblick verlange, Verantwortung zu übernehmen. Natürlich gehöre Mut dazu, aber gerade den hätten Jugendliche. Man müsse und könne schon in jungen Jahren lernen, zu etwas zu stehen, was man getan habe, auch wenn das, was man getan habe, falsch gewesen sei. Und dann folgte die Frage: Nicht wahr, Dietrich? Wöhl bewegte sich mit langsamen Schritten zur Fensterseite, während er seinen Kopf zu Dietrich wendete, ihn nachdenklich anlächelte. Dietrich schluckte mehrfach. Er gab keine Antwort, schaute sich zaghaft in der Klasse um, in der Pause redete keiner darüber.

Vielleicht war auch seine Ernennung zum Ausbilder für die GST durch Direktor Georg Schwerz gar keine Auszeichnung gewesen, sondern ein kontrolliertes Angebot zur Bewährung für längst beobachtetes falsches Verhalten.

Es gab keine Alternative. Die Flucht war der einzige Ausweg.

*

Nach zwei Stunden weckte ihn seine Mutter. Er war schnell fertig. Um die Flucht glaubhaft zu machen, sprang er aus der Loggia, die vom Wohnzimmer aus erreichbar war, in den Vorgarten, die Hacken tief in die dünne Schneedecke gedrückt, stapfte Spuren zum Zaun, den er überkletterte, auf die Gerichtsstraße hinaus. Er schaute zurück zur Loggia, Vater und Mutter standen dort und winkten ihm verhalten zu, er winkte nicht, weil er nicht hinter die Straßenbäume schauen konnte. Schauen und Lauschen. Er sah noch, wie der Vater seinen Arm um die Schulter der Mutter legte. Er sah es nicht, aber er wusste, dass sie beide weinten. Schmerz und Trauer schlichen ihm durch die Dunkelheit nach. Mit jedem Schritt wuchs die Angst, schon auf dem Weg zum Bahnhof gestellt zu werden. Unter seinen Sohlen knarrte der endgültige Abschied auf dünnem Schnee über hart gefrorenem Sand. Die drei jüngeren Geschwister hatten nichts gemerkt, sie schliefen.

Die Abteile des Frühzuges nach Königs Wusterhausen waren dicht besetzt. Pendler aus dem Kreis Beeskow fuhren mit ihm zur Arbeit nach Berlin oder in die östlichen Vorstädte. In ihren ausgebeulten Joppen, ihrem klobigen Schuhwerk fuhr die Arbeit schon mit, ihre Köpfe lehnten an den Seiten- oder Rückwänden ihrer Sitze und wackelten im Takt des fahrenden Zuges zwischen Wachen und Schlafen. Nur einer, der Dietrich gegenüber saß, musterte ihn und seine etwas feinere West-Kleidung, die unter seiner Joppe hervorlugte. Er blieb stumm, überließ schließlich auch seinen Kopf dem rhythmischen Pendeln von links nach rechts, die Spannung in Dietrich ließ nach. In Königs Wusterhausen stieg er in die S-Bahn um. Auf dem Bahnhof Eichwalde stand der Zug planmäßig lange, weil Grenzpolizisten die Ausweise kontrollierten. Anspannung, Angst: Jetzt kommen sie, und aus ist es. Keine Beanstandungen. Der Zug fuhr an, das vertraute ratternde Summen der Großstadtbahn hatte ihn aufgenommen. Der letzte Bahnhof im Osten, Friedrichstraße, war erreicht. Die Minute des Aufenthalts dehnte sich in seinem Gefühl der Angst zu einem Bahnhof ohne Ende. Ertappt werden oder nicht, Republikflucht war verboten. Er stellte sich müde, nahm die Haltung eines Schlafenden an. Die S-Bahn fuhr an, ihre Bewegung war Erlösung. In wenigen Minuten war der Lehrter Bahnhof erreicht, der erste Bahnhof im Westen. Aussteigen, langsam gehen, nicht auffallen, das Bahnhofsgelände war noch Gebiet der DDR, Treppe abwärts, durch die enge Passage der Bahnhofssperre, jetzt losrennen bis auf den Bürgersteig. Er war im Westen. Er lief auf einen Polizisten zu und fragte ihn, wie er nach Spandau komme. Der direkte Weg sei mit der S-Bahn, aber da komme er wohl gerade her. Du bist wohl weggemacht aus dem Osten? Kopfnicken als Antwort. Der Polizist erklärte ihm den Weg mit dem Bus und fragte, ob er überhaupt Fahrgeld habe, was Dietrich verneinen musste, Westgeld hatte er nicht. Er wäre wohl auch mit Ostgeld weitergekommen, aber der Polizist schenkte ihm zwei D-Mark mit der Bemerkung: Na ja, Mensch, so jung und denn schon weg. Schließlich klingelte Dietrich an der Wohnung seiner Tante und seines Onkels in Pichelsdorf, die Tante stand in der geöffneten Tür und fragte in das angespannte Gesicht hinein: Biste abgehauen?

*

Hier konnte er nicht bleiben, er musste sich im Flüchtlingslager Marienfelde als Flüchtling melden. Mit fünf Mark von seinem Onkel machte er sich auf den Weg. Das Lager war übervoll. Täglich flüchteten Tausende nach West-Berlin, auch jetzt vor Weihnachten. Er bekam einen Laufzettel und erhielt nach Durchlauf der Büros den Bescheid, er komme in das Jugend-Flüchtlingslager nach Zehlendorf. Es war schon dunkel, als er dort mit anderen Jugendlichen ankam. Ihm wurde ein Bett in einer Stube mit zehn Doppelbetten zugewiesen. Für Schlafen und Essen war gesorgt. Die Gespräche mit den Jugendlichen, sie waren zwischen 16 und 20 Jahren, Dietrich war 17, blieben kurz: Woher man kam, warum man hier war. Konkrete Angaben machte Dietrich nicht, wer wusste schon, wer hier zuhörte. Der nächste Tag war ein langer Zettellauf. Er gab den Grund seiner Flucht an, staunendes Misstrauen bei den vernehmenden Beamten. Sie mussten bestätigen, ob jemand aus politischen Gründen geflohen war, dann gab es den C-Ausweis für den anerkannten politischen Flüchtling mit manchen Vorteilen. Vielleicht meinten sie, da habe sich einer eine Verfolgungsgeschichte ausgedacht, um diese Anerkennung zu erlangen. Den Ausweis bekam er.

Die Tagesordnung im Heim wurde streng durchgesetzt. In der zweiten Nacht, etwa gegen 1.00 Uhr, weckte eine schrille Trillerpfeife vom Flur her die Jugendlichen aus dem Schlaf. Die angestrengte Stimme der Ordonnanzperson schrie: Anziehen und raustreten, aber dalli. Die Jugendlichen mussten auf den Hof, hatten sich eng nebeneinander auf dem leicht abfallenden Gelände in geordneten Reihen aufzustellen, vor ihnen stand der Brüller in Stiefeln, in der rechten Hand hielt er ein langes Lineal. Er schrie, die Disziplin sei saumäßig, er werde sie ihnen schon beibringen, nachts habe absolute Ruhe zu herrschen, einige Herrschaften müssten das wohl noch lernen, ein Sauhaufen sei das hier, hier herrsche Ordnung, hier könne nicht jeder machen, was er wolle. Sie könnten jetzt auf dem Hof eine halbe Stunde stehen, mit ihm zusammen, damit sie Zeit hätten, darüber nachzudenken, wie sie sich hier zu benehmen hätten. Sie standen die halbe Stunde. Er stand sie auch. Es war frostig kalt. Keiner redete. Dietrich dachte: Wo bin ich hier hingeraten?

Den Heiligen Abend verbrachte er im Lager mit den anderen Jugendlichen. Ein Weihnachtsbaum und ein bunter Teller für jeden waren Zeichen der Zuwendung, konnten die Familie aber nicht ersetzen, einige unterdrückten ihr Weinen. Dietrich hätte seine Verwandten besuchen können, er wollte in diesem Augenblick aber keine andere Familie, hier im Heim machte das gleiche Schicksal mit den Zimmergenossen die Unbehaustheit erträglicher. Am 1. Weihnachtstag aber bat er den Heimleiter, die Zeit bis zu einer Entscheidung, was mit ihm werden solle, bei seinen Verwandten verbringen zu dürfen, was gestattet wurde. Es war der 25. Dezember.

9. Das Gericht

Wir werden entlassen

19. Dezember 1956. Die Klasse versammelte sich zur ersten Unterrichtsstunde bei Paul Holz. Dietrichs Platz blieb leer. Die Deutschstunde hatte schon begonnen, da klopfte es, und ehe Paul Holz reagieren konnte, öffnete die Mutter von Dietrich die Tür, stellte sich an das Pult und rief, halb zu Holz, halb zur Klasse gewendet: Wo ist Dietrich? Was habt ihr mit ihm gemacht? In der Hand hielt sie den Zettel von Dietrich, den er seinen Eltern hinterlassen hatte. Paul Holz, wie immer ruhig, besonnen, nahm ihr den Zettel aus der Hand, las den einen Satz: Ich komme erst wieder, wenn meine Unschuld erwiesen ist, versuchte Dietrichs Mutter zu beruhigen, was ihm nicht gelang, fragte die Klasse, ob sie etwas wisse, was alle verneinten. Es sei das Beste, sie gehe jetzt zum Schulleiter Herrn Schwerz, der müsse über Dietrichs Fehlen informiert werden, vielleicht wisse er etwas oder könne etwas herausbekommen. Sie verließ den Klassenraum in Richtung Direktorenzimmer. Auch hier war sie ganz Emotion: Dietrich ist weg, hier, das ist alles, was ich weiß. Sie zeigte Georg Schwerz den Zettel. Ihre aufgeregte Hilflosigkeit: Wenn er sich nun etwas antut. Der weiß doch nicht, wohin. Georg Schwerz reagierte spontan warmherzig. Er umarmte die Mutter von Dietrich: So kenne ich Dietrich, der wird nichts Unüberlegtes tun. Er sprach noch Tröstliches. Sie erzählte ihm die Geschichte mit Gerd von gestern Abend. Er schaute noch einmal auf den Zettel und sagte: Er wird nichts Unrechtes gemacht haben. Wir können nur abwarten.

Nach dem Auftritt von Dietrichs Mutter war die Klasse beunruhigt, sie versank für Augenblicke in Nachdenklichkeit. Der ist also abgehauen. Gertraud dachte: Vielleicht ist er der Rädelsführer. Karsten dachte: Der ist also in Sicherheit. Er war erleichtert. Er war auch in Sorge: Fällt einer von denen um, die davon wissen? Nach der Schule gingen einige aus der Klasse zu den Eltern von Dietrich in deren Wohnung. Sie erfuhren von den Umständen. Sie erfuhren, dass die Eltern selbstverständlich von seiner Flucht wussten, was Hans-Jürgen zu der Bewertung Anlass gab: Mutz, du hast ja ein schönes Schauspiel abgeliefert!

*

Der nächste Tag, 20. Dezember 1956. Es war der Tag vor dem Ende des Ultimatums. Eine »Brigade« von vier SED-Funktionären aus der Bezirksleitung Frankfurt (Oder) kam in die Schule. Nur ein Ziel verfolgten sie: Gemäß der Anweisung des Ministers musste der Rädelsführer gefunden werden. Nachdem sie in den Verhören mit einzelnen Schülern wenig erfahren hatten, kamen sie in die Klasse. Sie glaubten nun leichtes Spiel zu haben, denn sie konnten die Flucht von Dietrich benutzen.

> *Am 19. 12. 56 wurde der Schüler G a r s t k a republikflüchtig. Aufgrund dieser neuen Situation wurden wiederum Aussprachen mit den Schülern geführt mit dem Ziel, dass sie sich davon distanzieren sollten.*[39]

Dietrich sei sicher der Anstifter gewesen, das brauchten sie nur zuzugeben, dann sei die Angelegenheit erledigt. Er habe der ganzen Klasse doch die Suppe eingebrockt, und nun sei er einfach verschwunden, ein schöner Kamerad sei das. In den einzelnen Besprechungen und in denen mit der ganzen Klasse stießen sie auf geschlossenen Widerstand. In der Besprechung mit der Klasse stand Karsten, der Klassensprecher, auf und teilte den Herren mit: Es gebe keinen Einzelnen, die ganze Klasse habe die Schweigeminuten durchgeführt, alle seien daran beteiligt gewesen, alle ständen dafür ein.

Dietrich war kein Anstifter, seine Initiative war viel zu spontan emotional und davon wussten auch nur die, die eng bei ihm gestanden hatten: Karsten, Hans-Jürgen, Horst Z. Denen war klar, die Klasse stand im Verdacht, einen Rädelsführer zu decken, und der stand im Verdacht, sich hinter der Klasse zu verstecken. Wenn die Klasse Dietrich als Anstifter angegeben hätte, wäre sie dem Vorwurf ausgeliefert gewesen, einen Rädelsführer, einen Klassenfeind geduldet zu haben, man hätte ihr vorwerfen können, dreist gelogen zu haben, was wiederum Folgen gehabt hätte, das hatte die Klasse in der distanzierenden Reaktion von Georg Schwerz schon erfahren müssen. Um solcher Gefahr, einen Kameraden und sich selbst zu beschuldigen, aus dem Weg zu gehen, hatten die drei beschlossen, sich nicht mehr erinnern zu können, von wem sie was in der Schweigeminute bei Werner Mogel gehört haben sollten. Daran hielten sie sich, was nicht verhindern konnte, dass Gerd nach einem dreistündigen Verhör feststellen musste, dass Dietrichs Name in den Geruch des Anstifters geraten war.

Unsere entpolitisierende Erklärung, die Schweigeminute sei keine konterrevolutionäre Aktion, sondern eine Ehrenbezeugung für Puskás gewesen, interessierte die Herren nicht mehr. Sie bestellten uns für den nächsten Tag um 16.00 Uhr in die Schule. Wir fragten noch, wie sich der Herr Minister Lange entschieden habe. Sie antworteten nicht, zuckten mit den Achseln und verließen den Klassenraum.

Unten im Wandelgang vor dem Direktorengebäude standen die Herren der Brigade, Georg Schwerz bei ihnen. Er erinnert sich:

Dann gingen die einen rauf, dann die anderen. Und dann haben die gesagt: Wir werden Folgendes machen, die ganze Klasse wird entlassen. Wir werden die Eltern herbestellen, damit sich kein Kind etwas antut. Und dann werden sie von der Schule ausgeschlossen. Wir werden hier ein Exempel statuieren. Darauf ich: Wenn Sie das durchführen, ist die Klasse weg. Wir haben eine offene Grenze. Und wenn Sie die Eltern mit einladen, dann kommen noch mehr. Wenn Sie ihnen ankündigen und sagen, die sollen entlassen werden, dann werden nicht nur die Eltern kommen, dann können Sie gleich eine Hundertschaft Bereitschaftspolizei bestellen. Dann rühren Sie hier eine Sache an, die es gar nicht wert ist. Ich kann mir nicht vorstellen, dass hier welche dabei sind, die einen Streik angezettelt haben. Den Brigade-Mitgliedern ging es nicht mehr um Puskás. Es hieß nur noch Schulstreik. Hier sind politische Kräfte am Werk. Ich habe mit Mogel noch einmal geredet wegen des angeblichen politischen Streiks. Der wusste auch von nichts. Ich sagte: Ich kann mir das nicht vorstellen, dass sie gestreikt haben. Ich gehe noch einmal in die Klasse rein, ganz alleine.[40]

Die Brigade erteilte ihm dazu einen Auftrag: Er solle herausbekommen, wer in der Geschichtsstunde beim Genossen Mogel dazwischengerufen habe, die DDR sei eine Sowjetkolonie. Der Druck war erhöht. Dieser Zwischenruf ereignete sich vor einigen Wochen. In der Geschichtsstunde behandelten wir in der Unterrichtsreihe Imperialismus den Kolonialismus. Werner Mogel erklärte uns die Ausbeutung der Kolonien durch die imperialistischen Mächte und setzte als Gegenbild die gegenseitige Hilfe in den sozialistischen Ländern, von der die DDR große Vorteile habe. Da schnellte aus den hinteren Reihen der Zwischenruf nach vorne: Die DDR ist eine Sowjetkolonie. Das war ein starkes Stück. Für solch einen Satz wurde man mit Gefängnis bestraft. Die Sowjetunion war heilig. Überraschend war aber, dass Werner Mogel diesen Einwurf nicht verfolgte. In unseren Anhörungen wurde er von den verhörenden Genossen niemals erwähnt. In der Stasi-Akte wird er zum ersten Mal im Zusammenhang mit diesem 20. 12. 1956 genannt. Die SED-Funktionäre werden wohl erst in dieser Zeit davon erfahren haben.

Georg Schwerz ging also noch einmal in die Klasse:

> *Ich habe ihnen gesagt, ich bin alleine gekommen. Ihr könnt jetzt reden, wie euch der Schnabel gewachsen ist. Ich gebe euch mein Ehrenwort, ich sage nichts darüber. Ich möchte nur wissen, war hier wirklich etwas los bei uns oder war nichts los?*[41]

Unsere Erinnerung an den Auftritt von Georg Schwerz nach seiner Einleitung: Wenn es einen Rädelsführer gebe, dann solle die Klasse ihm das sagen. Wir sollten an unsere Zukunft denken. Auf die Flucht von Dietrich ging er nicht ein. Wiederholt äußerten sich Klassenkameraden, wir hätten keine konterrevolutionäre Aktion durchgeführt, es gebe keinen Rädelsführer. Georg Schwerz äußerte Zweifel an der Glaubwürdigkeit der Klasse. Dann sagte er, er gebe der Klasse eine Chance, ihre Glaubwürdigkeit wieder herzustellen. Derjenige solle sich melden, der die DDR eine Sowjetkolonie genannt habe. Er verspreche der Klasse und demjenigen, der sich jetzt melde, dass kein Wort dieser Stunde nach draußen gelangen werde. Er gebe uns sein Ehrenwort. Wir seien jetzt unter uns. Er werde dann auch glauben, dass die Klasse nur um Puskás getrauert habe.

Die Klasse war still. Wir wurden eingeholt von einem Augenblick, der längst vergessen war. Wir wussten nicht mehr, wer dieses Wort gewagt hatte. Keiner meldete sich, einer nicht aus Angst, die anderen nicht, weil sie den Zwischenruf nicht gewagt und auch vergessen hatten. Reinhard dachte: Na gut, er will das Problem schulintern lösen. Besser ist es, man gesteht, dann haben wir Ruhe. Wenn jetzt hier niemand aufsteht, dann geht die Sache schief. Das Wort Sowjetkolonie hatte nicht er dazwischengerufen, es war von hinten gekommen, das wusste er in diesem Augenblick genau, er saß weiter vorn. Er dachte, auch Schwerz wird das wissen. Reinhard stand auf und sagte: Herr Schwerz, geben Sie sich keine Mühe, es hat keinen Zweck, auf dieser Basis weiterzureden. Wir sind eine Sowjetkolonie und werden ausgebeutet. Ich sage Ihnen jetzt, ich habe das Wort in die Klasse gerufen. Er setzte sich wieder und dachte: So, hoffentlich ist die Sache jetzt vorbei. Wir stehen wieder sauber da. Reinhard glaubte an das Ehrenwort von Georg Schwerz.

Georg Schwerz erinnert sich an diese Offenbarung von Reinhard:

> *Und das war ja nun wieder eine schlimme Sache. Das hätte schon wieder gereicht, um in den Knast zu gehen, sowohl für den V. [Reinhard] wie auch für mich. So, ich sage, na ja, dann kann ich eben auch nichts machen, die sprachen auch weiter nicht.*[42]

Georg Schwerz musste also die Klasse verlassen, ohne seinen Auftrag erfüllt zu haben:

> *Dann kam ich runter. Und dann wurde ich bearbeitet von den Herren: Was war denn nun, was war denn nun? Ich wollte den V. nicht preisgeben. Ich sagte, da war gar nichts. Aber ihr müsst doch über etwas geredet haben. Und da bin ich so ärgerlich geworden, hatte meinen Schlüsselbund in der Hand und habe ihn auf die Steine geschmissen. Aus gesundheitlicher Erschöpfung, weil das über Tage so ging, immer wieder dasselbe. Und immer wieder diese Leute, die hatten sich ausgeruht. Aber wir haben uns auf den Unterricht vorbereitet, Unterricht gemacht. Und nachmittags war es wieder dasselbe.*[43]

Nachdem Georg Schwerz die Brigade über seinen Misserfolg informiert hatte, stellten sich drei der Männer abseits von ihm auf den Wandelgang. Einer blieb bei ihm stehen und teilte ihm mit: Du hättest dabei sein sollen, wie Genosse Mückenberger dich und die Situation eingeschätzt hat! Diese Drohung durch den Ersten Parteisekretär des Bezirks Frankfurt (Oder) durfte Georg Schwerz nicht leichtnehmen.

Nach dem Unterricht hatte Georg Schwerz ein Gespräch mit Reinhard. Die Klasse war nicht dabei. Er müsse ihn auf sein Fehlverhalten aufmerksam machen, er könne das nicht durchgehen lassen, so könne man von dem Verhältnis zwischen der DDR und der Sowjetunion nicht reden, das sei ganz unmöglich. Er habe ihm zwar das Ehrenwort gegeben, nichts zu sagen, das wolle er auch halten, aber er fordere Reinhard auf, zu Werner Mogel zu gehen und sich bei ihm für dieses Wort zu entschuldigen. Reinhard versprach Georg Schwerz, zu seinem Geschichtslehrer Werner Mogel zu gehen.

*

Am Freitagnachmittag des 21. Dezember waren wir in dem Klassenraum des naturwissenschaftlichen Gebäudes vollzählig erschienen. Alle saßen auf ihren Plätzen und warteten. Um 16.00 Uhr öffnete sich die Tür, durch die eine Frau und mehrere Männer in die Klasse traten. Die Frau stellte sich vor: E. K., Mitglied der Bezirksleitung der SED, Abteilungsleiterin für Volksbildung, Bezirksschulrätin. Die anderen Mitglieder der Kommission wurden nicht vorgestellt. Einen kannten wir: Parteisekretär der Schule Werner Mogel. Genossin K. setzte sich vor die Klasse an den Lehrertisch, links von ihr setzte sich Werner Mogel auf einen Stuhl, rechts von ihr einer der unbekannten Herren. Die anderen vier Herren gingen ans Ende der Klasse, stellten sich auf, und schauten der Klasse und dem kommenden Ereignis von hinten zu.

Genossin K. führte das Wort. Ohne Einleitung sprach sie sofort das Problem an. Die Klasse habe sich einer konterrevolutionären Aktion schuldig gemacht. Der Minister für Volksbildung, Genosse Fritz Lange, habe der Klasse ein Ultimatum gestellt, das heute ablaufe. Die Klasse sei zum letzten Mal aufgefordert, sich von der Aktion zu distanzieren und den Rädelsführer zu melden. Das sei bis jetzt nicht geschehen. Die Klasse habe bisher den Rädelsführer in falscher Solidarität gedeckt. Jeder Einzelne habe letztmalig die Gelegenheit, eine persönliche Stellungnahme abzugeben. Jeder, der sich von der bisher vertretenen Einstellung distanziere, habe die Möglichkeit, das Abitur hier in Storkow oder in Beeskow noch abzulegen. Sie schaute in die Klasse, sie wartete. Keiner antwortete. Sie setzte neu an: Es habe sich eine neue Sachlage ergeben. Vorgestern sei das Mitglied der Klasse, Dietrich G., republikflüchtig geworden. Es bestehe der Verdacht, dass dieser Schüler der Rädelsführer sei. Wenn die Klasse zugebe, dass dieser Schüler der Rädelsführer sei, könne sie straffrei ausgehen, die Oberschule weiterhin besuchen.

Karsten, der Klassensprecher, stand auf und antwortete, sie wüssten nichts von einem Rädelsführer, das Schweigen sei eine gemeinsame spontane Aktion der ganzen Klasse gewesen, sie sei vielleicht falsch, aber keiner trage die Schuld dafür allein, alle trügen daran die Schuld gleichermaßen. Genossin K. fragte, ob es noch andere Meinungen gebe. Die Klasse war still.

Sie hat den Schülern förmlich in den Mund gelegt, was sie sagen sollen, aber ebenfalls ohne Erfolg.[44]

Sie gab noch einmal Bedenkzeit. Sie schaute in die starren Gesichter der Klasse. Nach einer Minute schlug sie ein vor ihr liegendes rotes Buch auf. Ihre Artikulation wurde spitzer. Wenn das alle so sähen, wie sie nach dem eindeutigen Schweigen annehmen müsse, dabei ging ihr Blick noch einmal abwartend über die Klasse hinweg, dann hätten folgende Schüler die Schule zu verlassen: Hans-Jürgen D., Karsten K., Reinhard V. Sie seien vom weiteren Besuch der Schule ausgeschlossen. Dieser Beschluss gelte ab sofort und nicht nur für diese Schule in Storkow, sondern für jeden Besuch einer Oberschule in der Deutschen Demokratischen Republik.

Aus dem angespannten Schweigen erhoben sich die drei Kameraden. Sie gingen nach vorne zur Tür. Alle Blicke der Klasse richteten sich auf sie. Hans-Jürgen verschwand als Erster, Karsten folgte ihm. Als Reinhard die Tür gerade zudrücken wollte – er stand im offenen Türrahmen mit dem Rücken zur Klasse –, verfügte Genossin K. noch einmal, die drei gehörten nicht mehr zur Klasse. Reinhard, der diese finalen Worte gehört hatte, weil sie laut gesprochen waren, drehte sich im offenen Türrahmen zur Klasse um und sagte laut: Wir gehören immer noch zur Klasse, wir bleiben weiterhin in der Gemeinschaft. Im Augenblick des Umdrehens fügte er hinzu, leise, sodass die Kommission wohl nichts verstand: Einer hat uns verpfiffen.

*

Warum die drei? Sie waren aufgefallen. Sie redeten für die Klasse mehr als andere:

> *Danach wurden die drei negativsten Schüler D., V. und K. vom weiteren Oberschulbesuch ausgeschlossen (…) Diese drei Schüler traten immer als Sprecher der Klasse auf.*[45]

Für die Klasse sprechen, das war für die Genossen negativ, weil sie damit den Rädelsführer deckten.

> *D.s Vater ist Rechtsanwalt in Hamburg. D. trat schon wiederholt provokatorisch auf und trug auch die negative Diskussionen über Ungarn in die Klasse.*[46]
> *Der Schüler K. organisierte in dieser Zeit Kleinschülerversammlungen im Elternhaus. Sein Vater hält sich ebenfalls in Westdeutschland auf. K. fiel ebenfalls durch ständige negative Diskussionen in der Klasse auf.*[47]
> *Der Vater des V. war früher Direktor der Raiffeisenbank in Storkow (…) und war bis 1950 in Buchenwald inhaftiert. Heute ist er wieder als Angestellter in der BHG Storkow tätig. V. fiel ebenfalls durch ständige negative Diskussionen in der Klasse auf.*[48]
> *V. gehörte wahrscheinlich zu den Organisatoren der Vorgänge an der Oberschule Storkow und trug entscheidend zur negativen Kollektivbildung bei (…)* [49]
> *Alle drei Schüler erdreisteten sich, nach ihrer persönlichen Stellungnahme befragt, als Sprecher der Klasse aufzutreten.*[50]

Weil sie für die Klasse sprachen, wurden sie schuldig gesprochen. Warum sie Wortführer waren, erklärten sich die Genossen mit ihrer sozialen Herkunft. Vulgärmarxistische Determinierung.

*

Es war genau 16.09 Uhr, Karsten schaute auf seine Armbanduhr. Die drei gingen die Holztreppe hinunter. Sie redeten nicht miteinander. Sie gingen auf den Schulhof nach links und stellten sich vor die zwei Marksteine, die den Schulhof von dem freien Brachland abtrennen sollten. Dort standen zwei Männer. Die forderten sie auf, sie hätten das Schulgelände vollständig zu verlassen. Sie traten zwei Meter hinter die Steine. Reinhard fragte in die Dämmerung hinein, ohne Karsten und Hans-Jürgen anzuschauen, was sie jetzt machen sollten.

Einer der beiden Männer, die ihnen auf bequeme Hörweite gefolgt waren, nahm das Wort. Wenn sie jetzt sagen würden, wer der Rädelsführer gewesen sei, werde alles noch gut. Reinhard beschied ihm: Mit Ihnen reden wir nicht. Die beiden Aufpasser ließen sich nicht abdrängen: Sie seien noch jung, sie könnten sich bewähren in der Nationalen Volksarmee oder in der Produktion. Die Partei könne auch großzügig sein, sie könne auch verzeihen. Reinhard, der merkte, wie er anfing sich über den Rausschmiss zu ärgern, setzte hinzu: Vielleicht auch in Ihrem Verein. Er bekam die knappe Antwort: Auch das sei möglich. Die drei lösten sich von den beiden Dunkelmännern und gingen den Weg in Richtung Gastwirtschaft Karlslust.

*

Nachdem die drei Ausgewiesenen den Raum verlassen hatten, wendete sich Genossin K. noch einmal an die Klasse: Die drei Verdächtigen seien von der Schule verwiesen worden. Es sei nun für jeden Einzelnen vernünftig, sich von diesen dreien zu distanzieren. Es sei ratsam, jetzt zuzugeben, dass sie die Anstifter gewesen seien. Sie hätten jetzt die unwiderruflich letzte Chance, endlich die Wahrheit zu sagen. Es nütze nichts mehr, sich schützend vor die hinzustellen, die ihre Strafe erhalten hätten. Jeder wisse, was von seiner Antwort abhänge. Sie erwarte jetzt von jedem Einzelnen eine Stellungnahme. Sie werde jeden einzeln aufrufen. Sie wendete sich zuerst an Horst Z., der neben Karsten in der ersten Bank der Wandreihe saß. Dessen Platz war nun leer. Horst war der Freund von Karsten, beide kannten sich aus Wendisch Rietz am Scharmützelsee, sie wohnten im Internat in einem Zimmer. Sein Freund war weg, er war niedergeschlagen. Ihm hatte aber imponiert, wie Reinhard beim Verlassen des Klassenraums gegen die Genossin K. die Klassengemeinschaft hochgehalten hatte. Mit diesem Satz von Reinhard im Kopf wusste er, was er zu sagen hatte. Er stand auf und presste zwischen seinen Lippen hervor: Ich stehe weiter dazu. Er setzte sich wieder. Das entscheidende Wort war gefallen, die anderen konnten und mussten der Spur der Solidarität und des Widerstandes folgen. Es reichte zu sagen, er oder sie stehe zur ganzen Klasse. Andere Aufgerufene wiederholten, dass alle an der Aktion teilgenommen hätten, also keiner mehr oder weniger Schuld habe als andere.

Arthur kannte zwei der Leute aus dem Gefolge von Genossin K.: Wenn zwei von Ihren Herren, die ich kenne, den Raum verlassen, sage ich etwas. Arthur wusste, dass sie eine Nazi-Vergangenheit hatten. Arthurs Vater, einflussreicher SED-Genosse, war sein Schutzschild für solche Rede. Kein Eklat. Genossin K. hatte ihren Auftrag durchzuführen, vielleicht wusste sie von Arthurs Vater. Sie sah Arthur an, antwortete nicht, ging zum Nächsten über, Arthur setzte sich. Andere verwiesen noch einmal auf die drei Ausgewiesenen, es sei nicht gerecht, drei der Schule zu verweisen und dann zu denken, die Sache sei damit für alle vergessen. Einige standen längere Zeit wortlos da, kämpften um ihren Mut, den sie schließlich fanden. Die geforderte Denunziation provozierte die Klassengemeinschaft. Die Angst des Einzelnen löste sich in diesem Augenblick auf in die gefühlte Verpflichtung, gegen diesen Feind der Klasse zusammenzustehen.

Kurz nach 16.30 Uhr hatte der letzte Schüler seine solidarische Antwort abgegeben. Genossin K. richtete sich wieder an alle: Sie müsse zur Kenntnis nehmen, dass sich die Klasse weigere, Vernunft anzunehmen. Sie sei deshalb nicht würdig, das Abitur auf einer Oberschule der Deutschen Demokratischen Republik abzulegen. Sie sei hiermit insgesamt von der Schule verwiesen, keinem sei es erlaubt, an einer anderen Oberschule der Deutschen Demokratischen Republik das Abitur abzulegen.

Gisela rief von ihrer Bank den anderen zu, indem sie sich langsam erhob: Wir sollten gehen, hier haben wir nichts mehr zu suchen. Genossin K. setzte scharf nach, die Klasse habe die Schule sofort zu verlassen. Gisela merkte, wie schwer es ihr fiel, sich aufzurichten, sie hielt sich an ihrem Platz fest, kämpfte gegen das Weinen. Gerd ging auf sie zu, legte seinen Arm um ihre Schultern und sagte: Jetzt nicht weinen, heulen können wir draußen, nicht aber vor denen. Wir erhoben uns alle, die Beine waren schwer, langsam schritten wir zur Tür, an den Mitgliedern der Kommission schauten wir vorbei. Unten auf dem Schulhof standen wir, ratlos, bedrückt, fassungslos. Unsere Schullaufbahn, unsere Lebensziele waren weg, mit diesem Augenblick endgültig, so endgültig, wie mit 17 oder 18 Jahren nichts sein kann. Angst, Wut, Niedergeschlagenheit in uns. Alle schleppten sich in Richtung Gaststätte Karlslust.

*

Was jetzt anfangen? In uns allen wuchs das Gefühl der Hilflosigkeit. Es gab keine gemeinsame Antwort mehr. Jeder war jetzt auf sich selbst zurückgeworfen. Die Wege nach vorwärts waren versperrt. Die Ersten sagten, sie blieben nicht hier. Dietrich sei schon weg, dem könne man folgen. Die Mädchen fühlten anders, sie wollten nicht in den Westen. Gisela und Ursula wollten ihre Mütter nicht allein lassen, Gertraud und Waltraut hatten niemanden im Westen, der Westen war für sie das Fremde. Walburga war nicht entschieden, sie wollte erst einmal versuchen, eine Arbeitsstelle in der DDR zu erhalten, Krankenschwester oder so etwas Ähnliches. Auch die meisten Jungen hatten keine geordneten Vorstellungen. Was wir jetzt beredeten, war der diffuse Versuch, über die Leere hinwegzureden. Einige gingen entschlossen nach Hause, mit der ängstlichen Entschiedenheit, den Eltern mitzuteilen, dass sie von der Schule geflogen seien. Was wir noch gemeinsam beschließen konnten, war, uns für Sonntag, den 23. Dezember, auf dem Sportplatz in Karlslust zu verabreden, dort, wo jetzt das Friedensdorf steht. Dann seien wir weiter, wir hätten mit den Eltern gesprochen, dann könne man Genaueres sagen. So gingen wir auseinander und trugen die Trauer und das Entsetzen, die Ratlosigkeit und die Ohnmacht in unsere Familien. Es war drei Tage vor Heiligabend.

Siegfried war einer von den vier Jungen, die im Internat wohnten. Er nahm sein Fahrrad aus dem überdachten Abstellraum auf dem Schulhof und fuhr die Birkenallee entlang zum Internat, das heute als Altenheim genutzt wird. Als er im Internat ankam, setzte er sich zu Horst Z., der im Aufenthaltsraum vor sich hin starrte. Siegfried wusste nicht, was er jetzt tun sollte. Morgen wollte er wie an jedem Wochenende mit dem Fahrrad nach Kehrigk zu den Eltern fahren. Nach einigen Minuten erschienen zwei Männer mit Ledermänteln. Sie gingen auf die beiden zu und fragten sie, was sie hier noch zu suchen hätten. Sie seien mit sofortiger Wirkung von der Schule verwiesen worden, das Internat gehöre zur Schule, sie hätten das Internat sofort zu verlassen, schließlich könnten sie das ganze Haus noch in Brand stecken. Die beiden erhoben sich und baten, ihnen wenigstens noch so viel Zeit zu lassen, bis sie ihre Sachen zusammengepackt hätten, dann würden sie das Haus verlassen. Die Männer nickten.

Während Horst sich auf den Weg zum Bahnhof Hubertushöhe machte, um nach Wendisch Rietz zu kommen, fuhr Siegfried mit dem Fahrrad 12 km zu seinen Eltern nach Kehrigk. Es war gegen 17.30 Uhr. Die Wege und Straßen, vom leichten

Schneefall glatt gefroren, lagen ohne Beleuchtung im frühen Nachtdunkel. Zu Hause angekommen, schritt er gleich ins Haus, stellte sich in den Türrahmen zum Wohnzimmer, in dem beide Eltern saßen, und sagte nur, ohne Begrüßung: Wir sind alle von der Schule geflogen. Die Eltern waren wie gelähmt. Ihr Sohn auf der Oberschule, ihr Sohn Abiturient, das war ihr Stolz. Der Einsatz des Vaters auf der Elternversammlung für die Klasse, sein Reden, sein Beschwören – umsonst. Was denn nun, Junge? Siegfried zog seine Schultern nach oben und verharrte in dieser Stellung, bis er von sich gab, die Klasse treffe sich übermorgen, am Sonntag, auf dem Sportplatz, man werde beraten. Er deutete die Fluchtabsicht von einigen seiner Mitschüler an. Was werden solle, er wisse es auch nicht.

*

Das scharfe Auftreten der Genossin K. war selbstverständlich kein souveräner Akt politischen Handelns.

In einer Aussprache mit der Abteilungsleiterin der Abteilung Volksbildung beim Rat des Bezirks, K., wurde bekannt, dass der Minister Lange in der Oberschule in Storkow war und eine Aussprache mit Lehrern und Schülern hatte. Dabei stellte er den Termin, dass bis zum 21. 12. 56 die Rädelsführer ermittelt werden sollten. Da dies nicht geschah wurden von Seiten des Rates des Bezirks Telefonate mit dem Ministerium für Volksbildung geführt. Von seiten der Bezirksleitung soll mit dem Zentralkomitee gesprochen worden sein. Nach durchgeführten Verhandlungen des Ministeriums für Volksbildung und dem Zentralkomitee erhielt die Abteilung Volksbildung beim Rat des Bezirks den Bescheid, dass es in der jetzigen Situation darauf ankommt, die Staatsdisziplin zu wahren und die Anordnungen des Ministers durchzuführen sind. Dies geschah am 20. 12. 1956 [*Gespräche in der Schule*]. *Am 21. 12. 56 fuhr daraufhin die Abteilungsleiterin der Abteilung Volksbildung und die anderen Teilnehmer der Brigade nach*

Storkow und führten die Anordnungen des Ministers, dass die Klasse vom Abitur ausgeschlossen wird, durch. Es war niemandem im Bezirk Frankfurt/O. bekannt, dass der Minister Lange nach Storkow fährt und diese Maßnahmen durchführt.[51]

Die Wichtigkeit der Staatsräson im Urteil gegen uns wurde in der Kreisleitung der SED in Beeskow formuliert:

Nach Meinung der Kommission erfolgte der Ausschluss der Schüler deshalb, weil diese als Kollektiv gemeinsam den Organisator der Schweigeminute deckten und zum anderen, weil die Autorität eines Ministers gewahrt werden muss.[52]

10. Auf und davon

Wir flüchten nach West-Berlin

Am 23. Dezember 1956, dem vierten Adventssonntag, also einen Tag vor Heiligabend, traf sich die Klasse gegen 14.00 Uhr auf dem Fußballplatz in Karlslust, unweit von unserer Schule. Es ging um die Frage: In den Westen gehen oder hierbleiben? Die konspirative Absicht fiel nicht auf, weil sich alle als Zuschauer verhielten, die ein Freundschaftsspiel zwischen der Kasernierten Volkspolizei Storkow-Küchensee und Fortschritt Storkow, heute Germania Storkow, besuchten, was auch in der Geschlossenheit plausibel erscheinen konnte, weil Klassenkamerad Wolfgang zum ersten Mal in der ersten Mannschaft mitspielte.

Alle Jungen waren gekommen. Von den Mädchen waren zwei zu Hause geblieben, Gisela und Ursula. Beide hatten sich schnell entschieden, nicht in den Westen zu gehen. Gisela wollte ihre kranke Mutter nicht allein zurücklassen. Sie war auf die Hilfe ihrer Tochter angewiesen. Der Vater war im Krieg gefallen. Ursula lebte nach dem Tod ihres Vaters mit der Mutter bei ihrer Großmutter in Storkow. Ihre familiäre Bindung war so stark, dass sie in Storkow bleiben wollte. Waltraut und Gertraud waren mit dem Fahrrad von Bugk, 8 km von Storkow entfernt, gekommen. Schon während der Fahrt teilte Waltraut mit, sie bleibe. Gertraud war zunächst unentschlossen, ob sie bleiben solle oder nicht. Sie gingen zu Walburga, die schräg gegenüber der Schule wohnte, und erfuhren von ihr, sie wisse noch nicht, ob sie in den Westen gehen solle.

Sie gingen zum Sportplatz. Die Mädchen merkten schnell, dass die Jungen zur Flucht entschlossen waren. Als Waltraut sagte, sie gehe nicht mit und Gertraud sich ihr schließlich anschloss, begriff Walburga, dass die Jungen diese Entscheidung erwartet hatten, denn sie versuchten nicht, sie umzustimmen. Auf Walburga redeten sie ein, sie solle bedenken, sie könne kein Abitur mehr machen. Walburga glaubte zu beobachten, dass die Mädchen mehr Angst hatten, auch sie selbst, während die Jungen keine Hilflosigkeit erkennen ließen. Sie fühlte aber auch nicht die Sicherheit der beiden anderen Mädchen, die für sie verbunden war mit der Bindung beider an das elterliche Haus. Sie glaubte deshalb, die beiden anderen Mädchen hätten keinen Ehrgeiz, weil ihr Leben materiell gesichert sei, auch ohne Abitur. Sie aber habe keine solche Basis. Sie fühlte sich hin und her gerissen, stand aber mit den Mädchen zusammen, von denen die Jungen sich inzwischen einige Schritte entfernt hatten. Die Jungen wollten nicht, dass die Mädchen mithörten, was jetzt genau abzusprechen war, denn was sie nicht wussten, konnten sie auch nicht weitererzählen.

Abwechselnd brüllten einige von uns Jungen Anfeuerungen auf den schneeweißen Ascheplatz. In den leisen Gesprächen aber, den Blick weniger auf den Nebenmann als auf den Fußballplatz gerichtet, waren wir uns schnell einig, die Flucht zu wagen. Alle wollten mitmachen. Nicht leichthin abenteuerlich, denn wir alle waren eng verbunden mit unseren Familien, die zu verlassen auch uns Angst machte, wir waren mit 17 oder 18 Jahren noch Elternkinder, gerade in der Weihnachtszeit. Aber noch einmal wuchs das Gefühl zusammenzugehören, den bornierten Funktionären zu trotzen, trotzen zu müssen. Ein bisschen Prometheus schwebte über der leichten Schneedecke des Fußballplatzes. Das Unbekannte war zu wagen. Karsten erzählte, er sei gestern bei den Eltern von Dietrich gewesen, um zu erfahren, ob sie etwas von ihm wüssten. Gerd ergänzte, auch er sei da gewesen. Dietrich gehe es gut, er sei in einem Lager nur für Jugendliche und habe, was er brau-

1 Die Klasse 9 der Kurt-Scheffel-Oberschule in Storkow, Schuljahr 1953/54. Im Hintergrund das neue Schulgebäude.

2 Die Volkstanzgruppe tritt zum Festzug an, Heimatfest Storkow 1956. Ganz rechts Karsten, daneben Bernd-Jürgen, 4. von links Gerd. Die großgewachsene Gisela blickt – im FDJ-Hemd – nach rechts.

3 Die Lehrer Fricke, Holz und Kassner auf einer Klassenfahrt 1956.

4 Der junge Mathematik- und Lateinlehrer Fricke 1956 in Storkow.

5 Erntefest in Storkow – die Volkstanzgruppe marschiert auf: Dietrich im Kreise jüngerer Mädchen aus unteren Klassen.

6 Ein Ausflug nach Stalinstadt (heute Eisenhüttenstadt) am 1. Juni 1956. Sieben Monate später wird sich das Leben aller verändert haben.

7 Direktor Georg Schwerz 1956 auf einem Bauernhof.

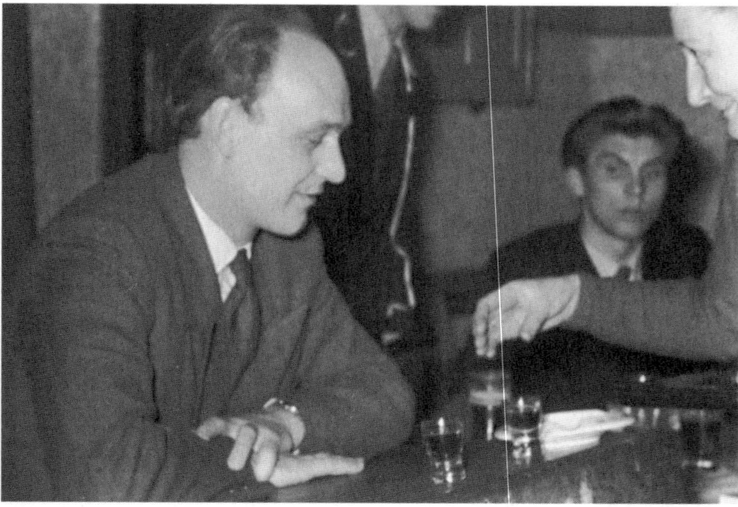

8 Der ehemalige Direktor Hans Mehling 1955. Seine verzögerte Meldung rettete Reinhard.

9 Dietrichs damalige Freundin Marion im Sommer 1955.

10 Nach dem großen Sprung: zwölf der Jungen auf einer fotogenen Streiftour durch Berlin; v.l.n.r.: Horst R., Klaus, Siegfried, Hans-Jürgen, Bernd-Jürgen, Gerd, Gerd-Dieter, Horst, Z., Klaus S., Karsten, Dieter, Arthur.

11 Besuch vor dem Flüchtlingslager in Berlin, Januar 1957; v.l.n.r.: Karsten, Gerd, Siegfried, Hans-Jürgen, Mutter von Dietrich (Mutz), Dietrich, Horst R.

12 Nach der Ankunft auf dem Frankfurter Flughafen am 8. Januar 1957; erste Reihe, v.l.n.r.: Bernd-Jürgen, Hans-Jürgen, Wolfgang, Walburga; zweite Reihe: Dietrich, Horst R.. Dieter, Arthur; hintere Reihe: Horst Z. (verdeckt), Klaus S., Gerd, Karsten (verdeckt), Gerd-Dieter, Reinhard.

Die Abiturienten von Storkow wählten die Freiheit

Keiner verriet den anderen

Fröhlich, wie seit Wochen nicht, verlassen die Abiturienten von Storkow nach einer Besichtigung die moderne Pavillonschule in Berlin-Wilmersdorf. Jetzt erst haben sie das Gefühl, daß ihnen die Welt offensteht.

13 Ein Beispiel der breiten Presseresonanz auf die Flucht der Klasse: Die Zeitschrift »Revue« vom 19. 01. 1957. Auf der Treppe des Flüchtlingslagers, kurz vor dem Abflug nach Frankfurt (Main). Erste Reihe, v.l.n.r.: Gerd, Horst Z., Walburga, Dietrich, zweite Reihe: Hans-Jürgen, Wolfgang, Bernd-Jürgen, Arthur; hintere Reihe: Dieter, Reinhard (verdeckt), Klaus S., Klaus, Horst R., Karsten, Gerd-Dieter, Siegfried.

14 Die Mütter von Siegfried und Bernd-Jürgen auf ihrer erfolglosen Rückholmission in Bensheim; rechts Bernd-Jürgen.

15 Erste Unterkunft in Bensheim: Gerd, Horst R., Arthur und Reinhard in der Aula des Konvikts, die der Klasse anfangs als Schlaf- und Arbeitsraum diente.

16 In neuer Umgebung: Die Klasse in Bensheim, 1957. Vorne kniend v.l.n.r.: Wolfgang, Dietrich, Hans-Jürgen; zweite Reihe: Horst R., Karsten, Walburga, Gerd, Bernd-Jürgen, Arthur; hintere Reihe: Dieter, Siegfried, Klaus, Horst Z., Gerd-Dieter, Klaus S., Reinhard.

17 Neue Bänke, neue Klasse, neues leben, neue Aussichten.

18 Das Echo der alten Zeit: Lehrer Fricke beaufsichtigt eine Parodie des Fahnenappells vor einem österreichischen Ferienheim, 1957.

19 Vom Westen in den Osten: Pakete in die Heimat. – Vor der Post in Bensheim, 1957. V. l. n. r.: Dietrich, Hans-Jürgen, Wolfgang.

20 Die neue Klasse an neuen Ufern – mit Lateinlehrer Dr. Bayer in Worms am Rhein 1957.

21 Außenminister Heinrich von Brentano besucht die Klasse im Bundeswahlkampf 1957. V. l. n. r.: Bernd-Jürgen, Horst R., Gerd, Horst Z., Wolfgang, ein Lehrer der Bensheimer Schule, Siegfried, Dietrich, Karsten.

22 Abiturfeier mit Direktor Roos, Dieter, Walburga, Karsten, Horst Z., Heimleiterin Marie-Luise Lüttgert (Mutti), Musiklehrer Fritz Früh.

23 Das Schulgebäude Mitte der 1990er Jahre.

24 1995: Die erste große Abiturfeier in Storkow nach 1958. Auf der Bühne, v.l.n.r.: Gisela (mit Mikrofon), Dieter, Gertraud, Arthur und Reinhard.

25 Geschichtslehrer Werner Mogel, in dessen Unterricht 1956 die erste Schweigeaktion fiel, 1996 in Storkow beim Betrachten einer Ausstellung.

26 Die Klasse wiedervereinigt 1996; v.l.n.r.: Bernd-Jürgen, Klaus S., Ursula, Arthur, Siegfried, Karsten, Wolfgang, Horst R., Horst Z., Gertraud, Gisela, Dietrich, Walburga, Gerd-Dieter.

27 Ein unverhofftes Wiedersehen: Dietrich und Marion.

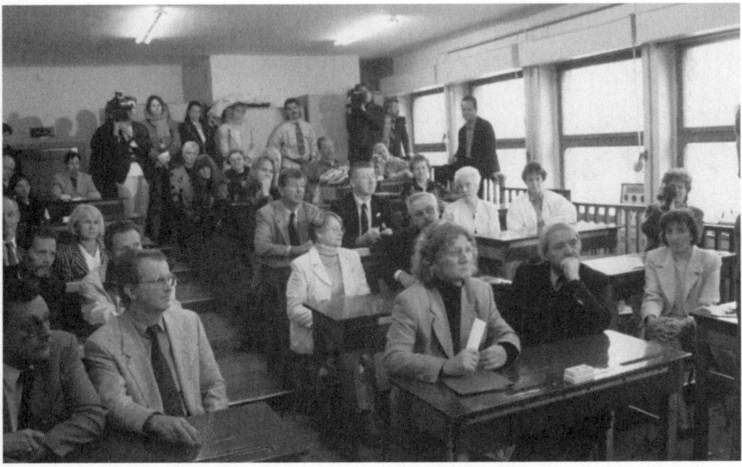

28 Die Klasse auf ihren alten Plätzen im »Stufenraum«, Ort der ersten Schweigeminuten. 1996

29 Georg Schwerz im Jahr 2006.

30 Späte Liebe. Walburga und ihr Lehrer Wolfgang Fricke. Nach 40 Jahren ein glückliches Paar.

che. Man konnte also gehen, ohne im Nichts zu enden. Beide hatten die Adresse von Dietrichs Tante und Onkel in Berlin-Spandau erhalten. Bei ihnen könne man sich zunächst melden. Der Onkel sei Pfarrer, der könne schon helfen. Karsten gab die Adresse bekannt: Sigrid und August Bauer, Sandheideweg 3–5, Spandau-Pichelsdorf. Aufschreiben wurde untersagt, ein Zettel konnte gefunden werden, dann wäre es aus gewesen. Gerd schlug vor, sich den Wortlaut der Adresse durch einen Merktrick einzuprägen. Er formulierte seinen Versuch: Ein Bauer liegt im Heidesand, weil er 3 bis 5 Pullen gepichelt hat. Die Taktik der Flucht war schnell abgesprochen: Es fährt keiner allein, aber es fahren nicht mehr als zwei zusammen, die Zeit wurde eingegrenzt zwischen dem 1. Weihnachtsfeiertag und Silvester, jeder könne den Tag seiner Flucht selbst bestimmen. Nach dem Fußballspiel wurde Wolfgang informiert. Eine weitere Verabredung wurde nicht geplant, man fürchtete, beobachtet zu werden. Wir gingen auseinander bis zum Wiedersehen in West-Berlin, hoffentlich.

Gertraud und Waltraut bestätigten sich gegenseitig auf der Fahrt mit dem Fahrrad zurück nach Bugk endgültig, nicht wegzugehen. Gertraud meinte, ihr Vater sage ihr zwar, sie solle auch gehen, wenn die anderen gingen, aber sie wolle wegen der Mutter nicht. Sie hätte auch gar keine Verwandten im Westen, nicht einmal entfernte. Sie sei familienverbunden, es werde ihr zu schwerfallen, das Zuhause aufzugeben. Waltraut konnte nur noch zustimmen.

Der Heilige Abend war für alle bedrückend. Die Mädchen waren bewusster in die schützende Familie zurückgekehrt. Aber die Enttäuschung über die Zerstörung ihrer Vorstellung vom Abitur als Tor zum weiten Horizont der Möglichkeiten überschattete das Licht der vertrauten Gemütlichkeit. Für die Jungen und ihre Familien war der Heilige Abend vor allem Trauer über die bevorstehende Trennung, die endgültig sein würde. Die Lichter wurden zum Symbol eines Behagens, das sie schon von außen anzuschauen begannen. An der Stelle des Behagens wuchs die Sehnsucht danach, hinter der sie beklemmende Angst spürten.

Bernd-Jürgen musste seiner Mutter noch mitteilen, dass er entschlossen war, nach West-Berlin zu fliehen. Nach der ersten Elternversammlung hatte er ihr erklärt, dass wir wahrscheinlich von der Schule fliegen würden. Er hatte auch gesagt: Dann gehen wir nach West-Berlin. Wie sie um Fassung rang, war ihm nicht entgangen. Immerhin, sie lebte mit dem Gedanken, dass ihr Sohn sie verlassen könnte. Aber jetzt, am Heiligen Abend, musste er ihr endgültig Bescheid geben. Er machte es kurz: Ich gehe nach West-Berlin. Die Mutter: Nein. Bernd-Jürgen: Was willst du machen, wenn ich eines Tages nicht mehr da bin? Sein Bruder Hans-Dieter mischte sich ein: Es ist Quatsch, Bernd-Jürgen hier zu halten. Was kann er hier noch werden? Es dauerte nicht lange, die Mutter war umgestimmt und dann entschieden: Dann geh, es ist das Beste für dich. Am 1. Weihnachtsfeiertag verabschiedete er sich von der kranken Großmutter nur mit einem »Auf Wiedersehen«. Mit ihr zu reden hätte keinen Zweck gehabt, er wollte nichts mehr verzögern. Zu seiner Mutter drehte er sich nicht mehr um, als er die lange Straße durch Hermsdorf ging, er hätte sonst weinen müssen, das wollte er nicht. Dass ihm trotzdem die Tränen kamen, sollte seine Mutter nicht sehen. Es war früher Nachmittag, als er losging. Der Himmel legte sich milchig auf die verschneite Straße und die Wege. Auf der linken Seite begleitete ihn die dunstig-beige Sonne. Er stapfte über die verschneiten Waldwege der Streganzer Berge. Niemand begegnete ihm. Nach 20 km war er abends im Dunkeln bei Klaus S. in Storkow angelangt.

Klaus S. erwartete ihn. Er schreibt 40 Jahre später, warum er damals entschieden war, nach West-Berlin zu fliehen:

Die ständigen politischen Lobhudeleien einiger Lehrer auf das sozialistische System klangen immer unglaubwürdiger, je öfter sie wiederholt wurden. Mir war schleierhaft, wie diese Lehrer diese

Phrasen selbst glauben konnten. Durch die nachmittäglichen paramilitärischen Übungen, ich war nicht gerade sehr sportlich und betrachtete diese zudem als gestohlene Freizeit, begann ich, die Lehrer zu hassen. M. und Sch. verkörperten in mir das politische System schlechthin, und ihre Ausführungen und Meinungen betrachtete ich als unwahr und als Lüge. Man hatte keine Macht und auch keinen Mut, dem entgegenzutreten.

Mit der Schweigeminute änderte sich dies. Plötzlich waren wir stärker und unsere Meinungsäußerung zeigte Reaktion. Während dieser Minute, die mir ewig lang vorkam, hoffte ich immer nur, dass alle durchhalten und die Aktion gelingt.

Es begann die Zeit der absoluten Konfrontation, die sich steigerte, je hochkarätiger die Parteibonzen bei uns aufkreuzten. Mir wurde klar, dass es kaum mehr eine Dialogmöglichkeit und einen Kompromiss geben kann. Irgendwie war ich sogar erleichtert, als man uns der Schule verwies, hatte man doch mit all den Leuten, die uns erpresst hatten, nichts mehr zu tun. Es machte sich dann sogar ein gewisses Siegesgefühl breit, ein Gefühl, stark zu sein und durch Zusammenhalt viel bewegt zu haben. Wir alle zeigten Solidarität mit Dietrich, der schon im Westen war, und hatten dem System erfolgreich Widerstand geleistet. Ich war stolz auf unsere Klasse, jetzt unsere Clique, die so zusammengewachsen war. Spätestens bei unserem Treffen auf dem Sportplatz, wo wir beschlossen, in den Westen zu flüchten, hatte dieses Gefühl gesiegt.

Gleichzeitig stellte sich bei mir dann aber auch ein Angstgefühl ein, dass jemand nicht dichthalten könnte und unsere Pläne verraten werden, und auch eine gewisse Unsicherheit, wie nun alles weitergehen wird, machte sich breit. Damals machte ich zum ersten Mal Erfahrungen mit Schlafstörungen und begann, mir Gedanken über die Zukunft zu machen, man wird ja auch niemals mehr nach Hause können. Nachdem man bisher immer völlig manipuliert wurde, begann ich eigentlich erstmals für mich eigenverantwortlich zu denken.

Die letzten Tage in Storkow, das Weihnachtsfest, waren beklemmend und von Abschiednehmen geprägt. Ganz bewusst erlebte ich

das letzte Weihnachtsessen zu Hause, den letzten Kirchgang, den letzten Gang durch den Garten und in unseren Hühnerstall. Im Nebenzimmer stand schon mein Köfferchen mit den notwendigen Utensilien: Hemden, Unterwäsche, Schlafanzug, alles war fertig gepackt. Nichts durfte auf eine Flucht hindeuten, allenfalls auf eine Kurzreise zu Verwandten, und selbst das war schon verdächtig.
Am Abend des ersten Weihnachtsfeiertages kam dann Bernd-Jürgen und übernachtete bei uns zu Hause, es gab die »Henkersmahlzeit«. Am Morgen des zweiten Feiertages brachen wir schon zeitig auf, damit uns möglichst keine Leute beobachten konnten. Zum Glück fuhr uns ein hilfreicher Nachbar mit dem Auto nach Erkner zum S-Bahnhof. Wir hatten Angst, in Storkow den Zug zu nehmen und dabei beobachtet und dann verraten zu werden. Die Fahrt mit der S-Bahn kam mir unendlich lange vor, und ich war sehr aufgeregt, natürlich nur innerlich. Wir mussten noch über eine Stunde bis zum Bahnhof Friedrichstraße fahren, es war eine Ewigkeit, und die Spannung steigerte sich, wie würde es an der Grenze werden? Wird man möglicherweise aus der Bahn geholt? Dabei musste man doch ganz ruhig bleiben. Bange Minuten, es passierte nichts, der Zug fuhr an, und wir saßen noch wie versteinert im Abteil. Erst als die Bahn zum ersten Mal in West-Berlin am Lehrter Bahnhof hielt, begannen wir zu jubeln und fielen uns in die Arme. Wir waren endgültig im Westen, im ersehnten Westen. Wir waren frei und hatten alle Chancen, die die neue Freiheit uns bot, inklusive einer Konsumgesellschaft, die uns wie ein Schlaraffenland vorkam. Alles war schöner, besser, heller und farbenfroher, sogar das Papier und die Aufmachung der Bild-Zeitung, die ich früher gelegentlich heimlich im Strumpf von West nach Ost transportierte.

Horst R. und Gerd-Dieter stiegen am 1. Weihnachtstag gegen 9.00 Uhr in den Zug von Storkow nach Königs Wusterhausen. Der Vater von Horst R., alteingesessener Arzt in Storkow, wollte nicht, dass er in den Westen ging. Er hatte Angst um seinen Sohn und um seinen Beruf als Arzt. Seine

Mutter, resoluter als ihr Mann, der für seine sprachlose Ruhe in Storkow berüchtigt war, redete entschlossen für die Flucht. Sie hatte mehrere Male die Mutter von Dietrich aufgesucht, um zu erfahren, wie es ihm gehe. Sie nahm die Gewissheit mit, für ihren Jungen werde gesorgt. Als Horst R. die Ernst-Thälmann-Straße in Richtung Bahnhof ging, stand sie hinter der geschlossenen Gardine und schaute ihm nach. Sich aus dem Fenster zu lehnen war unmöglich, wenn sie auf die Flucht nicht aufmerksam machen wollte. Als er sich noch einmal umschaute, vermochte sie sich nicht mehr zu fassen. Sie weinte. Ihr Mann litt es nicht, wenn sie weinte, weil er nicht mochte, dass seine Frau sich nicht beherrschte. Jetzt aber ließ er sie weinen und musste es noch oft zulassen.

Karsten musste seine kranke Mutter zurücklassen. Von ihrem Mann lebte sie getrennt, er lebte im Westen. Am Heiligen Abend fuhr Karsten zu Horst Z., um die gemeinsame Flucht zu verabreden. Am 2. Weihnachtstag frühmorgens liefen sie zum Bahnhof Scharmützelsee, von wo aus sie bis nach Königs Wusterhausen fuhren. Horst Z. hatte eine Aktentasche, Karsten einen kleinen Plastikkoffer mit. Unterwäsche zum Wechseln war ihr einziger Inhalt. Der S-Bahn-Zug hielt in Eichwalde. Kontrolle durch zwei sächsische Volkspolizisten: Morschen, dä Pärsonalauswaise bidde. Auf dem Bahnsteig patrouillierte ein Rotarmist. Alles in Ordnung.

Auf dem Bahnhof Ostkreuz stiegen sie aus, um mögliche Verfolger durch verwirrende Bewegungen von Rauf und Runter auf dem Treppengewirr des Bahnhofs abzuschütteln. Sie stiegen in die S-Bahn Richtung Südring ein. Vor Aufregung fingen sie an zu rauchen. Sie stellten sich dicht an die Tür, um bei Gefahr jederzeit herausspringen zu können. Bei einem Bahnhofshalt noch tief im Osten rief sie ein Schaffner an, sie sollten mal herauskommen. Sie antworteten nee und warteten auf das, was geschehen würde. Der Schaffner rief, sie sollten gefälligst die Zigaretten ausmachen, das Rauchen in der S-Bahn sei verboten. Die Spannung löste sich. Weil sie im

Westen vor Aufregung einen Bahnhof vor Spandau-West ausgestiegen waren, mussten sie eine Stunde laufen, bis sie das Pfarramt in Pichelsdorf erreichten.

Siegfried entschied sich schwer zur Flucht. Seine Eltern waren als Landwirte in Kehrigk verwurzelt. Sie ließen ihm ausdrücklich die eigene Wahl, er solle sich selbst entscheiden. Sie sagten ihm aber auch, er solle sich nicht von den anderen ausschließen, sie wollten nur das Beste für ihn, was es auch sei. Als Siegfried erfuhr, Horst Z. wolle mit Karsten flüchten, hatte er keinen, mit dem er hätte zusammen aufbrechen können. So fuhr sein Vater mit. Am 1. Weihnachtsfeiertag fuhren sie mit dem Fahrrad nach Storkow und stiegen in den 5.30-Uhr-Frühzug nach Königs Wusterhausen. Der Vater trug den Koffer mit einigen Textilien und Fressalien, die bei Familie D. immer zu haben waren, für eine Kurzreise gerade noch möglich. Im selben Zug saß zufällig die Mutter von Dietrich, die ihn in West-Berlin besuchen wollte. Als die beiden sie bemerkten, stiegen sie aus ihrem Waggon aus und nahmen Platz in einem anderen, damit zwischen ihnen keine Verbindung hergestellt werden konnte. Während der ganzen Fahrt blieben sie auf Distanz, auch im Westen. Erst den letzten Fußweg zum Pfarramt gingen sie zusammen. Pfarrer Binder aus Selchow, der eingeweiht war, konnte sich eine Bemerkung nicht versagen: Erst machen sie in der DDR die Jugendweihe, dann flüchten sie ins Pfarrhaus nach West-Berlin. Siegfried war zwar konfirmiert worden, in Storkow hatte er aber noch an der Jugendweihe teilgenommen. Die Eltern meinten, er solle sich nicht ausschließen.

Als Dieter seiner Mutter mitteilen musste, er sei mit allen Klassenkameraden aus der Schule entlassen worden, erschrak sie und war zugleich ratlos. Aber als die Diskussion begann, was er nun machen solle und sagen konnte, die Jungen wollten alle in den Westen flüchten, antwortete seine Mutter entschieden: Junge, mach das einzig Richtige, geh. Sie wog nichts ab, redete nicht von Vorteilen und Nachteilen, sie überließ ihm die Entscheidung nicht allein, sie forderte ihn auf zu fliehen. Am 26. Dezember ging er den Weg wie alle, aber allein, einen helfenden Kontakt konnte er nicht mehr aufnehmen.

Warum war seine Mutter so entschieden? Die braune Diktatur im Krieg und die rote Diktatur nach dem Krieg erzählen ihre Geschichte. Ihr Mann, Dieters Vater, war leitender Angestellter in den Daimler-Benz-Flugzeugmotoren-Werken in Ludwigsfelde, südlich von Berlin, einem Rüstungsbetrieb. Hier waren Fremdarbeiter zwangsweise zur Arbeit eingesetzt, darunter 1500 Sowjetbürger. Seine Funktion war, die Zwangsarbeiter zu versorgen. Die Mitgliedschaft in der NSDAP verstand sich von selbst. Weil er im Rüstungsbetrieb als unabkömmlich galt, musste er nicht an die Front.

Drei Monate nach Kriegsende wurde er angezeigt. Drei Männer kamen in sein Haus am Scharmützelsee: Sind Sie Herr Portner? Wir haben einige Fragen mit Ihnen zu klären. Kommen Sie mit, jetzt sofort. Dieter stand daneben, er war sechs Jahre alt. Der Vater ging zwischen den Männern nach draußen und setzte sich mit ihnen in ein wartendes Auto. So war das, wenn einer abgeholt wurde. In Dieter war Angst. Er verstand, was hier geschah, auch schon mit sechs Jahren, weil es jeder wusste, was passieren konnte und passierte, die Väter, die Großväter, die Onkel, die älteren Brüder wurden abgeholt. Die Mutter versuchte zu trösten. Es wird sich finden. Es fand sich gar nichts. Der Vater kam nicht wieder. Er war verschwunden. Die Mutter erhielt keine Mitteilung, was mit ihrem Mann geschehen war. Ihre Gedanken um ihn verengten sich auf die Frage: Lebt er, lebt er nicht? Ende 1945 erhielt sie eine schriftliche Nachricht, geschrieben von ihrem Mann. Als Gefangener der Sowjetmacht war er in Hohenschönhausen als Straßenbauarbeiter tätig. Als eine Frau an den arbeitenden Häftlingen vorbeilief, steckte er ihr einen zerknüllten Zettel zu. Die Nachricht für sie, dass er noch lebte. Mutig nahm diese Frau den Zettel an sich und sorgte dafür, dass er in die Hände seiner Frau gelangte. Nach 1946 keine Nachricht mehr. Und wieder die Fragen: Lebt er oder lebt er nicht mehr? Wo ist er? Wann kommt er zu uns zurück?

1950, nach fünf langen Jahren, wusste sie, er lebt noch. Dieter war inzwischen elf Jahre alt. Wo ist dein Vater? Was macht dein Vater? Fünf Jahre ausweichen, verbergen, andeuten oder, wenn es vertrauter wurde, die Erklärung: Abgeholt. Darüber offen reden? Verboten. Die Wahrheit ging nach innen, sie verstummte. Und draußen wurde er Junger Pionier, »Freundschaftsratsvorsitzender« sogar, mit weißem Hemd und blauem Tuch, und sang in der Grundschule zu Glienicke:

Wann wir schreiten Seit' an Seit'
und die alten Lieder singen
und die Wälder wieder klingen,
fühlen wir, es muss gelingen:
Mit uns zieht die neue Zeit,
mit uns zieht die neue Zeit.[53]

Als nach fünf Jahren endlich die Nachricht kam, dass er noch lebte, war es die Kunde über seine Verurteilung. Wo war er die fünf Jahre gewesen? Die sowjetische Besatzungsmacht hatte ihn in das KZ Sachsenhausen überführt. Bis zu dessen Auflösung waren hier mit ihm 60 000 Menschen in Haft genommen, 12 000 kamen um. Als 1950 viele entlassen wurden, war er nicht dabei, er hatte keine Chance. Als Versorger der Fremdarbeiter war er »Kriegsverbrecher«.

Er wurde den Behörden der DDR überstellt und in den berüchtigten Waldheimer Prozessen verurteilt. In einem kurzen Verfahren von zehn Minuten verurteilten ihn Neu-Richter zu 20 Jahren Zuchthaus. Sie waren in einem Schnellkurs juristisch geschulte Vollstrecker einer gnadenlosen Justiz in der Frühzeit der DDR, deren Leitfigur die berüchtigte Vorsitzende in abschreckenden Schauprozessen war, Hilde Benjamin. Ein Verteidiger war nicht zugelassen, auch Zeugen nicht. Als er zu seiner Entlastung vortrug, die Fremdarbeiter seien immer ausreichend versorgt worden, bestraften sie ihn mit zusätzlichen fünf Jahren Zuchthaus. Das Zuchthaus in Waldheim, zwischen Dresden und Leipzig gelegen, überlebte er nicht. Schon nach einem Jahr, 1951, erkrankte er an doppelseitiger Tbc, der Hunger ließ eine Heilung nicht zu. Die Familie durfte ihn nicht beerdigen, er wurde verbrannt, die Urne in einem Massengrab mit 500 anderen Waldheim-Toten anonym vergraben.

Nach der Verurteilung und der Enteignung von Häusern und Grundstück wurde Dieters Mutter als Sekretärin der Gemeindeleitung in Glienicke entlassen. Sie fand eine neue Anstellung als Handarbeitslehrerin an der Grundschule in Radlow am Scharmützelsee. Die alleinerziehende Mutter und ihre zwei Kinder mussten nicht von der geringen Entlohnung leben. Die ehemalige Firma des Vaters schickte auf ein Sonderkonto in West-Berlin monatlich 100 DM, das waren 400 Mark der DDR. Auch ehemalige Kollegen halfen ab und zu. In Dieters Bewusstsein wurde der in den Osten geschickte Westen die Basis eines erträglichen Auskommens.

Er lernte, das Leben ist doppeldeutig. Als die Mutter von der Verurteilung ihres Mannes erfuhr, sagte sie zu ihren Kindern, elf und neun Jahre alt: Ihr müsst mit den Wölfen heulen. Das hilft dem Vater vielleicht. Sie heulten mit, dem Vater half es nichts, sie heulten weiter, es half ihnen als Schüler. Dieter durfte als Sohn eines »Kriegsverbrechers« auf die Oberschule. Er bekam sogar 30 Mark Stipendium. So war das also mit dem blauen FDJ-Hemd von Dieter. Wir wussten damals davon nichts, und er durfte davon nicht reden.

*

Reinhard hatte lange geschwankt, bis er bereit war zu fliehen. Abhauen war für ihn eigentlich keine Lösung. Er konnte sich nicht vorstellen, eine westliche Schule zu besuchen, die war doch ganz anders. Schule überhaupt war nach dem Rausschmiss eine abgeschlossene Sache. Und wenn man gegen den

Feind kämpfen wollte, dann bekämpfte man ihn da, wo er war. Was sollte er da drüben? Dass Dietrich abgehauen war, empfand er als Sauerei. Man lief nicht einfach weg. Andererseits wusste er von sich, dass er das nicht könnte, mit sicherem Fuß in unsicheres Terrain hineinzugehen. Er dachte an den Storkower See, den hätte er dann nicht mehr. Für ihn überlegte und entschied schließlich die Großmutter. Unten im Flur in dem Haus an der Breitscheidstraße überzeugte sie ihn. Von der Schule sei er geflogen, er habe keine Wahl mehr, er solle gehen.

Er machte sich, gegen die Absprache, am 2. Weihnachtsfeiertag allein auf den Weg. Er fuhr mit dem Frühzug, er hatte seine Schultasche dabei, in der nur Butterbrote waren. Seine Mutter sollte einen Koffer zur älteren Schwester, die in West-Berlin wohnte, nachbringen. Schon auf der zweiten Station stieg er aus der S-Bahn aus, weil er sich von zwei Männern beobachtet fühlte. Die stiegen mit aus. Er nahm die nächste S-Bahn, die Männer stiegen mit ein. Am Ostkreuz stieg er aus und machte das Treppenverwirrspiel und fuhr dann in Richtung Königs Wusterhausen zurück. Die beiden Männer waren weg. Er stieg an der Station Baumschulenweg aus. Er wollte jetzt in den Westen laufen. Auf der Baumschulenstraße fühlte er sich erneut verfolgt. In einer Laubenpieperkolonie sprang er über einen Gartenzaun und versteckte sich für zwei Stunden in einer offenstehenden Laube. Als er schließlich merkte, dass ihm keiner gefolgt war, lief er so lange durch die Straßen, bis er am Stadtbild erkennen konnte, in West-Berlin zu sein. Er hatte sich bis Neukölln durchgeschlagen. Von hier aus fuhr er zu seiner Schwester, wo er ein paar Tage blieb, hörte dann zufällig im RIAS von der Flucht seiner Klasse. Am nächsten Tag fuhr er nach Marienfelde in die Notaufnahme des Flüchtlingslagers, wo er zwei aus unserer Klasse traf, die ihm halfen, die bürokratischen Wege zu gehen, bis auch er nach Zehlendorf ins Jugendlager zu den anderen kam. Beeindruckt hatten ihn die genauen Fragen der westlichen Geheimdienste zu den Waffengattungen und Mannschaftsstärken in Storkow-Küchensee, bemerkenswert fand er die Hartnäckigkeit der CIA.

*

Walburga erhielt noch im alten Jahr 1956 Besuch von zwei Männern, die ihr anboten, das Abitur in Beeskow oder in einer anderen Stadt doch noch ablegen zu können. In diesem Augenblick war ihr bewusst, dass sie das Abitur in der DDR nicht ablegen wollte. Dann aber war für sie ein Studium in der DDR nicht mehr möglich. Vielleicht auf Umwegen? Sie war hü und hott. Ihr Vater konnte ihr nicht raten, für sie war er Mitläufer, er verstand ihre Lage nicht. Sie kam auf die praktische Idee, Krankenschwester zu werden, dann könne man weitersehen. In einigen Krankenhäusern hatte sie sich informiert, bis sie auf das katholische Hedwigs-Krankenhaus in Ost-Berlin gekommen war. Das lag nahe. Sie war Katholikin. Im katholischen Krankenhaus begegnete man ihr skeptisch. Von der Oberschule komme sie, dann werde sie wohl nicht lange bleiben. Sie beteuerte, ihr Wunsch, Krankenschwester zu werden, sei ernst gemeint. Dann kam die Frage, in welcher Klasse sie sei oder ob sie schon das Abitur habe. Sie musste nun eingestehen, dass sie mit ihrer ganzen Klasse von der Schule verwiesen worden sei. Die Gesichter veränderten sich. Nach wenigen Minuten erhielt sie die Absage. Der Katholizismus war keine Insel, auf der die gläubige Katholikin Walburga hätte Zuflucht finden können. Ihr wurde bewusst, dass sie hier im Osten nicht weiterkommen werde. Sie entschloss sich, in den Westen zu gehen. Nur mit ihrer Mutter redete sie darüber. Mit dem Vater redete sie nicht, er erschien ihr dem staatlichen Ordnungsprinzip gegenüber viel zu gehorsam. Die Mutter bestärkte sie, Walburga werde ihren Weg finden, vielleicht sei es am besten so. Mit der Schultasche stieg sie am 3. Januar 1957 in den Frühzug nach Königs Wusterhausen.

Damit die Mutter sich beruhigte, nahm sie ihre drei Jahre ältere Schwester mit. Den Ort, an dem sie die Kameraden finden würde, hatte sie aus dem RIAS: Jugendlager an der Hohenzollernstraße.

*

Arthur machte sich am 27. Dezember 1956 auf den bekannten Weg: Friedrichstraße, Spandau-Pichelsdorf, Marienfelde. Er hatte die Ausrede im Kopf, er fahre zu seiner Großmutter nach West-Berlin, er wurde nicht gefragt, die Großmutter gab es auch nicht. Er sprach mit seinem Vater darüber, was er nun tun solle. Der Vater war Mitglied der SED. Er riet ihm nicht ab, in den Westen zu gehen: Es ist dein weiteres Leben. Du musst dich entscheiden. Probiere es, wenn es nicht klappt, dann komm wieder. Durch den Einfluss seines Vaters hatte Arthur die Garantie, nach der Rückkehr in den Osten wieder auf die Schule gehen zu können, um das Abitur abzulegen. Am 19. Dezember hatte Arthur Besuch von zwei Herren, die ihm anboten, er könne das Abitur machen, wenn er sich von der Provokation der Klasse distanziere. Arthur und sein Vater äußerten sich nicht zu diesem Angebot. Die Herren verschwanden wieder. Der Vater aber fragte Arthur, was er mit dem Angebot machen werde. Arthur entschied sich nicht, er wartete ab, was auf dem Sportplatz herauskommen würde. Nach den Gesprächen wusste er, dass er in den Westen gehen werde.

Als Letzter der Jungen ging Wolfgang. Noch am 28. Dezember, als die anderen schon im Westen waren, bewegte er sich offen durch Storkow, sodass ihn die Mutter von Klaus S. beim Einkaufen erstaunt fragte, warum er noch hier sei, die anderen seien doch schon weg. Er merkte, die Zeit wurde eng und flüchtete am nächsten Tag nach West-Berlin.

11. Helden im Kalten Krieg

Der Westen nimmt uns auf

Im Aufnahmelager Marienfelde traten wir nur noch in Gruppen auf, wir halfen uns gegenseitig, den Laufzettel von Tür zu Tür abzuarbeiten, sodass jeder schließlich im Jugendlager Zehlendorf den behördlichen Anforderungen entsprechend aufgenommen werden konnte. Wir hatten Angst. Wir waren vorsichtig, auch hier im Lager. Wenn wir uns zum Schlafen niederlegten, banden wir eine Schnur an die Türklinke, die sich derjenige, der an der Tür lag, um das Bein wickelte, damit wir in der Nacht merken konnten, ob sich jemand zu uns hätte hereinschleichen wollen.

Dietrich war zur Klasse ins Jugendlager Zehlendorf zurückgekehrt. Wir mussten uns oft durch die Gänge des Aufnahmelagers schlängeln, Flüchtlinge warteten auf ihre Abfertigung. Sie standen, hockten auf ihren Koffern, saßen oder lagen auf ihren Mänteln. 150 000 Menschen waren 1956 aus der DDR nach West-Berlin geflohen. Da sei wohl eine ganze Fußballmannschaft abgehauen, rief man hinter uns her. Im Jugendlager waren wir in doppelstöckigen Betten auf zwei Zimmern im 1. Stock verteilt.

Karsten erzählte uns, wir seien bei den jugendlichen Mitflüchtlingen nicht beliebt, jemand habe ihn angepöbelt: Du glaubst wohl, du bist was Besseres, du Arsch. Er wertete Karsten nicht ab, weil er sich hochnäsig benommen hätte. Vielmehr schlug ihm die plötzlich einsetzende Veröffentlichung unserer Flucht in den Medien, vor allem in den Zeitungen, auf den Geist, machte ihn vielleicht neidisch. Einige Beispiele von Schlagzeilen, alle vom 31. Dezember 1956. »Bild«: *Die tapferen Primaner von Storkow, eine ganze Schulklasse floh in die Freiheit;* »Abendpost«: *Schicksal einer Klasse. 15 Schüler flüchteten. Aus der Sowjetzone nach West-Berlin. Keiner wollte zum Verräter werden. Dem Minister getrotzt;* »Frankfurter Nachtausgabe«: *Revolution und Flucht einer ganzen Schulklasse;* »Berliner Morgenpost«: *SED-Funktionäre erpressten Jungen und Mädchen. 15 wählten die Freiheit;* »Der Tagesspiegel«: *15 Oberschüler gemeinsam aus der Zone geflohen – Gedenken für Ungarn führte zum Ausschluß aus der Schule.*

Die Presse berichtete weiter während des Januars und darüber hinaus. Die eindringlichste Begegnung ereignete sich mit Thilo Koch, der für die »Welt am Sonntag« schrieb, für den NWDR interviewte. Er hatte uns in sein Arbeitszimmer eingeladen, wir staunten über die komfortable Einrichtung. Die Möbel, die Teppiche, die Wandfarben beeindruckten uns in ihrer Eleganz. Er stellte die Frage der Fragen, wie lange wir denn der Sowjetzone, er sagte nicht DDR, Zeit gäben, bis sie sich nicht mehr halten könne. Die meisten gaben eine Zeit zwischen fünf und zehn Jahren an, Dietrich nannte 25 Jahre, aber leise, weil er sich fast schämte für die gedehnte Zeit. Es wurden schließlich 33 Jahre.

Der RIAS, der SFB und der NWDR kamen auf uns zu.

Als wir hörten, dass in Budapest die sowjetischen Panzer eingefallen seien und das Feuer eröffnet haben, gab es in unserer Klasse einen unerhörten Gegenhall gegen diese Maßnahmen der sowjetischen Regierung.

Dass ihr alle dazu gestanden habt, hat ja nachher eure Verhaltensweise in den Verhören bewiesen, denn irgendwie hatte die Schulbehörde das doch sehr schnell gemerkt, und ein Bezirksschulrat kam, um euch dann einzeln zu verhören.

Der Schuldirektor, später dann noch vom SSD welche und von der SED, es waren richtige Kreuzverhöre, man konnte überhaupt

nichts machen. Die verfingen einen so mit den Fragen und spielten uns gegenseitig aus, wie gesagt, diese Methoden, da kann man überhaupt nichts machen. Erinnert so an die Methoden der Schulen der Nazis.
Später kam dann der Volksbildungsminister Lange selbst in die Klasse und hielt einen Vortrag. Dann kam eben der Teil, der uns die Persönlichkeit des Ministers nicht sehr beeindruckt hat, denn er hat zu uns so gesprochen, also wir waren, alle Schüler waren nachher so fertig, die konnten überhaupt nicht mehr, und er hat da ziemlich scharfe Ausdrücke gebraucht. Der Minister, man kann nicht sagen, dass er als Minister oder gar als Mensch auftrat.
Man konnte deutlich merken, dass vor allen Dingen die Wut des Ministers auch darauf zurückzuführen war, dass er den Schuldigen nicht herausgefunden hatte, denn man hat gemerkt, dass er mit der festen Absicht gekommen war, diesen herauszufinden. Und er hat dann ebenso versucht, die Schüler auch selbst irgendwie auf die Palme zu bringen. Er hat die einzelnen Eltern beleidigt, kann man ruhig sagen, und hat gesagt, hat zu den Schülern gesagt, sie sollen doch über ihre Eltern sagen, was die für eine Gesinnung haben.[54]

Im Sender Freies Berlin wurde Walburga, die nachgekommen war, interviewt:

Wir haben beteuert, dass die ganze Klasse die Konsequenzen, die eventuell kommen könnten, gemeinsam tragen will. Und das hat man uns nicht geglaubt. Und das hat man auch nicht für wahr halten wollen (…)
Am 21. Dezember kamen drei Herren aus Frankfurt und haben noch einmal versucht uns zu überreden. Und sie haben uns doch nicht geschafft. So warf man zunächst drei der Schüler hinaus, die am Vortag so sehr für die ganze Klasse gesprochen hatten. Und so glaubte man, dass sie auch die Klasse in ihrer Meinung beeinflusst haben (…)
Und als diese drei hinausgeworfen waren, glaubte man, dass wir

nun vielleicht Angst bekommen. Und fragte uns noch einmal aus, wie wir zu diesen drei Jungen stehen, die man eben hinausgeworfen hat. Und wir beteuerten, dass wir nicht verstehen, wie drei aus der Klassengemeinschaft hinausgeworfen werden können, obwohl wir ja die Konsequenzen gemeinsam tragen wollten. Und daraufhin, da man sah, dass wir eben nicht klein zu kriegen sind, warf man die ganze Klasse hinaus.[55]

*

Von Thilo Koch ausgehend und dann weiter in vielen Redaktionsstuben konnten wir zum ersten Mal in die wirkliche Geschichte oder wirklich in die Geschichte blicken. Wir sahen uns Pressebilder an. Ulbricht und Grotewohl interessierten uns nicht, aber Adenauer und vor allem Hitler und alles, was mit ihm zusammenhing. Das amüsierte die Redakteure. Wir hatten in der Schule nichts erfahren von dem wirklichen Leben wirklicher Menschen in den einzelnen Epochen, was vor allem für die Zeit des Nationalsozialismus galt. Wir hatten nur Begriffe und Strukturen im Kopf, mit denen man über alles reden konnte, aber nichts wirklich wusste. Reden über Geschichte war ein Reden in Phrasen. Alle Epochen, alle individuellen Menschen waren nur Funktion einer linearen Vorstellung von Geschichte, an deren Ende sich folgerichtig die SED etablierte, die selbstverständlich von der großen ruhmreichen Sowjetunion zu lernen hatte. In diesen Bildern aber sahen wir Personen, Situationen, Positionen, über die wir gerne mehr gewusst hätten. Die Nazi-Zeit hatten wir nur aus der Perspektive des kommunistischen Widerstandes kennengelernt, die Nazi-Zeit selbst war tabu.

Die Geschichte begegnete uns in unserem Jugendlager. Wir erfuhren, der Heimleiter sei Hauptmann oder Feldwebel in der Wehrmacht gewesen. Dietrich hatte ihn schon kennengelernt. Feldwebel erschien uns wahrscheinlicher, seine Ordnungssucht war penetrant. Wir hörten ihn schon in unseren Räumen im 1. Stock, wenn er die Treppe von unten nach oben stieg, zwei Stufen mit einem Schritt nehmend. Das Lineal, das er fast immer bei sich trug, steckte er, während er ging, zwischen die hölzernen Stangen des Treppengeländers, sodass ihm ein schrilles Gescheppere voraneilte: Achtung, der Chef. In der Silvesternacht erhob er sich vor dem lamettabehängten, weiß geschmückten Weihnachtsbaum zu einer kurzen Ansprache. Er wünsche allen versammelten Jugendlichen auf ihrem künftigen Weg die richtige Einstellung. Mutig sein, Zähne zusammenbeißen, entschlossen die Chancen wahrnehmen. Dann schrie er in gepresster hoher Frequenz: Wir wollen keinen Sozialismus. Wir wollen Deutsche sein, wir haben eine eigene Ehre. Allgemeiner anfeuernder Beifall. Einigen von uns war nicht wohl. So sprach doch ein Nazi, oder? Nazistische Antikommunisten waren wir alle nicht. Karsten warf noch ein, was der wohl vom Sozialismus verstehe und Dietrich nickte ihm zu. Er war irritiert, weil diese explosive Aggressivität schon wieder bedrohlich wirkte, von dort kamen wir doch gerade.

*

Fürsorglich kümmerte sich ein amerikanischer Pfarrer um uns, der in Berlin stationiert und in der Jugendarbeit tätig war. Er kam in einer Direktheit auf uns zu, die uns begeisterte. Er wollte uns begeistern. Er fuhr mit uns im VW-Bulli in verschiedene Kirchen, stellte sein Tonbandgerät im Altar-Raum auf, von dem aus er Gospelgesänge laut durch die Kirchen schickte, sie uns erklärte. Wir wussten darüber nichts, bis er schließlich zum Finale, dem stets gleichen, gelangte: dem Halleluja aus Händels »Messias«. Den kannten wir auch nicht. Nach diesem Jubel predigte er über die Erhabenheit Gottes. Religiöser hat er niemanden von uns gemacht, aber wir glaubten, einen guten, hilfsbereiten, offenen Menschen kennengelernt zu haben. Aber selbst ihm gegenüber blieben wir misstrauisch. Seine Fahrten mit uns fanden meist am frühen Abend statt, es war schon dunkel. Eine Entführung wäre immerhin möglich gewesen, wir hatten von Verschleppungen gehört, von West-Berlin nach Ost-Berlin, einfach so mit dem Auto, auf offener Straße. Heute wissen wir, dass bis zum Bau der Mauer 1961 etwa 600 Menschen auf diese Weise von West nach Ost verschleppt wurden. Während der Fahrten mit dem VW-Bulli war schwer zu erkennen, ob wir noch im Westen waren. Wir hatten verabredet, genau aufzupassen, ob der Fahrer östliches Gebiet ansteuerte, wir waren die ganze Zeit bereit, dem Fahrer ins Steuer zu greifen und ihn zu überwältigen. Die Vorsicht war überflüssig.

*

Von unseren Eltern wussten wir, dass man uns in die DDR zurückholen wollte. Sie durften uns nur besuchen mit der Erklärung, zu versuchen, uns zur Rückkehr zu überreden. Wenn wir bei beginnender Dunkelheit noch vor dem Jugendlager auf der Straße standen, beobachteten wir stets zwei Männer in den bekannten langen Mänteln am sichtbaren Rand der Straße. Bei dem Versuch, direkt auf sie zuzugehen, verschwanden sie schnell in die Unsichtbarkeit.

Am Donnerstag, dem 3. Januar 1957, gegen Mittag, erhielt Karsten ein Telegramm: *Bin schwer erkrankt. Komme bitte zurück. Mutter.* Karsten war aufgelöst: Was soll ich machen? Dass seine Mutter krank war, wusste Karsten. Aber sie hatte nie mit Mutter unterschrieben, immer war sie Mutti. Aus Wendisch Rietz, dem Wohnort der Mutter, kam das Telegramm nicht. Obwohl Karsten von der Krankheit der Mutter wusste, war der Schreck in ihn gefahren. Entweder war das Telegramm falsch, dann durfte er nicht fahren. Oder es war echt, dann musste er fahren, wollte er seine Mutter lebend noch einmal sehen. Er erinnerte sich an das, was der Bürgermeister W. von Storkow gesagt haben sollte: Zu Ostern seien sie alle wieder hier, notfalls holen sie sich einen, dann kommen die anderen wieder. Er fragte den Heimleiter um Rat, der riet klar, er solle nicht fahren, das Telegramm sei eine Falle, wenn er erst drüben sei, könne er nicht wieder zurückkommen. Weil seine Angst blieb, fuhr er zu Freunden der Mutter nach Charlottenburg. Die forderten ihn auf, das Telegramm zu zerreißen, denn seine Mutter komme da durch. Er solle sich verhalten wie beim Militär, eine Nacht darüber schlafen. Am nächsten Morgen hatte er sich entschlossen, zu seiner Mutter zurückzufahren. Wir konnten ihn davon nicht abhalten, soweit er uns überhaupt informierte. Er sah seine Mutter allein mit seiner 13-jährigen Schwester vor sich. Der Vater lebte von Karstens Mutter getrennt in Westdeutschland. Der Heimleiter musste nachgeben, verlangte aber von Karsten eine schriftliche Erklärung, dass er freiwillig in die Ostzone zurückkehre. Er schrieb sie gerade, da kam Horst in das Büro gerannt und platzte heraus: Alles Scheiße, deine Mutter steht unten. Karsten lief nach unten und stand auf der Treppe zum Haupteingang vor seiner Mutter. Er war so aufgeregt, dass er ihr das Telegramm zunächst nicht zeigte. Sie hatte ihm warme Textilien mitgebracht. Das Telegramm? Nein, das hatte sie nicht abgeschickt. Neben beiden stand zufällig ein Reporter, der das Ereignis sofort aufnahm, was am nächsten Tag in der »Bild« zu lesen war. Die Mutter fuhr am selben Tag zurück in die DDR.

Am nächsten Tag wurde sie von zwei Herren in den bekannten Mänteln aufgesucht, die hielten ihr die Zeitung vor die Augen. Nach dem DDR-Gesetz war ihr Verhalten Beihilfe zur Flucht, die war verboten und konnte mit Gefängnis bestraft werden. Sie redete sich heraus. Sie habe ihn zurückholen wollen, die Wintersachen habe sie mitgenommen, weil er überhaupt nichts Warmes zum Anziehen bei sich gehabt habe. Sie wurde in dieser Sache nicht mehr verfolgt. Ob die Staatssicherheit das Telegramm aufgegeben hatte, konnte nicht geklärt werden. Karsten dachte an einen fünf Jahre älteren Cousin, der eine FDJ-Größe gewesen sei. Es sei ihm aufgefallen, dass der während einer Tbc-Erkrankung sein volles Gehalt weiter erhalten habe, was nur möglich gewesen sei bei einflussreichen und verdienstvollen Mitarbeitern. Er erinnerte sich an dessen Bemerkung nach einem offenen kritischen Gespräch mit ihm zu Hause: Wenn sie, Gretel – die Mutter von Karsten – nicht seine Verwandtschaft wäre, wüsste er, was er täte. Er war der Einzige außerhalb der engen Familie, der von der Krankheit der Mutter gewusst habe. Bis heute hat Karsten nicht nachgefragt.

Am selben Tag folgten wir einer Einladung des Kultursenators Tiburtius. Wir saßen mit ihm zusammen an einem langen Konferenztisch, der in der Mitte eines Raumes stand, an dessen hohen Wänden zwischen ebenso hohen Fenstern dunkle Möbel die Ehrwürdigkeit des kulturellen Amtes umrahmten. Er saß an der Kopfseite, sodass wir ihn alle sehen konnten. In seinem Gesicht artikulierte sich die Gelassenheit mitfühlender Güte des Humors. Ein Gegenbild zu seinem Kollegen in der DDR. Er würdigte unsere Schweigeaktion und die geschlossene Flucht und sorgte sich um unsere zurückgelassenen Eltern und Familien. Er bot uns an, das Abitur in West-Berlin im alten Klassenverband noch im Herbst 1957 ablegen zu können. Wir bedankten uns, erklärten ihm aber, wir wollten nicht in West-Berlin bleiben, weil wir hier nicht sicher seien, denn unsere Eltern hätten immer wieder gezwungen werden können, uns in die DDR zurückzuholen. Wir wollten nach Westdeutschland, in die Bundesrepublik, ein konkretes Angebot lockte uns schon. Er verstand unsere Bedenken.

*

Die wichtigsten Besuche jedoch waren die der Eltern und Geschwister. Sie konnten uns besuchen, weil sie den Auftrag hatten, uns in die DDR zurückzuholen. Sie teilten uns den offiziellen Auftrag mit, um dann wie Väter, Mütter, Geschwister mit uns zu reden. In jedem Satz sprach die Sorge um uns, die wir glaubten verkleinern zu müssen, weil wir verstanden, wie ihre Sorge um uns sie selbst schwach werden ließ. Sie erzählten von Gesprächen mit Genossen wegen uns, von ihren Verstellungen, taktischen Reden, damit sie staatsloyal erscheinen konnten, wenn sie ihre Aussagen über uns machten, um die man jedes Mal bat. Die Herren mussten sich anhören, wie uneinsichtig, verstockt ihre Kinder seien, jedes Zureden vergrößere nur den Trotz. Zum Geburtstag von Dietrich, am 7. Januar 1957, kam sein Vater noch einmal zu uns. Es war der Tag vor unserem schon festgelegten Abflug nach Frankfurt (Main). Wir Jungen standen vor ihm im Halbkreis und hörten seinen Abschiedsworten zu: Er wolle nicht viel sagen, aber ab jetzt seien wir allein, ohne die Eltern fragen zu können. Das Leben brächte uns in bestimmte Situationen, die nicht zu vermeiden seien. Wenn gepimpert werden müsse, dann nur mit Gummi. Wir sollten daran denken, bevor sich Folgen einstellten, die wir nicht wollen könnten. Betretenes Feixen. Ein Vater sprach so direkt nicht. In der Situation des letzten gemeinsamen Augenblicks löste die sexuelle Wachsamkeit das autoritäre Schweigen auf.

Am selben Tag erhielten wir in Marienfelde durch das Notaufnahmeverfahren die Aufenthaltserlaubnis für West-Berlin und die Bundesrepublik. Der letzte Abend in West-Berlin. Die Eltern fuhren wieder nach Hause. Bernd-Jürgen und Dietrich hatten besonderen Besuch: Ihre Freundinnen aus Storkow waren zum Abschied ins Jugendlager gekommen. Alle vier zogen sich in einen Park nahe der Hohenzollernstraße zurück, kontrollierten, ob sie nicht heimlich beobachtet wurden und setzten sich in eine Rasthütte, Bernd-Jürgen mit seiner Freundin, Dietrich mit seiner Freundin, auf je eine Bank, nur drei Meter voneinander entfernt, was sie nicht störte: Bernd-Jürgen und Dietrich waren befreundet, es hätte auch nichts stören können, denn das erotische Verlangen entäußerte sich nur als Kuss und andeutende handliche Berührung. Die Dunkelheit versenkte die Verliebten in das Reich zwischen Wünschen und Vermögen. Die beiden Mädchen mussten zum letzten Zug nach Storkow. Würden sie sich je wiedersehen?

*

Der 8. Januar 1957 war der Tag des Abflugs. Wir wurden zum Flughafen Tempelhof gefahren. Einige Mütter waren zum Abschied gekommen. Gegen Mittag sollten wir abfliegen, der Start verzögerte sich um zwei Stunden, eine Begründung wurde nicht angegeben. Wir konnten noch einmal mit den Verwandten sprechen. Umarmungen, Wünsche, Hoffnungen, Weinen, dann standen wir auf der Gangway. Ein letztes Umdrehen zu den Köpfen über der Balustrade des Flughafencafés, die Mütter im Blick, ein letztes Winken, dann in den Rumpf des Flugzeugs. Wir waren die Letzten, die einstiegen.

Es war schon dunkel, als wir in Frankfurt (Main) landeten. Wir stiegen aus, gingen die Treppe hinunter. Es blitzte aus vielen Kameras. Auf Wunsch der Reporter setzten wir uns auf einen herumstehenden Transporter, nahmen einen Arm nach oben und lachten in die Dunkelheit. Die Inszenierung unserer Wichtigkeit umschloss uns wie eine Wolke, die uns in die neue Heimat trug.

12. Das Ende einer Laufbahn

Unser Direktor Genosse Georg Schwerz wird degradiert

Wir waren weg. Die SED und der Staatssicherheitsdienst hätten ihre Bemühungen einstellen können. Doch unser Fall war für sie noch nicht zu Ende. Die Genossen hatten noch Aufgaben zu erledigen.

Als Ersten traf es den Genossen Direktor Georg Schwerz. Er erzählt aus der Erinnerung:

Jetzt wurde mir etwas zum Verhängnis, was ich unten in dem Flur gesagt habe. Wenn ihr die Klasse entlasst, dann wird sie weg sein bei der offenen Grenze. Herbert Müller, Lehrer an der Grundschule, hat gesagt, der Schwerz hat unter einer Decke mit denen gesteckt, woher hat er denn gewusst, dass die Klasse abhauen wird? Wobei für einen denkenden Menschen völlig klar war, wenn man eine Klasse von 17-Jährigen entlässt, und die Eltern stehen dahinter, die sagen, unsere Jungs und Mädchen möchten das Abitur machen, dass man da nicht stillhalten will, das war vorauszusehen. Das war nun mein Verhängnis, und damit war meine politische Karriere eigentlich zu Ende. Das ist ja dann auch schriftlich bestätigt worden.[56]

Rat des Kreises Beeskow
Abteilung Volksbildung *Beeskow, den 22. 12. 56*

Werter Gen. Schwerz!
Infolge Ihres Magenleidens und starker Nervosität waren Sie nicht in der Lage, die an Sie gestellten Aufgaben als Direktor der

Oberschule Storkow zur Zufriedenheit der Schulverwaltungsorgane zu erfüllen. Aus diesem Grunde sehe ich mich leider gezwungen, Sie mit sofortiger Wirkung Ihrer Funktion als kommissarischer Direktor der Oberschule Storkow zu entbinden.
Die Abteilung Volksbildung erwartet von Ihnen, dass Sie nunmehr alle Ihre Kräfte für eine gute Bildungs- und Erziehungsarbeit einsetzen und den neuen Direktor der Mittelschule Storkow tatkräftig unterstützen.
Unterschrift
(H.)
Abteilungsleiter[57]

Hart und realistischer kritisierte der Abteilungsleiter den Direktor in einem Lagebericht vom 27. 12. 1956, den Georg Schwerz selbstverständlich nicht kannte:

Wegen völligen Versagens als Direktor der Oberschule und Missachtung einer Weisung des Ministers wurde der Gen. Schwerz mit sofortiger Wirkung seiner Funktion als kommissarischer Direktor enthoben.[58]

Georg Schwerz war degradiert und ermahnt. 1994 kommentiert er, wie er seine Entlassung erlebte:

Nun ging das also los, und eines Tages wurde mir mitgeteilt, ich bin mit sofortiger Wirkung als Direktor abgelöst und kann an keinerlei politischen Veranstaltungen mehr teilnehmen. Parteiversammlungen nicht, auch nicht an Beratungen über das, was mit der Schule war. Inzwischen war Schulinspektor Günter Wolff hier als Direktor angetreten. Ich sollte als Unterstufenlehrer in Görsdorf [Dorf bei Storkow] eingesetzt, also auch bestraft werden. Nicht durch Gefängnis, sondern dadurch, dass man einen Oberstufenlehrer als Unterstufenlehrer auf eine Dorfschule brachte.[59]

Gegen diese Verschickung wehrte sich Georg Schwerz, mit Erfolg:

Schwerz ist damit nicht einverstanden und will sich beschweren. Es ist vorgesehen, dass Schwerz wieder als Lehrer an der Oberschule beginnen soll.[60]

Er konnte weiterhin in Storkow unterrichten, nicht aber an der Oberschule, sondern an der Grundschule in Storkow.

Ein halbes Jahr später, am 15. Juli 1957, verfasste Abteilungsleiter Genosse H. eine Beurteilung über Georg Schwerz. Er war für würdig befunden worden, die Bezirksparteischule in Frankfurt (Oder) zu besuchen, eine neue Karriere in der Lehrerausbildung wurde ihm angeboten.

Volksbildung *15. Juli 1957*

Betr.: Beurteilung des Genossen Georg Schwerz, Lehrer an der Mittelschule Storkow, für den Besuch der Bezirksparteischule.

Gen. Schwerz ist am 30. 4. 1925 geboren. Er entstammt einer Arbeiterfamilie und war selbst als Landarbeiter tätig. 1946 besuchte er einen Neulehrerausbildungslehrgang in Bernau und ist seit 1. 9. 1946 im Schuldienst. In seiner Unterrichtsarbeit ist er sehr strebsam, gewissenhaft und fleißig. Er verfügt über gute Biologie-Fachkenntnisse. Seit 1948 ist er ununterbrochen in Storkow im Schuldienst tätig. Auf Grund seiner fachlichen und gesellschaftlichen Leistungen, wurde er zum Direktor der ehemaligen Oberschule Storkow berufen. Leider verstand der Gen. Schwerz nicht die 6 Lehrer der Schule zu einem Kollektiv zusammenzuschmieden und die sozialistische Erziehung der Oberschüler richtig zu organisieren. Wegen der Uneinheitlichkeit des Kollegiums, mangelnder Forderungen an die Schüler und schlechter Zusammenarbeit mit dem Elternhaus wurde es dem Klassengegner ermöglicht, die Oberschüler ideologisch zu beeinflussen, was zur Republikflucht von 16 Oberschülern im Dezember 1956 führte. Aus diesem Grunde mußte Gen. Schwerz seiner Funktion als Direktor der Oberschule Storkow entbunden werden. Die parteilosen Kollegen seiner Schule verstanden es nicht, allmählich an die Verbesserung ihrer Erziehungsarbeit und die Mitarbeit in der demokratischen Öffentlich-

keit heranzuziehen. [sic!] In der BPO [Betriebsparteiorganisation] arbeitet er aktiv mit. Die innerliche Überwindung der Funktionsentbindung bereitete ihm anfänglich große Schwierigkeiten, trotzdem sind wir der Meinung, daß sie erzieherisch sehr wirksam war.
Unterschrift
(H.)
Abteilungsleiter[61]

Georg Schwerz über dieses Schreiben 40 Jahre später:

Da wollte man mich da wieder als Kader gewinnen, nach einem Jahr, weil sie gesagt haben, die brauchen fähige junge Leute. Aber ich wollte dann nicht mehr. Die Kaderlaufbahn enthielt zu viel Risiko. Ich war wieder in meinem Element. Für einige Jahre war ich Leiter der Station junger Techniker. Ich hatte mich entschieden, wissenschaftlich zu arbeiten in den »Pädagogischen Lesungen«, habe dann ja auch in diese Richtung gearbeitet.[62]

Nach seinem Studium der Biologie studierte er fünf Jahre im Fernstudium Chemie, sodass er schließlich über zwei Hochschulabschlüsse verfügte.

*

Der entscheidende Anlass für die Degradierung des Genossen Schwerz war sein Umgang mit dem Satz, die DDR sei eine Sowjetkolonie. Genosse W., Mitglied der Bezirksleitung der SED in Frankfurt (Oder), schrieb am 3. Januar 1957 in einem zusammenfassenden Bericht über die Ereignisse in Storkow:

In dieser Klasse wurden an den beiden Tagen Schweigeminuten durchgeführt, die der Konterrevolution in Ungarn gewidmet waren. Einige Tage vorher hat in einer Geschichtsstunde der Schüler V. den Zwischenruf gemacht, daß die DDR »eine Kolonie der Russen« sei. Der Direktor Schwerz gab diesem Schüler sein Ehrenwort, daß er ihn nicht ›verraten‹ würde. Schwerz hat dieses erst zugegeben, nachdem der überwiegende Teil der Klasse republikflüchtig wurde. Das war mit der Hauptgrund seiner Entlassung.[63]

Was war geschehen? Reinhard erinnert sich:

Nachdem die Klasse am 21. Dezember aus der Schule entlassen worden war, ließ Georg Schwerz mich wissen, ich solle zu ihm nach Hause kommen. Es war der 22. Dezember. Abends ging ich zu Schwerz in dessen Wohnung. Ich ging nicht ins Zimmer, ich blieb im Flur stehen. Ich fragte Schwerz direkt, worum es gehe. Der fragte mich ebenso direkt, ob ich mich bei meinem Geschichtslehrer Werner Mogel für den Zwischenruf von der DDR als Sowjetkolonie schon entschuldigt habe, wie er das von mir erwartet habe. Ich teilte Schwerz mit: Ich bin nicht zu Werner Mogel gegangen und ich werde auch nicht zu ihm gehen. Ich habe über die Aufforderung zu einer Entschuldigung nachgedacht und bin zu dem Ergebnis gekommen, dass ich mich bei Werner Mogel nicht entschuldigen werde. Ich bin von der Schule geflogen, Werner Mogel hat auf der Seite der Richter gesessen, Werner Mogel existiert für mich nicht mehr.
Schwerz entgegnete darauf nichts, sondern stellte mir eine neue Forderung: Ich sollte ihn von seinem versprochenen Schweigen entbinden. Er sei Parteigenosse. Er sei der Partei Rechenschaft schuldig, die Partei wolle das. Ich antwortete: Herr Schwerz, Sie müssen tun, was Sie müssen. Ein Entbinden gibt es nicht. Ein Wort gilt. Ich drehte mich um und ging. Ich reagierte nicht mehr auf das, was Schwerz darauf sagte. Ich fand das eine Schweinerei, dass er überhaupt gefragt hatte, ob ich ihn von seinem Ehrenwort befreien könnte. Mir war aber auch bewusst, dass Schwerz Angst hatte, weil er sich vor der Partei verantworten musste. Er hatte den Zwischenruf ›Sowjetkolonie‹ nicht verfolgt. Das hätte er aber tun müssen, als Parteimitglied und Direktor der Schule. Ein Schüler hätte ihn immerhin verraten können.

Dieser Gedanke bedrückte auch Georg Schwerz. Er erinnert sich:

Und im Nachhinein habe ich gedacht, mein Gott noch mal, wenn das denselben Weg gelaufen ist wie mit der Schweigeminute, wie hättest du dich verhalten? Aber es hat keiner danach gefragt mehr im Nachhinein. Also offensichtlich hat keiner aus der Klasse etwas über diesen Ausspruch weitergesagt. Aber mir war sofort klar, dieser Ausspruch, das war gefährlich. Man konnte vielleicht noch über einen Staatsmann lästern, aber über die Sowjetunion, das war tödlich, das war tödlich.[64]

Diese Einschätzung ist realistisch. In der Verfassung der DDR von 1949 gab es den Artikel 6, in dem es heißt:

Boykotthetze gegen demokratische Einrichtungen und Organisationen, Mordhetze gegen demokratische Politiker, Bekundung von Glaubens-, Rassen-, Völkerhass, militaristische Propaganda sowie Kriegshetze und alle sonstigen Handlungen, die sich gegen die Gleichberechtigung richten, sind Verbrechen im Sinne des Strafgesetzbuches. Ausübung demokratischer Rechte im Sinne der Verfassung ist keine Boykotthetze.
Wer wegen Begehung dieser Verbrechen bestraft ist, kann weder im öffentlichen Dienst noch in leitenden Stellen im wirtschaftlichen und kulturellen Leben tätig sein. Er verliert das Recht, zu wählen und gewählt zu werden.[65]

Dieser Artikel über Boykotthetze war so allgemeingültig gefasst, dass jedes politisch abweichende Verhalten strafrechtlich verfolgt werden konnte und auch verfolgt wurde. Die Sowjetunion zu beleidigen, passte ganz zu diesem Artikel.

Georg Schwerz handelte nun konsequent, um sich zu retten:

Am 23. 12. 1956 informierte Schwerz über diesen Vorgang den Gen. Mähling, der jedoch erst am 2. 1. 1957 dem Genossen W. davon Mitteilung machte.[66]

In diesem Bericht ist weiter zu lesen:

In der weiteren Unterhaltung erzählte Schwerz folgendes: Am 23. 12. 1956 teilte ihm der Mitarbeiter der Kreisleitung Gen. Mähling mit, dass sich die Schüler der 12. Klasse am 23. 12. 1956 alle auf dem Sportplatz in Storkow getroffen haben, und hier an-

geblich eine Besprechung abhielten. Schwerz machte Mähling darauf aufmerksam, dass es doch unbedingt seine Pflicht sei, hier etwas zu unternehmen und die Partei zu verständigen. Diesen Hinweis befolgte Mähling nicht.
Am Abend des gleichen Tages besuchte Schwerz die Schülerin der 12. Klasse G. Auch von dieser erhielt Schwerz bestätigt, dass sich die Jugendlichen am 23. 12. 1956 auf dem Sportplatz getroffen hatten. Er erfuhr von dieser auch, dass für 18.00 Uhr eine erneute Besprechung der Jungen der 12. Klasse festgelegt worden sei. Über den Inhalt dieser Besprechung machte die G. keine Angaben, da sie nach ihren Angaben davon nicht unterrichtet ist.
Diesen Hinweis gab Genosse Schwerz an den Mitarbeiter der SED Kreisleitung, Genosse Mähling, weiter. (Mähling ist verantwortlich für Schulfragen und war, bevor er zur Kreisleitung ging, Direktor der Oberschule in Storkow.)[67]

Georg Schwerz bewahrte Reinhard vor dem unmittelbaren Zugriff der Staatssicherheit. Er hatte sein vor der Klasse gegebenes Versprechen gehalten. Er konnte aber sein Versprechen nicht länger halten, wenn er seine Familie nicht ruinieren wollte. Ein tragischer Konflikt. Jedoch wurde Reinhard ein zweites Mal gerettet, diesmal vom Genossen Hans Mehling (in den Stasi-Unterlagen falsch geschrieben), weil der die Nachricht erst zehn Tage später, im neuen Jahr 1957, an die höhere Bezirksstelle der Partei weiterleitete. Reinhard flüchtete noch im alten Jahr.

*

Im Zusammenhang mit der ständigen Ungewissheit und Bedrohung erinnert sich Georg Schwerz an seine damalige Befindlichkeit, er spricht von eigenen Fluchtgedanken und mehr noch von dem, was ihn hinderte zu fliehen:

Hinzu kommt jetzt, dass ich wahrscheinlich auch abgehauen wäre. Aber ich kriegte aus den Altbundesländern, besonders aus Bayern, ständig Drohbriefe: Ihr Kommunistenschweine, ihr habt eine Klasse davongejagt. Wartet mal, es kommt anders, und sucht euch schon mal einen Baum aus.[68]

Er gibt darüber hinaus zu bedenken,

dass (m)eine Frau ein Baby hatte, das war acht Wochen alt, ein Säugling, und dann kann man nicht den Koffer packen und noch ein anderes Kind, das gerade vier Jahre alt war, an die Hand nehmen und sagen, ich ziehe ins Ungewisse, in ein Land, wo ich nicht einmal weiß, ob ich als Lehrer arbeiten kann. Und die Drohbriefe hatte ich ja schon: Euch Schweine hängen wir auf. Ich konnte also nicht als Asylant dort ankommen und nicht wissen, kriege ich eine Wohnung. Es war Nachkriegszeit, das muss man auch wissen, es gab da auch keine Wohnungen. Hier hatte ich eine Wohnung. Ich habe dann Abstand genommen und gesagt, ich bleibe, ich bleibe da, wo ich bin. Das war's dann. Und dann war für mich die Geschichte insofern auch abgeschlossen.[69]

Noch einmal überdenkt er heute die Bedingungen einer Flucht:

Wenn ich dieses Schreiben vom 15. Juli 1957 in die Hand bekommen hätte, wäre ich nach Westdeutschland gegangen. Ich habe aber ein Schreiben bekommen, dass ich aus gesundheitlichen Gründen … So war das üblich, wenn einer nicht tragbar war, dann wurde er aus gesundheitlichen Gründen abgelöst. Mit diesem Zettel hätte ich auch nicht nach Westdeutschland gehen können.[70]

Er begründet sein Bleiben in der DDR, indem er von seiner Herkunft erzählt, die er mit einer positiven Einstellung zum Staat der DDR verbindet:

Ich bin ein Gutsarbeiterkind gewesen und habe ein sehr einfaches, primitives Leben geführt. Ich wäre über die Volksschule nie hinausgekommen. Und dieser Staat hat es mir ermöglicht, in Kursen Anschluss an das Abitur zu kriegen und eine Hochschulaus-

bildung zu machen, wofür ich nichts bezahlt habe. Ich habe in Mühlhausen studiert, und ich kriegte sogar die Reisen noch bezahlt, ich kriegte das Wohngeld noch bezahlt. Also das hat es nirgendwo gegeben in Deutschland bis dahin, dass junge befähigte Leute studieren konnten, ohne dass es sie etwas gekostet hätte. Und das hat trotz aller Ärgernisse, die ich hatte, dazu geführt, dass ich gesagt habe, das ist vielleicht eine Entgleisung, aber der Staat ist vielleicht gar nicht schlecht, wenn er also jungen befähigten Leuten die Möglichkeiten gibt, sich den höchsten Bildungsgrad anzueignen. Ich war also politisch gespalten, dass ich sagte, eigentlich hast du es satt hier, wie die sich aufgeführt haben, gehst du rüber. Auf der anderen Seite, na ja, so schlecht ist es nicht.[71]

Diese positive Einstellung zum Staat DDR erlebte er persönlich in dem von ihm dargestellten Verhältnis zu seinen Schülern, gerade auch unserer Klasse:

Mit denen hat es Spaß gemacht zu arbeiten. Ich wünschte jedem Lehrer heute, dass er morgens aufsteht und sich auf die Klasse freut, auf die Arbeit zu gehen und die Klasse zu betreuen. Solch eine Klasse war das. Und damit natürlich auch (…) für uns eine schlimme Geschichte, als die Klasse weg war.[72]

Vor diesem heiteren Hintergrund erlebte Georg Schwerz seine Degradierung als ein Leben vor grauer Wand.

Ich habe auch keinen Kontakt gesucht. Ich war jahrelang so deprimiert, dass ich eigentlich nur im Verwandtenkreis verkehrt habe. Ich bin zu Parteiversammlungen gegangen, von der Parteiversammlung nach Hause und habe mich eigentlich herausgehalten. Ich hätte wirklich was bewegt in dieser Zeit. Das war abgeschnitten. Dann kamen die persönlichen Beleidigungen. Ich fühlte mich ja auch depressiv, sodass ich mich gefragt habe: Was machst du nun eigentlich? Mich hat das alles gar nicht mehr interessiert. Ich wollte das hinter mich bringen.[73]

Die deprimierende Stimmung von damals verbindet Georg Schwerz heute mit dem kritischen Bewusstsein dem Staat DDR gegenüber, ohne die Bildungsarbeit des Staates zu relativieren. Er spricht von der damals herrschenden Angst, die durch Storkow geisterte:

Das hat diese Truppe, die hier in Storkow war, erreichen wollen: Angst einjagen. Im Grunde genommen war es richtig, dass die Klasse abgehauen war. Ja, das war unberechenbar, für mich auch unberechenbar, dieses System damals.

Und:

Ich nehme an, das ist bewusst gemacht worden, Angst aufzubauen. Ich kriegte einen vor den Latz. Der ist einmal ruhig. Und da sie gedacht haben, ich haue auch ab mit den anderen, nachdem auch Lehrer weggegangen waren, haben sie mich wieder beruhigen wollen und haben in Aussicht gestellt, ich könnte Dozent werden und so weiter. Und wenn ich da aufgemuckt hätte, ganz groß, dann hätte ich Schwierigkeiten gekriegt, dann hätte ich auch nicht unterrichten können, denn ein Lehrer, der gegen den Staat aufmuckt, kann natürlich auch keine Kinder unterrichten. Das ist auch nicht so neu. Die politischen Kreise waren sich völlig einig. Und der Genosse M. hat mir gesagt: Also na ja, also weißt du, du hast ja auch einen Haufen Fehler gemacht. Ich wusste von den Fehlern nichts, und es waren auch keine Fehler. Die Schule hätte sich entwickeln können.[74]

Georg Schwerz folgert:

Es ist schlimm für einen Staat, wenn er von politischen Hohlköpfen regiert wird. Die waren hier in Storkow. Es hat auch intelligente Leute gegeben. Es hat hier in Storkow einen gegeben (...), der war auf der SED-Kreisleitung. Das war nach meiner Meinung der Einzige, mit dem man auch sehr vernünftig reden konnte: Also diese Geschichte, wirtschaftlich, das haut doch hier nicht hin, und das haut doch dort nicht hin. Das konnte man dann

auch nur zu ganz bestimmten Genossen sagen. Das musste man aber wissen, zu wem man das sagen konnte. Ein Großteil, der hat dann nachgebabbelt und hat drauf geachtet, dass man nicht vom Neuen Deutschland abgewichen ist. So wie es im Neuen Deutschland stand und so wie Herr Honecker das gesagt hatte, ja, da hatte man sich einzufädeln. Der Honecker muss ein allwissender Mensch gewesen sein. In Wirklichkeit hat er das abgelesen, was ihm andere schlaue Menschen aufgeschrieben haben. Der Genosse, der wusste alles, der wusste, wie die Kühe gemolken werden und der wusste, wie die Finanzpolitik gemacht wird, und der wusste halt alles.
Das war auch so ein Ding: »Wir haben den Klassenkampf hier gezeigt.« In Wirklichkeit haben diese Hohlköpfe eigentlich genau das Gegenteil getan. Sie haben ihrer Klasse, auch der Führungsklasse des Staates, geschadet.[75]

13. Zur Lüge nicht bereit

Unser Lehrer Wolfgang Fricke ergreift die Flucht

Wolfgang Fricke, der uns in Mathematik und Latein unterrichtete, bekam nach unserer Entlassung seine eigenen Schwierigkeiten. Während er die Weihnachtsferien bei seinen Eltern im Erzgebirge verbrachte, erhielt er noch im alten Jahr einen Brief von der Kreisleitung der SED in Beeskow. In diesem Brief wurde er aufgefordert, sich umgehend bei der Kreisleitung in Beeskow zu melden. Über den Minister für Volksbildung Lange seien in der Öffentlichkeit unhaltbare Anschuldigungen in Umlauf gebracht worden. Er, der Kollege Fricke, sei dabei gewesen, als der Minister zur Klasse gesprochen habe. Er werde aufgefordert, klarzustellen, die in der Öffentlichkeit zitierten Aussagen des Ministers habe dieser nie von sich gegeben. Man wolle eine öffentliche Elternversammlung einberufen, auf der der Kollege Fricke reden solle. Fricke wurde sich bewusst, dass er entscheidender Augenzeuge des Lange-Auftritts in unserer Klasse war. Gerade ein Kollege, der nicht Mitglied in der SED war, konnte Gewicht in dieser entlastenden Funktion haben.

Fricke aber hatte Lange unserer Klasse gegenüber in seiner vulgären Aggressivität erlebt, unten im Lehrerzimmer in seiner bestimmenden Cholerik. Mit ihm selbst hatte er nicht geredet. Trotzdem hatte er geglaubt, zu einer Entfernung der Klasse aus der Schule werde es nicht kommen. Er war wie gelähmt, als er von seiner Braut Brigitte, die ihm ins Erzgebirge gefolgt war, erfuhr, die Klasse sei von der Schule verwiesen worden. Anfang Januar hatte er dann aus dem westlichen Rundfunk erfahren, dass die Klasse nach West-Berlin geflohen war. In ihm war Klarheit: Er wollte nicht lügen. Er wusste zugleich, was er zu erwarten hatte, wenn er nicht so redete, wie die Genossen von der SED-Kreisleitung das wünschten: Zwangsversetzung in eine Dorfschule oder gar keine Lehrertätigkeit mehr, sondern Feld- und Stallarbeit in der landwirtschaftlichen Produktionsgenossenschaft – zur Bewährung. Er entschloss sich zur Flucht. Er wusste, ihm blieb nicht viel Zeit zum Nachdenken. Seiner Mutter sagte er direkt nach dem Erhalt des Briefes, dass er vielleicht schnell weg müsse, dass sie ihn vielleicht nicht wiedersehe. Am 13. Januar floh er nach West-Berlin.

Zur Flucht motivierte ihn auch seine bedrückende Erinnerung an einen studentischen Ulk. Im Sommer 1951 hatte er mit Freunden in einer Studentenbude gefeiert. Das Bier war ausgegangen, alle machten sich auf den Weg zur nächsten Kneipe und grölten das Lied »Wir wollen unsern alten Kaiser Wilhelm wieder haben …«. Von einer Streife der Volkspolizei wurden alle festgenommen, ins Gefängnis gesteckt, jeder in eine einzelne Zelle gesperrt. Die Westmünzen warf Fricke ins Klo. Er bekam Angst vor einer Hausdurchsuchung. Alle wurden verhört, gegen 4 Uhr morgens waren sie entlassen.

Die Angst vor einem solchen Zugriff der Staatsorgane stieg jetzt, 1957, erneut in ihm hoch. Verstärkt wurde sie durch die wieder bedrohliche Gegenwärtigkeit seiner Familiengeschichte. Sein Vater, ein überzeugter Nazi-Idealist, war Rektor der Adolf-Hitler-Grundschule in Schwarzenberg (Erzgebirge). Er versteckte sich nach dem Krieg vor den Kommunisten, die als selbst ernannte neue Machthaber seit dem 8. Mai – die Besatzungstruppen hatten Schwarzenberg einfach übersehen – als Verhaftungskommandos durch die Stadt zogen, konnte sich später als Aktivist bewähren, sodass man ihm nicht mehr so einfach schaden konnte. Wolfgang Fricke wollte nach dem Abitur Mathematik an der Humboldt-Universität in Berlin studieren. Dieser Wunsch wurde ihm verwehrt. Er hatte ein gutes Abiturzeugnis, das aber reichte nicht. Es fehlte die Bescheinigung seiner Eignung. Der Schulleiter ließ ihn wissen, er dürfe nicht studieren wegen fehlender gesellschaftlicher Tätigkeit, auch wenn er Mitglied in der FDJ sei.

Er nahm eine Arbeit im Uranbergbau der Wismut auf, nicht unter Tage, sondern in der Statistik. Die Wismut wurde von der Sowjetunion kontrolliert, sie war ihr Eigentum. Seine Vorgesetzten waren also Russen. Er lernte zwei Arten von Russen zu unterscheiden: die »normalen« Russen, die ihre Zigaretten aus der Zeitung drehten, und die von der Parteihochschule, die ihre Zigaretten aus der Packung nahmen, sie waren die Deutschenhasser. Die einfachen Soldaten lagen auf Stroh in Baracken, die Offiziere waren in Häusern untergebracht. Für alle dort arbeitenden Deutschen gab es eine Verhaltensmaxime: Den Russen nicht in die Quere kommen. Fricke hatte nur ein Ziel: Hier will ich weg. Ich will zur Humboldt-Uni. Russisch konnte er verstehen und sprechen. Er verhandelte, das brachte nichts. Er musste den Schachtleiter dazu bringen, seinen Entlassungsschein zu unterschreiben. Abends war der oft betrunken. Das war schließlich die Chance. Im Augenblick des Rausches hielt er ihm den Schein für die Entlassung hin, den er in seinem entgrenzten Bewusstsein unterschrieb.

Jetzt erkundigte sich Wolfgang Fricke selbst in der Humboldt-Uni, ob seine Bewerbung inzwischen eingereicht worden sei. Er musste erfahren, dass seine Papiere nicht vorlagen. In Schwarzenberg erhielt er schließlich die Information, der Bürgermeister I. habe den Sachbearbeiter angewiesen, die positive Bewertung für ein Studium in der Schublade verschwinden zu lassen. Das war die späte Rache eines Kommunisten an dem nationalsozialistischen Vater. Ihn konnte er nicht belangen, so griff er sich den Sohn.

*

Fricke studierte dann doch von 1951 bis 1955 Mathematik und Physik an der Humboldt-Uni in Berlin. Hier erlebte er auch den 17. Juni 1953. Er ging am Morgen zur Vorlesung. Als er in die Mensa kam, sah er Studenten, denen das blaue FDJ-Hemd heruntergerissen worden war. Er wusste, es waren die gemeint, die in den verpflichtenden Marxismus-Leninismus-Vorlesungen Strichlisten über die Anwesenheit geführt hatten, die Aufpasser in den unbeliebten oder gar verhassten ideologischen Zwangsveranstaltungen. Als er auf die Straße Unter den Linden kam, sah er eine FDJ-Fahne brennen, auf dem Weg zum damals noch leeren Schlossplatz fuhren sowjetische Panzer rücksichtslos auf die Menschenmenge zu. Er lief nach Hause und versteckte alle Westsachen oder warf sie weg, die satirische West-Zeitung über den Osten »Tarantel« ließ er verschwinden, das Westgeld versteckte er, man konnte mit Gefängnis bestraft werden, wenn das gefunden wurde. Ein positives Gefühl aber lebte in ihm, nämlich die Hoffnung, dass diese schlimme Herrschaft, diese Unterdrückung zu Ende gehen könnte. Fluchtgedanken hatte er nicht. Er war 20 Jahre alt, bekam 200 Mark Stipendium, verdiente sich Geld mit Übersetzungen vom Russischen ins Deutsche, und West-Berlin war erreichbar. Er wollte sein Studium erst einmal unter diesen gesicherten Bedingungen zu Ende bringen. Auch der Kontakt mit den Eltern war so weiter möglich.

Nach dem Studium wurde ihm in einem Schreiben vom 1. September 1955 mitgeteilt, er könne sich in der Kurt-Steffelbauer-Oberschule in Storkow (Mark) zur Aufnahme seiner Lehrtätigkeit melden. Wo lag Storkow? Ein Griff zum Atlas erfreute ihn, Storkow lag nicht weit von Berlin. Die Studentenbude behielt er, sie kostete monatlich nur 30 Mark, sodass er die Wochenenden in Berlin verbringen konnte. Storkow hatte ihm sofort gefallen, auch die Schule, eine Traumlage am See, wenige und kleine Klassen. Für das Internat wurde gerade ein Leiter gesucht, er wurde Internatsleiter, was er bis zum Ende seiner Zeit als Lehrer in Storkow blieb, er wohnte in einem Zimmer des Internats.

Diese idealen Bedingungen wurden nun unwichtig, die Bedrohung durch die SED, die Erinnerung an seine DDR-Geschichte ließen ihm keine andere Wahl: Er flüchtete nach West-Berlin. Denn auch seinen Plan, an die Humboldt-Uni nach Berlin zu wechseln, hatte er nicht verwirklichen können. Als Genosse H. von der Volksbildung des Kreises Beeskow sich am 14. Januar 1957 in Storkow aufhielt, weil die neue Mittelschule in Storkow feierlich eröffnet wurde, stellte er fest:

> *Am gleichen Tag stellten wir fest, dass der Mathematik-Oberstufenlehrer Fricke republikflüchtig geworden war. Die Begründung dafür teilte er schriftlich dem Direktor der Mittelschule mit. Danach war er mit der Relegation der ehemaligen 12. Klasse nicht einverstanden (...) F. hat seine Kündigung zum 31. 8. 1957 eingereicht, um wissenschaftlicher Mitarbeiter an der Humboldt-Universität zu werden. In einer kurzen Aussprache am 6. 1. 1957 wurde ihm mitgeteilt, dass die Abt. Volksbildung die Kündigung ablehnt, da der Vorgang in der ehemaligen 12. Klasse auch auf eine mangelhafte Erziehungsarbeit des gesamten Kollegiums zurückzuführen ist.*[76]

Nach seiner Flucht studierte er Latein und wurde im hessischen Dillenburg Gymnasiallehrer für Mathematik und Latein.

14. Doch noch zugelassen

Die vier zurückgebliebenen Mädchen machen ihr Abitur in Strausberg

Die vier Mädchen, die in der DDR geblieben waren, hatten zunächst gar keine Hoffnung. Gisela erlebte die Trostlosigkeit intensiver als die anderen Mädchen. Sie war arm. Ihr Vater war im Februar 1945 auf den Seelower Höhen gefallen, nachdem er als Eisenbahner erst 1944 eingezogen worden war. Nie ist sie deshalb zu Besichtigungen der dortigen Schlachtfelder mitgefahren. Ihre Mutter konnte nicht arbeiten, sie erkrankte während des Kriegsendes an Typhus, sie blieb den Rest ihres Lebens krank. 65 Mark Rente erhielt sie, dazu 45 Mark Waisenrente, 110 Mark mussten für das Leben reichen. Gisela kam von ihrer Armut auch in ihrer Funktion als FDJ-Vorsitzende der Schule nicht los. Sie hatte kein FDJ-Hemd, das blaue Hemd musste damals selbst gekauft werden, es kostete 20 Mark, die hatte sie nicht. Zu Feierlichkeiten musste sie eins von der Schule leihen. Dass Gisela trotz dieser Armut die Chance hatte, die Oberschule zu besuchen, verdankte sie ihrem Lehrer Grüneberg, der ihre Begabung sah. Er kümmerte sich um sie so zielgerichtet, bis es ihr möglich war, die Oberschule zu besuchen. Gisela erlebte den Sozialismus als die Welt der Gerechtigkeit: *Alle haben die gleiche Chance, egal, wie viel Geld man hat. Ich habe den Idee-Sozialismus geliebt.*

Und dann dieses Ende, vier Monate vor dem Abitur: *Ich fand es furchtbar, dass meine Schulzeit so endete. Eine Sache, die gar nicht so schlimm war, hatte solche Folgen.*

Die Initiative für eine Wende nach unserer Flucht ergriffen andere.

> *Nach der Republikflucht der Oberschüler erschienen die Oberschülerinnen G. und M. beim Rat des Bezirkes Frankfurt, Abteilung Volksbildung und baten um Wiederaufnahme in eine Oberschule, konnten aber nach ihren Angaben keine Aussagen über die Rädelsführer machen. Die Entscheidung über Einweisung in eine Oberschule ist noch nicht gefällt worden.*[77]

Genosse W. von der Bezirksverwaltung Frankfurt (Oder) berichtete am 3. Januar 1957 vom Erfolg der Initiative:

> *Zwischen Weihnachten und Neujahr kamen zwei Mädchen (...) zur Abteilung Volksbildung. Beide Schülerinnen nahmen eine klare Haltung ein, wobei die Schülerin G. positiv von ihrem Onkel beeinflusst wird, der Genosse unserer Partei ist. Diese beiden Schülerinnen wurden zum Studium zugelassen.*[78]

Was war geschehen? Die Mädchen hatten eine *klare Haltung* einzunehmen. Das war Ritual. In einem anderen Bericht heißt es, die Mädchen *erklärten, dass sie sich von der Provokation distanzieren.*[79] Noch einmal die Frage nach dem *Rädelsführer.* Wieder keine Antwort. Auch eine klare Haltung. Was die Genossen immer noch nicht erkennen ließ, dass es keinen Rädelsführer gab.

Ursula hatte einen Onkel. Der war damals Major bei der KVP (Kasernierte Volkspolizei, Vorform der NVA). Er war Mitglied der SED, stand überzeugt hinter der DDR. Aber er ärgerte sich über die Sanktionierung unserer Klasse. Für ihn konnte es nicht sein, dass der Staat des Sozialismus junge Menschen einfach auf die Straße schickte. Er glaubte an die Fähigkeit der Jugend. Wer sich auf Irrwegen verlaufen habe, der könne noch auf den rechten Weg geführt werden. Er griff zum Telefon, rief diese Stelle an, rief jene Stelle an. Er erklärte, er verhandelte, er begründete. Das Abitur könne denen nicht verweigert werden, die nicht in den Westen gegangen, sondern in der DDR geblieben seien. Ein solcher Dummer-Jungen-Streich dürfe nicht lebensentscheidende Folgen haben. Was er nicht zu sagen brauchte: Der Westen schaute zu, wie weit die Diktatur es wohl treiben werde. Schließlich brauchte er das Telefon nicht mehr. Er fuhr mit Ursula und Waltraut nach Frankfurt (Oder) zur Bezirksschulrätin K. Beide distanzierten sich von unserer Schweigeaktion. Einen Rädelsführer konnten sie nicht angeben. Der Onkel verbürgte sich für ihre künftige Loyalität dem sozialistischen Staat DDR gegenüber.

Zu Gertraud und ihrem Vater kamen an einem Tag Anfang Januar zwei Männer, es war später Abend. Sie ließen sich zu dem Urteil bewegen, es sei doch eine Dummheit gewesen, die ganze Klasse zu entlassen und boten Gertraud an, das Abitur in Strausberg ablegen zu können. Eine Distanzierung von der Provokation der republikflüchtigen Schüler sei aber notwendig. Die beiden Männer regelten alles, was zum Schulwechsel notwendig war. Gertraud fuhr am selben Abend noch zu Walburga, konnte aber von deren Vater nur noch hören, sie sei nicht da, sie sei nach Berlin. Sie ahnte, Walburga war geflohen, sprach ihre Vermutung aber nicht aus.

Auch zu Gisela kamen, Anfang Januar, die beiden Genossen: Durch ihr Hierbleiben hätten die Mädchen bewiesen, dass sie zum Staat der DDR gehörten. Sie erhielten die Chance, ihr Abitur zu machen. Gisela dachte: Wir können wieder anfangen. Wir sind hier geblieben. Wir sind die Guten.

Am 8. 1. 1957 stellte Genosse H., Sekretär für Volksbildung im Rat des Kreises Beeskow, schließlich fest:

Die Schülerinnen G. und M. sprachen beim Rat des Bezirkes vor und baten um ihre Wiederaufnahme. Die Schülerinnen T. und H. stellten einen schriftlichen Wiederaufnahmeantrag an unsere Abteilung und distanzierten sich darin entschieden von den republikflüchtig gewordenen Schülern. Alle vier Schülerinnen sind an der Oberschule Strausberg wieder aufgenommen worden.[80]

Gemeinsam fuhren die vier mit dem Zug zum Schulbeginn am 14. Januar 1957 nach Strausberg. Im Internat gab es Vierbettzimmer. Unsere vier Mädchen wurden getrennt. Ursula und Gisela, Waltraut und Gertraud wurden als Paare zu anderen gelegt. Direktor Liedtke ließ sie zur Begrüßung zu sich kommen: Ich weiß die Ursache für Ihr Hiersein. Ich möchte nicht, dass Sie angeben, wo Sie herkommen. Ich wünsche nicht, dass Sie sich hier als Helden aufspielen. Bitte reden Sie nicht darüber. Ich möchte keine Helden. Es ist schon genug darüber gesprochen worden. Wenig später formulierte der FDJ-Sekretär, zugleich Internatsleiter, die gleiche Botschaft. In der Klasse wurden sie vorgestellt, sie seien hier, weil ihre alte Klasse aufgelöst worden sei, vom Ausschluss wurde nichts bekannt gegeben.

Das Lernen machte Schwierigkeiten. Der Schock wirkte nach. Sie wurden nie heimisch in dieser Schule. Die Mitschüler wussten freilich, weshalb die vier Mädchen hier waren. Auf den Fahrten nach Berlin, wohin die Schüler in ihrer Freizeit oft fuhren – von Strausberg ist die S-Bahn in einer halben Stunde in Berlin –, fragten die anderen. Sie wollten genau wissen, was passiert war, sie redeten offen darüber, was sie gehört hatten, auch aus dem RIAS. Die vier antworteten knapp, ausweichend, in Redewendungen verallgemeinernd. Die Anweisungen des Direktors, des FDJ-Sekretärs waren Gesetz.

Gisela geriet in besondere Schwierigkeiten. Im März wurde bei ihr Tbc festgestellt. Obwohl keine Ansteckungsgefahr bestand, wurde sie in einem Zweibettzimmer isoliert, zwei Tage vor der schriftlichen Abiturprüfung. Ihre Mitschülerin Rosi ging zu Gisela ins Zimmer: Isolierung zwei Tage vor dem Abitur, das ist gemein, ich bleibe bei dir. Sie schlossen sich ein. Der Internatsleiter und FDJ-Sekretär redete eindringlich auf Gisela ein. Rosi zu überzeugen, hatte er aufgegeben: Bitte, Gisela, denke daran, wo du herkommst. Gisela war sich sofort bewusst: Das war das einzige Mal, dass sie auf die Vergangenheit ihrer Klasse angesprochen worden war. Sie überzeugte

Rosi von der Gefahr, die ihrem Abitur drohte. Rosi begriff. Gisela lag zwei Wochen allein im Zimmer. Die Abiturarbeiten konnte sie mitschreiben.

Ende Mai 1957 hatten unsere vier Klassenkameradinnen das Abitur bestanden, ein Jahr vor uns: Das Abitur im Westen wurde in der 13. Klasse, nicht wie im Osten in der 12. Klasse abgelegt.

15. Verfolgungswahn

Die SED und die Staatssicherheit wollen uns zurückholen

Am 30. Januar 1957 schrieb Dieter aus unserem Internat im hessischen Zwingenberg an seine Mutter in Glienicke, 10 km von Storkow entfernt, einen Brief.

Meine liebe Mutti!
Heute am 30. 1. erhielt ich Deinen Brief vom 23. 1. Die Post muß furchtbar lange unterwegs sein. Du schreibst mir, daß ich zurückkommen soll und in Beeskow das Abitur machen kann. Wer hat Dir das gesagt? Für mich ist diese Nachricht sehr überraschend. Warum hat man mir das nicht gesagt, als wir noch in der DDR waren? Nun habe ich die DDR verlassen, das Abitur abzulegen.
Hier in Westdeutschland haben wir diese Möglichkeit. Ich habe ungern mein Elternhaus und meine Heimat verlassen, ich bin nicht als Feind gegangen. Aber eines muß ich dir ganz klar sagen: Im Augenblick komme ich nicht zurück. Du wirst darüber sehr traurig sein, meinen Entschluß ändere ich nicht.
Versuch auch bitte nicht, herzukommen und mich zur Rückkehr zu bewegen, es wäre nutzlos. Wir haben uns immer blendend verstanden, es wäre das erste Mal, daß wir uns ernstlich zanken würden. Wenn nicht die ganze Klasse in die DDR zurückkehrt, dann komme ich auch nicht alleine.
Wie Du in Deinem Brief schreibst, bist Du gesundheitlich gar nicht auf dem Posten. Schone Dich nur gut und reg Dich nicht auf. Ich hoffe, daß man Dir und Bärbel wegen meines Schrittes

keine Schwierigkeiten macht. In drei Wochen bin ich sowieso volljährig und kann dann tun und lassen, was ich will.
Sonst geht es mir gut. Gestern war unsere Klasse mit dem Bus in Frankfurt. Wir haben dort das Goethe-Haus, den Römer, die Galerie, ein Museum und die Paulskirche besichtigt. Es war sehr interessant.
Für heute soll es genug sein. Schreib bald wieder an mich.
Dir und Bärbel herzliche Grüße
Euer Dieter

P. S.
Sei nicht so traurig und mach Dir keine Sorgen.[81]

Dieter antwortete auf einen Brief seiner Mutter: Zurückkommen solle er, das Abitur könne er unweit von Storkow ablegen, er könne wieder bei seiner Mutter, bei seiner Schwester sein. Warum wollte sie das? Hatte er im Westen nicht die besten Aussichten? Hätte er im Osten nicht Probleme bekommen? Dieters Mutter wollte nicht. Die Wahrheit war, sie sollte. Sie schickte Dieters Antwortbrief am 6. Februar 1957 dem Genossen H. vom Rat des Kreises Beeskow »zur geflissentlichen Kenntnisnahme«. Er sollte wissen, dass ihr Sohn nicht zurück in die DDR kommt.

Der Genosse H. arbeitete nach einem Plan, den sich die Genossen in Beeskow und in Frankfurt (Oder) ausgedacht hatten:

Im Zusammenhang mit der Republikflucht der 15 Oberschüler der Klasse 12 der Oberschule Storkow stellt sich die Hauptabteilung V/1 die Aufgabe, Maßnahmen zur Aufklärung des jetzigen Aufenthalts und der Lebensverhältnisse dieser Schüler in Westberlin und Westdeutschland einzuleiten, mit dem Ziel, durch geeignete Methoden Schüler zurückzuholen (...)
Maßnahmen:
1. *Aufklärung und Überprüfung der Eltern der republikflüchtigen Schüler, mit dem Ziel, mit einigen Eltern Kontakt aufzu-*

nehmen, um Wohnort und Lebensverhältnisse der Republikflüchtigen festzustellen.

2. *Mit diesen Eltern ist so zu arbeiten, daß sie nach den ersten brieflich hergestellten Kontakten, die Beeinflussung zur Rückkehr ihrer Kinder beginnen.*
3. *Bei den Eltern, die nicht angesprochen werden können, ist operative Kontrolle durch die Abteilung M und vorhandene inoffizielle Mitarbeiter einzuleiten, um Aufenthaltsort und Lebensverhältnisse der Geflüchteten sowie deren Verbindung zu anderen Oberschülern in Erfahrung zu bringen.*
4. *Durch die vorhandenen inoffiziellen Mitarbeiter und Kontaktpersonen ist festzustellen, ob versucht wird andere Oberschüler zur Republikflucht zu verleiten.*
5. *In Zusammenarbeit mit der FDJ, der Schule, mit Kontaktpersonen, inoffiziellen Mitarbeitern sind Diskussionen und Beeinflussungen in diesem Bereich zu organisieren, um anderen Republikflüchtigen bei Oberschülern und Eltern entgegen zu wirken.*
6. *Vorhandene GI in der Hauptabteilung V/1, die auf Linie Volksbildung, Presse und Rundfunk arbeiten und Verbindungen nach Westdeutschland haben, sind zur Feststellung des Aufenthaltsortes der Flüchtigen einzusetzen. Mit der Hauptabteilung V/6 und der Hauptverwaltung A ist in Verbindung zu treten und um Unterstützung bei Bekanntwerden des Aufenthaltsortes sowie dessen Ermittlung zu ersuchen.*

Dieser Plan soll nach Absprache mit der Abteilung Allgemeinbildende Schulen im ZK sofort in Angriff genommen werden.[82]

Auf einer Sicherheitsbesprechung bei der SED-Kreisleitung vom 2. 1. 1957 versuchte man konkreter vorzugehen:

1. *Der Lehrer Kassner von der Oberschule, der über eine sehr gute Autorität bei den Schülern und Eltern verfügt, wird angesprochen mit dem Ziel der Werbung, um in Aussprachen mit den Eltern der Schüler auf die Hintermänner der Provokation zu stoßen.*

2. *GM »Opi«, der Mitglied der NDPD ist, erhält den Auftrag, aufgrund seiner Parteifunktion mit den Eltern der republikflüchtigen Kinder Rücksprache zu nehmen, um die Ursachen der Republikflucht (bewusste Feindtätigkeit) aufklären zu helfen.*
3. *GI »Krause«, ebenfalls Mitglied der NDPD und Stadtrat in Storkow, erhält den gleichen Auftrag wie unter Punkt 2 angeführt.*[83]

Schon am 2. Januar 1957 fuhren Oberleutnant V. und Genosse L. nach Storkow, um unsere Rückholung vorzubereiten. Zuerst sprachen sie mit unserem inzwischen degradierten Direktor Schwerz. Von ihm erfuhren sie, was er über unseren Fluchtplan, über seinen Umgang mit dem Zuruf Sowjetkolonie, über seine Information dieses Vorgangs an den Genossen Mehling von der Kreisleitung der SED wusste. Unseren Klassenlehrer trafen sie nicht an. Von seiner Frau ließ sich nach der Wende erfahren, dass die Staatssicherheit dann doch, und zwar wiederholt, mit ihm sprach, ihn dabei so intensiv bedrängte, dass Kassners die Tür für die lästigen Männer schließlich nicht mehr öffneten, dass Gustav Kassner erkrankte. Diese Distanz hat Dietrich noch 1973 erfahren müssen, als er ihn in seiner Wohnung in der Ernst-Thälmann-Straße besuchen wollte. Auf sein wiederholtes Klingelzeichen wurde ihm nicht geöffnet. Paul Holz, den er am selben Tag besucht hatte, wusste, dass Kassner zu Hause war.

Sie gingen zu Dietrichs Vater. Er erzählte über die Flucht seines Sohnes, von der er nichts gewusst habe, aber nach West-Berlin gefahren sei, um ihn zurückzuholen:

Der Vater suchte am drauffolgenden Tage seinen Sohn in West-Berlin auf, um ihn zu bewegen, wieder zurückzukommen. Von den dort anwesenden Jugendlichen wurde er verlacht und man erklärte ihm, dass sie mit dem, was gewesen ist, gebrochen haben und wenn er wolle, so könne er es schriftlich haben, daß sie nicht mehr zurückkommen. Das Lager der Jugendlichen befindet sich in Berlin, Hohenzollerndamm.[84]

Die Aussage, den Sohn zur Rückkehr aufgefordert zu haben, entsprach selbstverständlich nicht der Wirklichkeit, war aber notwendig, weil so die Fahrt zum Sohn nach West-Berlin legitimiert werden konnte. Das angebliche Bemühen von Dietrichs Vater, uns in die DDR zurückzuholen, veranlasste Oberleutnant V. zu der Bewertung:

Ich persönlich habe den Eindruck, daß es Garstka gelingen würde, einen Teil der Jugendlichen in die DDR zurückzuholen, wenn sie hier weiter die Oberschule besuchen könnten.[85]

*

Am 6. Januar 1957, an einem Sonntag, versammelten sich unsere Eltern noch einmal in der Schule. Es ging um die Forderung der Genossen, uns nach Storkow zurückzuholen und vielleicht doch den herauszufinden, der die Aktion angestiftet hatte. Die Mutter von Karsten erinnert sich:

Wir Eltern waren uns alle einig: Wir holen sie nicht zurück. Nur ein Vater forderte: Die Jungen müssen zurück. Die Mutter von Bernd-Jürgen betonte: Laßt sie in Ruhe. Euer Klassenlehrer Kassner hat für euch geredet. Er sagte: Na ja, sie sind nicht richtig behandelt worden. Ein Vater rief dazwischen: Die Jungen müssen doch gehorchen. Sie gehören hierher. Der Vater von Siegfried wollte besänftigen: Wir dürfen uns nicht aufregen, wir haben unsere Kinder doch gut erzogen. Der Vater von Dietrich versuchte zu beschwichtigen: Man muß jetzt erst einmal abwarten, man muß den Jugendlichen Zeit gewähren. Und die Mutter von Dietrich ergänzte: Bald werden sie wissen, wohin sie gehören, man darf nichts erzwingen, dann sind sie nur noch bockig. Der eine Vater wiederholte seine Forderung laut. Er wurde aber von uns anderen Eltern niedergeredet. Wir waren froh, daß ihr in Sicherheit wart.

*

In einem Bericht der SED-Bezirksleitung Frankfurt (Oder) vom 1. Februar 1957 wird das Bemühen der SED, uns zurückzuholen, genau dargestellt:

Es wurde bisher mit verschiedenen Eltern der Schüler eine Reihe von Aussprachen geführt mit dem Ziel, die Schüler durch ihre Eltern wieder in die Republik zurückzuholen. Die Eltern des Schülers Me. und die Mutter der Schülerin Gl. wurden von Vertretern des Staatsapparates aufgesucht. In der ersten Aussprache mit den genannten Eltern waren diese einverstanden, ihren Kindern zu schreiben und in Kürze nach Westdeutschland zu fahren, um die Schüler wieder den Familien zuzuführen. Nach ungefähr einer Woche, am 24. 1. 57, wurde uns durch die Abteilung Volksbildung beim Rat des Bezirkes mitgeteilt, daß die genannten Eltern die Fahrt nach Westdeutschland ablehnen mit der Begründung, daß sie ihre Kinder damals aus West-Berlin nicht zurückholen konnten, und es jetzt noch schwerer und deshalb nicht möglich sei, sie aus Westdeutschland zurückzuholen.

Weiterhin wurden von Vertretern des Staatsapparates Aussprachen mit den Eltern der Schüler Di., We., Po. und Zu. geführt. Diese Aussprachen verliefen positiv. Die Eltern haben bereits an ihre Kinder geschrieben, daß sie wieder zu ihren Familien zurückkehren sollen.

(...)

Am Montag, dem 4. 2. 57, wird nochmals eine Aussprache durch den Gen. P., Stellvertreter des Vorsitzenden des Rates des Kreises Beeskow und den Gen. H. mit den Eltern der Schüler We. und Gl. mit dem gleichen Ziel geführt, da uns diese Eltern ebenfalls positiv erscheinen, wie die bereits mit ihnen geführten Aussprachen beweisen.[86]

Die Mutter von Walburga sprang ab:

Bei den Elternbesuchen am 22. 1. 1957 gewannen wir den Eindruck, daß es in Storkow Kräfte gibt, die die Eltern negativ beeinflussen. So war Frau Gl. vorher bereit, alles in die Wege zu lei-

ten, um ihre Tochter aus Westdeutschland zurückzubekommen. Am 22. 1. 1957 erklärte sie uns, daß ihre Tochter sowieso nicht zurückkommt und sie nicht wisse, wer in ihrer Abwesenheit das Vieh und den Mann versorgen solle. Künftig sollte man sich mehr auf Po./Glienicke, We./Hermsdorf, Di./Kehrigk (...) stützen.[87]

Die Genossen schienen Erfolg zu haben:

In der Stadt Storkow wurden weiterhin Aussprachen mit den Eltern der ehemaligen 12. Klasse geführt. Als gutes Ergebnis hieraus, ist zu verzeichnen, dass Herr Di. aus Kehrigk (werktätiger Bauer, 7 ha) – vorbildlicher Ablieferer – am 8. 2. 1957 die Reise nach Westdeutschland antritt, um dort Aussprachen zu führen.[88]

Aber auch diese Möglichkeit zerschlug sich:

Die Situation in Storkow hat sich negativ verändert. So erhielten Frau We. aus Hermsdorf Kreis Königs Wusterhausen, Frau Po. aus Glienicke/Ausbau (...) und Herr Gl. aus Storkow Briefe von ihren Kindern aus Bensheim/Westdeutschland. Darin teilten die Kinder mit, daß es ihnen gutgehe, sie kostenlose Wochenendfahrten mit Privatwagen und Omnibussen nach Frankfurt (Main) u. a. Orten des Rheines unternehmen und in den Osterferien eine kostenlose Reise nach Österreich antreten werden. Mit Entschiedenheit lehnen sie die Rückkehr in die DDR ab. Daraufhin lehnten die o. a. Eltern eine Reise nach Bensheim wegen Aussichtslosigkeit ab.[89]

Schließlich, zur Pfingstzeit, fuhren doch zwei Mütter zu uns nach Zwingenberg, mit dem Auftrag, ihre Söhne zurückzuholen: die Mutter von Bernd-Jürgen und die Mutter von Siegfried. Zwei Wochen wohnten sie mit uns in Zwingenberg. Zurückholen wollten sie ihre Söhne nicht. Sie waren mit ihren Söhnen zusammen. Sie fuhren wieder nach Hause, noch einmal ein Abschied, auch der in Schmerzen, denn wann würde man sich wiedersehen? Aber sie wussten, ihre Söhne waren gut untergebracht.

Wenn es die Eltern nicht schafften, dann vielleicht die Freundinnen? Am 14. 3. 1957 notierte die SED-Bezirksleitung, Abteilung Volksbildung und Kultur:

In der Klasse 11 haben zwei Mädchen briefliche Verbindung mit den Schülern Ru. und Kr. Nach Angaben der Schulleitung handelt es sich hierbei um Liebesverhältnisse. Der Inhalt der Briefe war bisher nicht bekannt. Es wurde der Hinweis gegeben und durch persönliche Aussprache das Wesentlichste zu erfahren und auf die Mädchen dahingehend einzuwirken, die Schüler wieder in die DDR zurückzuführen. Weiterhin wurde gesagt, daß auch andere positive Schüler mit unterschreiben sollen.[90]

Oder könnte es ein Genosse Lehrer schaffen, dem wir vertraut hatten?

Dem Stellvertretenden Direktor, Gen. Wöhl, gaben wir den Hinweis, sich mit dem ehemaligen Schüler Po. brieflich in Verbindung zu setzen, um ihm mitzuteilen, dass seine Perspektive in der DDR liegt.[91]

Nur Gedankenspiele. Ideologische Erotik kam nicht an. Liebe machte nicht blind. Die Briefe kamen nicht, auch nicht vom vertrauten Lehrer. Vielleicht aber war unsere Klassenkameradschaft ein Motiv, uns zurück zu locken?

Es sollte in Erwägung gezogen werden, mit den 4 Mädchen in Strausberg Rücksprache zu nehmen, damit sie persönlich an ihre Klassenkameraden in Westdeutschland schreiben, um sie zur Rückkehr zu bewegen. Dabei sollte die Möglichkeit ausgenutzt werden, diesen Mädchen vorrangig Studienplätze zur Verfügung zu stellen, damit diese besser in der Lage sind, ihre Perspektive darzulegen.[92]

Auch diese Briefe erreichten uns nicht. Die Genossen unterließen es, den Mädchen ihren Antrag zu machen.

*

Während dieser Zeit begegnete in Wendisch Rietz am Bahnhof Scharmützelsee Erich Krüger, Lastkraftwagenfahrer und ehemaliger Bürgermeister von Lindenberg, einem Dorf 12 km östlich von Storkow, der Mutter von Karsten. Sie arbeitete am Bahnhof an der Verladestelle für Holz. Mit der Kluppe, einem Messgerät für Langholz, bestimmte sie die Menge des geladenen Holzes. Als sie damit fertig war, ging er dicht an sie heran und sagte: Da ist eener bei se, der isst mit se, der schläft mit se. Er sprach über uns Jungs in Zwingenberg an der Bergstraße. Karstens Mutter fragte nicht weiter, man wusste nie. Was bedeutete das denn? Er sprach von einem Spion, der mit uns zusammenwohnte.

Im Frühjahr 1957 zog ein Junge in unserem Alter zu uns ins Internat Orbishöhe in Zwingenberg. An Gesprächen beteiligte er sich nie, obwohl er ständig um uns war. Als wir anfingen nachzuschauen, was es mit ihm auf sich hatte, war er plötzlich verschwunden. Wir hatten in seinem Zimmer einen verdächtigen Koffer entdeckt. Auf unsere Frage, was er denn darin verstecke, antwortete er, das gehe uns gar nichts an.

*

Was für Dieter galt, das galt für alle von uns: Niemals zurück in diese DDR. Was war aber der Grund für die Genossen, anzunehmen, wir könnten zurückkommen? Zwei von ihnen, der Abteilungsleiter für Volksbildung beim Rat des Kreises Beeskow, H. und der Genosse Ha. vom Rat des Bezirkes Frankfurt (Oder) nannten diesen Grund dem westdeutschen Journalisten Heinz Schewe von der »Welt«, der mit ihnen in Storkow sprach:

Wir wissen jedoch genau, daß die Rädelsführer von Anfang an ein anderes Ziel verfolgten. Sie wollten Unruhe stiften. Angestachelt wurden sie von westlichen Organisationen, die unsere staatliche Ordnung, vor allem an den Oberschulen, stören wollten. Das aber haben die Anstifter ihren Klassenkameraden wohlweislich verschwiegen. Sie schoben Puskas vor, um die anderen mit hereinzuziehen.[93]

Ach so! Unsere Schweigeaktion war gar nicht unsere Aktion. Selbst die vermuteten Rädelsführer in unserer Klasse waren keine Urheber. »Angestachelt« hatte man uns, und zwar zerstörerische westliche »Organisationen«. Die Genossen glaubten inzwischen an eine Verschwörung, für die wir nur Handlanger waren. Sie sahen in uns die Verführten. In ihren Köpfen ersetzten sie unsere spontane Aktion durch eine taktische Konstruktion. Sie konnten nicht verstehen, dass Jugendliche, die Jahre hindurch in der Schule auch sozialistisch erzogen worden waren, sich spontan gegen ihre Staatsräson gestellt hatten.

Dieser Widerspruch erschien auch in der Bundesrepublik so bemerkenswert, dass sich höhere politische Institutionen mit ihm beschäftigten. In einem kurzen Text ohne Angabe des Verfassers, ohne namentlichen Adressaten, aber mit der Überschrift *Streng geheim!* vom 5. Februar 1957 heißt es:

Aus dem bayrischen Kultusministerium wird bekannt, daß der Fall dieser Oberschüler (ihre geschlossene Flucht nach Westdeutschland) aufmerksam studiert und ausgewertet wurde. Auch das Außenministerium in Bonn und die bayrische Staatskanzlei sollen sich hiermit beschäftigt haben. Angeblich existiere sogar eine geheime Denkschrift.
Der Akzent der Studie bewege sich in der Richtung, welche Schlüsse sich aus dem Vorkommnis ziehen lassen über das Verhältnis der Jugend in der DDR zum Sozialismus. Man sei in Bonn der Meinung, dass die entsprechenden Institutionen der DDR nicht in der Lage seien, die Jugend für den Sozialismus zu begeistern. A d e n a u e r soll sich sogar persönlich für diese Angelegenheit interessiert haben.[94]

Wer war der Verschwörer?

Es liegt der Verdacht vor, daß bei dieser Sache das Ostbüro der SPD die Hand im Spiel hat. Dieser Verdacht wurde wie folgt begründet: Soweit bekannt ist, haben einige Bürger von Storkow (namentlich bisher nicht bekannt) Verwandte bzw. Bekannte, die im Ostbüro der SPD tätig sind.[95]

Sogar das westliche Ausland wurde verdächtigt, an der Flucht unserer Klasse mitgewirkt zu haben. Aus demselben Gespräch ergibt sich der Hinweis:

Verschiedene Momente deuten darauf hin, daß auch der englische Hetzsender BBC [deutschsprachiges Programm] an der Republikflucht der Schüler beteiligt ist. Grund: Am frühen Morgen des 29. 12. 1956 brachte der BBC die erste Meldung, daß sich am 28. 12. 1956 15 Oberschüler aus Storkow nach West-Berlin abgesetzt hätten.
Andererseits haben verschiedene Bürger von Storkow angeblich am 29. 12. 1956 in den Morgenstunden noch Schüler dieser Klasse gesehen. Weiterhin meldete der BBC am 29. 12. 1956, dass bereits vor ca. 14 Tagen ein Schülerbrief vorgelegen habe, der näheren Aufschluß über die Vorkommnisse und Ereignisse an der Oberschule Storkow gab.[96]

In der Tat ist auffällig, wie genau die BBC am 29. 12. 1956 um 20.30 Uhr über die Vorgänge in unserer Klasse berichtete. Die Information konnte sie nur von Klassenkameraden haben. Möglich, dass bei den Vernehmungen durch die Flüchtlingsbehörden einer ihrer Mitarbeiter saß und mitschrieb oder in Storkow selbst ein verdeckter Informant arbeitete, der unerkannt unter uns lebte.

Genosse H., Abteilungsleiter für Volksbildung beim Rat des Kreises Beeskow, formulierte zusammenfassend die angenommene Verschwörung in der drastischen Sprache der Kampfideologie:

Die ganze Aktion entspringt keinesfalls einer impulsiven oder spontanen Handlung der Schüler, sondern war systematisch organisiert durch westliche Verbrecher- und Agentenorganisationen, an deren Spitze das Ostbüro der SPD, in einer Zusammenarbeit mit dem englischen Geheimdienst.[97]

Er weiß auch von der wirklichen Absicht des westlichen Interesses an unserer Klasse zu berichten:

Die Absicht der westlichen Behörden liegt klar auf der Hand, diese Oberschüler als Kanonenfutter für ihre imperialistischen Raubinteressen in der westdeutschen Natoarmee zu gewinnen.[98]

Sein Beweis:

Entgegen dem Wunsch und Willen der Schüler, an einer westberliner Oberschule aufgenommen zu werden, wurden sie durch die westlichen Behörden nach Bensheim, Kreis Bergstraße in Westdeutschland überführt.[99]

Aber warum in die Ferne schweifen?

Durch die Aussprache wurde weiterhin bekannt, daß der größte Teil der Jungen in der BSG Einheit, Sparte Rudern, organisiert war und dort von einem gewissen A. als Trainer betreut wurde, der früher hoher SA-Führer gewesen ist. Das Letztere zeigt, daß dort auch Quellen der negativen Beeinflussung liegen.[100]

Warum wurden wir von der Schule gewiesen, wenn wir Opfer waren? Alles an den Haaren herbeigezogen, gezerrt, verbogen, erzwungen. Die Wirklichkeit ereignete sich außerhalb der wahnhaften Verknüpfungen ihres ideologischen Spinnennetzes.

*

Die Menschen in Storkow und im ganzen Kreis waren in Unruhe. Wir waren weg. Wir kamen nicht zurück. In der Hauptabteilung V notierten die Genossen am 2. 1. 1957 die Stimmung in Storkow:

Unter den Schülern und den Eltern herrschte während der Weihnachtsfeiertage eine gedrückte Stimmung. Eltern von Oberschülern gingen zu anderen Eltern und diskutierten über die Oberschule Storkow. Dabei wurden dann alle Fehler, die die Lehrer, vor allem der Direktor Schwerz und der Parteisekretär Mogel gemacht haben, durchgesprochen.[101]

Gertraud, die in Bugk, 8 km von Storkow entfernt, wohnte, erinnert sich, gehört zu haben, dass in Storkow Anfang Januar 1957 Flugblätter verteilt worden seien. Jemand habe ihr eins in Bugk gezeigt, es habe wie Zeitungspapier ausgesehen, die Klasse sei darauf abgebildet gewesen, man habe jeden deutlich erkennen können. Von der Flucht selbst habe sie durch den RIAS erfahren. Sie sei Anfang Januar nicht in Storkow gewesen, und in Bugk habe man über die Flucht der Klasse nicht geredet. Die Meldung sei in den Nachrichten des RIAS gekommen, immer wieder in den folgenden Nachrichten.

Es war nicht so, dass die Bevölkerung öffentlich über die Klasse redete, das war nicht möglich, man wäre leicht als Sympathisant in Gefahr geraten. Die Tante von Klaus-Dieter stellte fest: Man konnte darüber nicht reden, denn zu dieser Zeit hatten alle Bäume und Häuser Ohren. Die Staatssicherheit kannte trotzdem die kritischen Äußerungen, d. h., sie saß auch da, wo die Menschen glaubten, privat zu sein.

*

Um die Unruhe, die Unzufriedenheit in Storkow zu mildern, mussten Maßnahmen ergriffen werden. Zunächst war das Problem der 11. Klasse zu lösen. Auch sie sollte aufgelöst werden. Die Eltern beschwerten sich. Schließlich wurde zugestanden, dass die 11. Klasse das letzte Abitur in der Oberschule Storkow ablegen konnte. Danach, 1958, hörte die Oberschule Storkow auf zu existieren. Genossin K. berichtete dem Mitarbeiter des MfS von dem umfassenderen Vorhaben, die Bevölkerung in Storkow zu beruhigen:

Um der Lage in Storkow Einhalt zu gebieten ist von seiten der Partei vorgesehen, Parteileitungssitzungen in Storkow durchzuführen, sowie Gemeindevertretersitzungen mit den Vorsitzenden der bürgerlichen Parteien. Außerdem werden Sitzungen des Demokratischen Blocks stattfinden.[102]

Die örtlichen Organe planten genauer:

Um den feindlichen Stimmungen in Storkow entgegenzuwirken, werden folgende Versammlungen geplant.
Eine Sitzung der Ortsleitung der Partei
Eine Sitzung des Ortsausschusses der Nationalen Front
Eine Sitzung der Parteisekretäre der Betriebe in Storkow
Eine Aussprache auf Bezirksebene mit dem Vorsitzenden der NDPD
Eine Sitzung des demokratischen Blocks im Bezirksmaßstab
Es soll erreicht werden, daß die NDPD, die in Storkow besonders stark ist, von ihrem Bezirksvorstand so angeleitet wird, daß diese Ortsorganisation mit zur Beruhigung der Lage beiträgt.[103]

Geplant waren diese Sitzungen für den 4. Januar 1957. Sie alle sollten von der SED kontrolliert werden:

An diesen Sitzungen nehmen jeweils Genossen der Bezirksleitung oder Kreisleitung teil.[104]

Die Beruhigung war also als Anweisung gedacht, durch die Staatsgehorsam für alle Bürger verlangt werden sollte. Eine Auseinandersetzung mit der problematischen Situation war untersagt. Genosse W. bestätigte die diktatorische Bewältigung der beunruhigten Menschen im selben Text:

Auf keinen Fall wird eine öffentliche Einwohnerversammlung zu dieser Angelegenheit durchgeführt.[105]

Den Vollzug dieser Planung meldete Genosse Mückenberger, Erster Sekretär der SED im Bezirk Frankfurt (Oder):

Anfang Januar wurden in Storkow Aussprachen in der Ortsleitung der Partei im Ortsausschuß der Nationalen Front und im Block durchgeführt. Das Ziel dieser Besprechungen war, die Angelegenheit auf Storkow zu lokalisieren und die Teilnehmer darüber aufzuklären, dass die ganze Angelegenheit eine vom Gegner organisierte Aktion von Anfang an gewesen ist. In den Aussprachen wurde Klarheit geschaffen und verhindert, daß eine Einwohnerversammlung stattfindet, die besonders von einigen kleinbürgerlichen Kräften gefordert wurde.[106]

Auch das Zentralkomitee aus Berlin mischte sich ein. Genosse Neugebauer, Abteilungsleiter für allgemeinbildende Schulen im ZK, schrieb einen Brief an den Sekretär für Kultur bei der Bezirksleitung der SED in Frankfurt (Oder), den Genossen W., am 5. Januar 1957:

Heute Vormittag hatte ich in dieser Angelegenheit eine Aussprache mit Genossen Paul Wandel. Er ist mit der Linie, die wir vereinbart haben, einverstanden. Darüber hinaus bitte ich, folgende Hinweise des Genossen Paul Wandel zu beachten:

1. *Das gesamte Gebiet im Kreis Beeskow muß so bearbeitet und überwacht werden, daß der Fall Storkow keine Kettenreaktion und falsche Solidarität an anderen Oberschulen auslöst.*
2. *Der Film »Zwischenfall in Benderath« ist zweckmäßigerweise im Kreis Beeskow jetzt unmittelbar nicht zu zeigen. (Es handelt sich hierbei bekanntlich um ein Problem, wo Oberschüler von der Oberschule verwiesen werden und wo in echter Freundschaft und Kameradschaft eine gemeinsame Unterstützung gegen den Nazi-Schulrat durch die Oberschüler organisiert wird.)*[107]

Paul Wandel war von 1953 bis 1957 Sekretär für Kultur und Erziehung im ZK der SED.

In einer nachgereichten Ergänzung fügt Genosse Neugebauer hinzu:

Am Montag, dem 7. 1. 1957 werden Genosse A. vom Ministerium für Staatssicherheit und Genosse Ge. von der Schulinspektion des Ministeriums für Volksbildung in der Bezirkleitung bei Euch vorsprechen. Sie haben den Auftrag, im Umkreis von Storkow, insbesondere in der umliegenden Oberschule, festzustellen, welche Auswirkungen der Fall Storkow hat.
Ich bitte darum, mich über den gesamten weiteren Ablauf der Ereignisse in Storkow regelmäßig zu informieren.[108]

Der Abteilungsleiter für Volksbildung beim Rat des Kreises Beeskow, Genosse H., sorgte für das geforderte Verhalten der Lehrer an der Oberschule in der Kreisstadt Beeskow. Er schrieb in einem Lagebericht am 23. Januar 1957:

Am 15. 1. 1957 fand eine Auswertung der Vorgänge in Storkow im Pädagogischen Rat der Oberschule Beeskow statt. Nach dem Bericht des Abteilungsleiters waren die Lehrer der Schule in der Diskussion bemüht, aus diesen Vorfällen die richtigen Schlüsse zu ziehen. Sie erkannten richtig, daß an ihrer Schule eine andere Situation als in Storkow ist, dennoch die grundsätzlichen Probleme auch für ihre Schule zutreffen. Beschlüsse zur Verbesserung der Schülerarbeit wurden gefaßt.[109]

*

Was die Menschen in Storkow und Umgebung noch immer am meisten empörte, war das Auftreten des Volksbildungsministers Lange in Storkow:

Desweiteren wurde besonders über den Gen. Minister Lange diskutiert, daß seine Form, wie er die Angelegenheit in Storkow durchgeführt, nicht richtig sei. Hierbei werden Aussprüche des Gen. Ministers verdreht. So hätte er angeblich zu Schülern gesagt: »Dein Vater war ja auch so ein Faschist.« u. a. Offen wird davon gesprochen, daß der Minister doch bessere pädagogische Fähigkeiten haben müßte, denn das Problem der Oberschule hätte anders gelöst werden können.[110]

Wie reagierte die SED im Kreis, im Bezirk, im ZK auf die Kritik der empörten Menschen am Verhalten des Ministers in Storkow? Wie sich der Erste Kreissekretär der SED in Beeskow verhielt, ist festgehalten:

Dabei war der Gen. Meyer der Meinung, daß er nicht mit allen durchgeführten Maßnahmen einverstanden ist, wir als Kreisorgan jedoch gegenwärtig nicht in der Lage sind, den Beschluß des Ministers Lange rückgängig zu machen.[111]

Öffentlich wurde der Minister nicht kritisiert. Er wurde geschützt. Ein Motiv war die Demonstration politischer Festigkeit. Genosse Neugebauer, Leiter der Abteilung Allgemeinbildende Schulen im Zentralkomitee:

Die Genossen hätten, anstelle sich mit den notwendigen Aufgaben zu befassen, Polemiken geführt, ob das Verhalten des Gen. Minister Lange und die Sanktionierung durch die Partei richtig oder falsch war. Er sei der Meinung, daß es jetzt nicht darauf ankomme, über Recht oder Unrecht zu diskutieren, sondern die nötigen Maßnahmen einzuleiten, die zu einer Beruhigung der Bevölkerung und zur Stabilisierung der Lage führen. Nachdem der Gen. Minister Lange das Ultimatum gestellt hatte, sei es nicht mehr möglich gewesen, dieses zurückzunehmen, wenn man nicht den Minister und unsere Staatsorgane blos stellen wollte.[112]

Die Position der politischen Macht war nicht anzutasten. Kritik war Bloßstellen, nicht Auseinandersetzung, sie war immer feindlich, nie produktiv.

Ein anderes Motiv, dem Minister die Stange zu halten, war die ideologische Kampfsituation:

Anschließend an die Besprechung bei der Kreisleitung fand noch eine Aussprache auf der Kreisdienststelle in Beeskow statt (...) In dieser Aussprache machte der Gen. H. Ausführungen über die politische Bedeutung des Beschlusses des Ministers Lange über die Auflösung der 12. Klasse der Oberschule Storkow. Er betonte, daß wir uns als Arbeiter- und Bauernstaat es nicht gefallen lassen können, daß jugendliche Oberschüler sich ins Lager des Feindes stellen und sich nicht von den Provokateuren distanzierten. Es kommt jetzt nicht darauf an, einen Schuldigen für die Republikflucht zu suchen, sondern alle Anstrengungen zu unternehmen, um die Hintermänner dieser Provokation aufzuklären.[113]

Der SED-Stratege entlastete den Minister. Dessen falsches Verhalten erklärte er für unwichtig. Wichtig war die Situation des ideologischen Kampfes, in dem der Feind den Sozialismus bedrohte. Wir wurden zu Mitgliedern eines Lagers, des feindlichen. Was half, den Feind zu vernichten, konnte nicht falsch sein. Man brauchte keinen Schuldigen in den eigenen Reihen. Das Verschwörungsdenken befreite die Genossen vom Nachdenken über ihre eigene Schuld.

*

Warum wollten uns die Genossen denn dann überhaupt zurückholen? Wollten sie uns mit unseren Familien wieder zusammenbringen, mit unseren Freundinnen und Freunden, mit unserer alten Schule? Humanismus als rhetorische Frage. Sie wollten uns zurückholen, um uns

über die wirklichen Verhältnisse, in denen die Republikflüchtigen in Westdeutschland leben, sprechen zu lassen und dies propagandistisch aus(zu)werten. Damit soll erreicht werden, die Republikflucht der Oberschüler einzudämmen und die Vorstellungen unter einem Teil der Oberschüler über bessere Verhältnisse des Studiums in Westdeutschland zu zerschlagen.[114]

Als der Vater von Siegfried und die Mutter eines anderen Klassenkameraden beauftragt wurden, nach Bensheim zu fahren, um ihre Kinder zurückzuholen,

wurde mit den Eltern vereinbart, daß sie am 8. 2. 57 früh nach Berlin fahren, um dort mit dem Vertreter des Deutschlandsenders, der bereits in Bensheim war, Verbindung aufzunehmen.[115]

Was man im Deutschlandsender vorhatte, steht im Brief des Genossen Neugebauer vom 5. Januar 1957 an den Genossen W., Sekretär für Kultur in der Bezirkshauptstadt Frankfurt (Oder):

> *Genosse Wandel hat angeordnet, daß über den Fall in Storkow im Deutschlandsender in der Art berichtet wird, daß die hinterhältigen Absichten der Gegner der DDR entlarvt werden, die Oberschüler aus der DDR entführen und aus dem Schoße ihrer Familien reißen.*[116]

So artikulierte sich die Propaganda aus der Ideologie der Verschwörung in die Lüge hinein.

Eine kurze maschinengeschriebene Notiz ohne Absender, ohne Adressaten kündet von der Dringlichkeit des propagandistischen Vorhabens:

> *Anruf Gen. Neugebauer, ZK, am 7. 1. 57, 14.50 Uhr*
> *Betr.: Angelegenheit Storkow:*
> *Am 8. 1. um 10.00 Uhr werden 2 Genossen von der Chefredaktion des Staatlichen Rundfunkkomitees in Berlin kommen (Gen. E. und Gen. G.), um eine wichtige Aussprache zu führen. Es ist geplant, über die Angelegenheit Storkow einiges im Rundfunk zu bringen.*
> *Bitte unbedingt noch heute bis 17.00 Uhr oder morgen ab 8.00 Uhr Gen. Neugebauer anrufen, es ist dringend.*[117]

Unter diesem Schreiben auf derselben Seite sind einige Wörter mit Bleistift geschrieben, vielleicht ein Plan für die Aussprache:

Verbindung *Mädchen* *Reise*

Schule *Odenwaldschule* *Verbindung mit*
Benzheim [sic!] *DDR* *Tradition*
Rundfunk + *Lehrerzeitung*

Auch Horst Sindermann, von 1954 bis 1963 Leiter der Abteilung Agitation und Propaganda im Zentralkomitee der SED, mischte mit:

> *Ich bitte, mich über den Fall zu informieren, damit wir mit dem Rundfunk einsteigen können, wenn einer der Schüler zurückkehrt.*[118]

Genosse Neugebauer jedoch stoppte schließlich alle Versuche einer propagandistischen Auswertung unseres Falles:

> *Die Republikflucht dieser Oberschüler ist nicht als besonders schwerwiegend zu betrachten, da es sich bei ihnen fast ausschließlich um kleinbürgerliche, der Entwicklung unserer Arbeiter- und Bauernmacht negativ gegenüberstehende Elemente handelt, die früher oder später doch republikflüchtig geworden wären. Storkow ist ein Ort mit vorwiegend kleinbürgerlichen Einwohnern. Industrie ist fast keine vorhanden und die Zusammensetzung der Oberschulklassen ist auch dementsprechend.*
> *Der Gen. Neugebauer ist nicht der Meinung, daß man größere Anstrengungen unternehmen sollte, diese Oberschüler oder zumindest einen Teil zurückzuholen.*
> *Er begründet diesen Standpunkt wie folgt:*
> *Diese Oberschüler kehren nur zurück, wenn wir ihnen Konzessionen machen bezüglich des Ablegens des Abiturs und Bewilligung eines Studienplatzes. Sie fühlen sich dann als Sieger und werden nicht, nach ihrer Rückkehr, in unserem Sinne argumentieren. Bei einer Zulassung an eine Universität unserer Republik ist keine Gewähr geboten, daß diese sich nicht reaktionären Gruppierungen anschließen und erneut negative Einflüsse auf Studenten ausüben. Weiterhin hat er Bedenken, dass man nicht von westlicher Seite dann einen Schüler mit genauen Instruktionen schickt, der hier zwar in unserem Sinne eine Erklärung abgibt, danach wieder republikflüchtig wird und drüben in Westberlin danach berichtet, dass er diese Aussage in der DDR unter Druck hat machen müssen. Dadurch würden wir der Westpresse eine*

neue Sensation geben und das Gegenteil von dem erreichen was wir wollen.
Das ZK ist nicht der Meinung, daß in unserer Presse in irgendeiner Form zu den Ereignissen in Storkow Stellung genommen wird und hat auch eine diesbezügliche Anfrage des Kommentators Schnitzler abgelehnt.
Man vermutet bei einer Popularisierung weitere Republikfluchten von Oberschülern, da in einem Teil der Oberschüler unserer Republik ebenfalls derartige Schweigeminuten wie in Storkow durchgeführt wurden.[119]

Genosse Neugebauer argumentierte realistisch. Die soziologische Klassenzuordnung war korrekt. Sie offenbart jedoch zugleich die Unfähigkeit, unsere kleinbürgerliche Befindlichkeit in den Aufbau einer alternativen Gesellschaft jenseits des Kapitalismus zu integrieren. Die ständige Glorifizierung *der Entwicklung unserer Arbeiter- und Bauernmacht* ging uns auf die Nerven. Durch die immer wieder demonstrierte dogmatische Klassendefinition lebten wir in dem Bewusstsein, grundsätzlich nur geduldet zu sein. Als hätten wir uns zu entschuldigen, nicht Töchter und Söhne von Arbeitern und Bauern zu sein. Persönlich ließ uns das kalt, aber der Gedanke an einen Aufstieg, Tagtraum des Kleinbürgers, ließ uns den Unterschied zwischen dem, was die Genossen wünschten und dem, was wir waren, deutlich werden. In uns war eine Ahnung davon, dass wir uns immer wieder hätten rechtfertigen müssen, wenn wir an diesem Staat hätten aktiv teilnehmen wollen. Darüber hinaus: Wir wären gezwungen gewesen, in die vorderste ideologische Front zu treten, um ständig Beweise unserer Verlässlichkeit abzuliefern. Der Begriff der der *Arbeiter- und Bauernmacht negativ gegenüberstehenden Elemente* ist Ausdruck unseres Ausschlusses aus diesem Staat, bevor wir überhaupt hatten handeln können. Jede Veröffentlichung unseres Falles in der DDR wurde verboten. Nicht einmal »Sudel-Ede« Schnitzler durfte von der angeblichen Verführung durch den Klassenfeind berichten. Die Genossen beendeten unseren Fall mit dem Diktat des Totschweigens. Die letzte Notiz in der über uns angelegten Akte im Ministerium für Staatssicherheit ist vom 4. März 1957. Danach wurde sie abgelegt. Sie hatten aufgegeben.

*

Und wie gingen die Genossen mit unserer alten Schule in Storkow um? Genosse H., Abteilungsleiter für Volksbildung beim Rat des Kreises Beeskow, schrieb in seinem Lagebericht vom 2. April 1957:

> *Unter den Lehrern der Schule herrscht die Tendenz vor, sich mit dem Geschehen der letzten Monate zu beschäftigen, anstatt an die Verwirklichung der neuen Aufgaben zu gehen, die in der BPO und Päd. Ratssitzung am 14. 1. 1957 festgelegt wurden.*
> *In der BPO Sitzung am 1. 4. 1957 brachten die Genossen Werner und Schwerz zum Ausdruck, dass der Genosse Minister Lange bei seinem Besuch am 13. 12. 1956 seine persönliche Meinung zu einigen schulischen Problemen zum Ausdruck brachte. Danach soll er von der Schulinspektion, der Schulordnung und den Schülerregeln nicht viel halten. Die Schulinspektion soll ein totgeborenes Kind sein.*
> *Mir selbst wurde von den Genossen der BPO der Vorwurf gemacht, daß ich die Kritik der Genossen an dem Genossen Volksbildungsminister sowie über die Tätigkeit der leitenden Genossen aus dem Partei- und Staatsapparat unterdrückt hätte. Ich machte den Genossen klar, daß man sich bei Ausübung der Kritik stets überlegen sollte, wem sie dient. Es gibt bestimmt Situationen, in denen es andere Aufgaben zu lösen gibt, als unsere leitenden Staatsfunktionäre zu kritisieren.*[120]

Die Verordnungen der Partei konnten nicht verhindern, dass in unseren Lehrern die Ereignisse um uns weiterlebten. Das Totschweigen hatte keine Macht über sie. Das Tote war für sie das Neue, die Beschlüsse, die Pläne, die Vorhaben, die Verpflichtungen. Unser alter junger Direktor wagte Kritik, indem er die Person des Ministers von der Sache der Partei trennte. Aber vor ihm und den anderen kritischen Genossen stand der Vorsitzende wie eine Mauer: Kritik war kein Wert an sich. Sie diente wem. Dem Klassenfeind. Wer sich selbst kritisierte, machte sich schwach vor dem Feind. Stärke war Kritiklosigkeit. Die Macht war da für die Macht.

*

Storkow hatte seine Abiturklasse verloren. Wir waren weg und kamen nicht wieder. Vier Wochen nach unserer Flucht fuhr der Redakteur Heinz Schewe von der »Welt« nach Storkow und berichtete über seine Eindrücke am 24. Januar 1957. Ein Westdeutscher schrieb über eine kleine Stadt, in der sich der Kalte Krieg ausgetobt hatte.

Storkow – die Stadt ohne Primaner
Sonderbericht aus der Zone: Warum gingen sie in den Westen?
Vier Wochen sind vergangen, seitdem fünfzehn Primaner und eine Primanerin aus Storkow in der Mark Brandenburg über die Zonengrenze nach dem Westen flüchteten. Die sechzehn bereiten sich inzwischen in Bensheim an der Bergstraße auf ihr Abitur vor. Wie aber sieht es nach diesen vier Wochen in einer Stadt aus, die auf einen Schlag ihre sämtlichen Primaner verlor?
Nur wenige steigen in Storkow aus. Es ist die siebente Station hinter Königs Wusterhausen. Der Zug hält nur ein paar Minuten. Dann fährt er weiter nach Beeskow. Einen Augenblick lang schwebt der Pfiff der Lokomotive wie ein Peitschenknall in der frostklaren Luft. Ich gehe als letzter durch die Sperre. Die anderen Fahrgäste haben sich schon verlaufen. Leer liegt die Bahnhofsstraße im kalten Schein der Januarsonne. Eine Stimmung wie in »High Noon« – dem Film »12 Uhr Mittag«. Aber dies ist kein Film. Dies ist die Wirklichkeit im Deutschland von 1957. An diesem Bahnhof begann vor vier Wochen die Flucht der sechzehn Primaner von Storkow. Sie waren von der Schule verwie-

sen worden, weil sie während des Unterrichts fünf Minuten keine Antwort gegeben hatten. Dieses Schweigen sollte eine Demonstration für den ungarischen Freiheitskampf sein.

Ihre Eltern und Geschwister blieben zurück. Sechzehnmal mehr geht seither die Grenze, die quer durch Deutschland läuft, auch mitten durch die Familien.

Am Bahnübergang liegen Scherben. Ein Omnibus ist gegen einen Triebwagen gefahren. Es hat fünfzehn Verletzte gegeben. So erzählt mir der alte Mann, der jetzt dort Wache hält, weil die Signalanlage ausgefallen ist. Während wir sprechen, geht ein Ehepaar mit schwarzen Pelzkappen vorbei. Die junge Frau schiebt einen Kinderwagen. »Das ist der ehemalige Direktor der Oberschule« flüstert mir der Mann zu. Erst später erfahre ich, warum er ehemaliger sagte. Die »Kurt-Steffelbauer-Oberschule« ist kurzerhand aufgelöst worden. Sie trug den Namen eines Lehrers der Widerstandsbewegung gegen Hitler. Der Name ist jetzt auf die Steffelbauer-Mittelschule übergegangen.

Die vier Oberprimanerinnen, die zurückgeblieben sind, werden ihr Abitur in Strausberg machen müssen. »Für die aufgelöste Oberschule sind im Kreis Beeskow-Storkow drei neue Mittelschulen eingerichtet worden. Die Mittelschulen sollen im Erziehungsplan der Zone zum Schwerpunkt werden. 1965 sollen 83 Prozent aller schulpflichtigen Kinder auf eine Mittelschule gehen«, erklärt mir ein Funktionär des »Volksbildungswesens« in Storkow.

Der Weg zum alten Schulgebäude führt durch herrliche Birkenwälder. Theodor Fontanes Landschaft zeigt sich an diesem Tag in ihrer ganzen herben Schönheit. Der Storkow-See ist zugefroren. Einsam flattert eine schwarzrotgoldene Fahne am hohen Mast. Dort muß die Schule sein. Ein herrlicher Platz. Aber welch ein verunglückter Bau!

Kalt und unfertig stemmt sich ein Betonklotz hoch. An der Rückwand liegen noch geschichtete Mauersteine. In der Richtung zum See duckt sich einstöckig, mehrmals rechtwinklig verschachtelt, der Anbau mit den Klassenzimmern. Auf freiem Feld an der Frontseite ist eine kleine Hindernisbahn aufgebaut – Schwebebal-

ken, Sprungpferd und Eskalierwand. Wie oft werden die Jungen hier geturnt haben? Alles liegt jetzt tot und verlassen. Nur ein Hund kläfft wütend, als ich vorbeigehe. Fünfzig Meter neben der »Burg« von Storkow läuft die Jugend Schlittschuh. Primaner sind nicht dabei.

Ein Alpdruck liegt seit der Flucht der sechzehn über dem kleinen Markstädtchen. Immer, wenn ich jemanden anspreche, werden bei dem Stichwort »Primaner« die Gesichter verschlossen, die Blicke mißtrauisch. Eine Frau schaut mich erschrocken an, wie einen Geist, als ich ihr sage, dass ich aus Westdeutschland komme. Eine andere zieht sofort die Tür bis auf einen Spalt vor mir zu. Sie entschuldigt sich, aber – Kein Wegschickkommando vorher!!! – das Mißtrauen steht wie eine Mauer zwischen uns. »Sind Sie vielleicht vom Staatssicherheitsdienst?«, fragt eine Dritte ängstlich. »Der Lehrer ist heute morgen auch getürmt«, höre ich an einer anderen Stelle. »Er hat seine ganze Familie mitgenommen.« Erst wenige Stunden sind vergangen, und doch scheint es schon der ganze Ort zu wissen. Mit fünf Schweigeminuten fing es an. Eine Lawine der Flucht ist daraus geworden. Über diese fünf Minuten unterhalte ich mich am Nachmittag auf der »Burg«, dem Behelfsrathaus der Stadt, mit zwei hohen Funktionären von der Sektion »Volksbildung«. Die Sekretärin der Mittelschule hat mich hergeführt. Auf dem Schreibtisch des Schulbüros lag ein dickes, schwarzes Buch mit der Aufschrift »12. Klasse«. Das Buch war zugeklappt. Aber das Kapitel, das es umschließt, ist noch nicht zu Ende. Anfangs ist die Stimmung recht frostig. Die Funktionäre sind etwa Mitte dreißig. Der eine sportlich-salopp – der andere ein »Wolfgang Harich«-Typ, gut geschnittenes Gesicht, sehr sorgfältig gekleidet.

»Nur die Westdeutsche Presse hat diesen Fall so aufgebauscht«, eröffnet der eine das Gespräch. Die Zeitungen der Zone haben allerdings die Flucht der Storkower Primaner bisher nicht gemeldet. Nur die ostzonale »Lehrerzeitung« hat die Flucht kurz kommentiert. Und zwar in einem kleinen Absatz im Jahresbericht über die »Arbeit der Oberschulen«. »Die ganze Sache wird drü-

ben verdreht«, erklärt der eine meiner Gesprächspartner, »und ich wette, daß Sie auch das in Ihrer Zeitung nicht bringen dürfen, was wir dazu zu sagen haben ...«
Das war es, was sie zum »Fall Storkow« zu sagen hatten: »Die fünf Schweigeminuten galten gar nicht der Revolution in Ungarn, sondern dem Fußballspieler der ungarischen Nationalmannschaft, Puskas. Es war also im eigentlichen Sinne gar keine politische Demonstration. Jungen im Oberprimaalter haben überall ihre sportlichen Idole. Von westdeutschen Zeitungen war irrtümlich berichtet worden, Puskas sei im Straßenkampf gefallen. Das benutzten einige Rädelsführer, die Klasse geschlossen zu einer ›Gedenkzeit für Puskas‹ zu überreden.«
An diesem Punkt des Gesprächs wird der Ton wieder vorwurfsvoll: »Wir wissen jedoch genau, daß die Rädelsführer von Anfang an ein anderes Ziel verfolgten. Sie wollten Unruhe stiften. Angestachelt wurden sie von westlichen Organisationen, die unsere soziale Ordnung, vor allem an den Oberschulen, stören wollten. Das aber haben die Anstifter ihren Klassenkameraden wohlweislich verschwiegen. Sie schoben Puskas vor, um die anderen mit hereinzureißen.«
Das ist also die Meinung der anderen Seite. Audiatur et altera pars – man soll auch die andere Seite hören. Ich habe referiert.
Eine Stunde vorher hatte ich allerdings schon zwei Storkower Bürger, »die keiner Organisation angehören«, nach ihrer Meinung gefragt: »Das war eine Ohrfeige ...«, sagte der erste. Die Stimme des Sprechers blieb in der Schwebe. Sie ließ offen, wem die Primaner durch ihre Aktion eine »Ohrfeige« versetzt haben. Und ein anderer sagte: »Es war ein großer Fehler, aus einem unbedeutenden Jungenstreich eine solche Staatsaktion zu machen. Nur wenig mehr psychologisches Verständnis und ein pädagogisches Talent – und nie wäre es zu dieser Massenflucht gekommen.«
Dieses Gefühl, dass unnötiger Druck manchmal zu unnötigen Pannen führen kann, scheint auch unter den Funktionären wach geworden zu sein. »Wir werden von uns aus alles tun, damit die briefliche Verbindung zwischen den Eltern hier und ihren Kin-

dern drüben nicht gestört wird«, verspricht man auf der »Burg« von Storkow.
Diese Hoffnung nehme ich aus Storkow mit, als ich wieder in einen der dreizehn Züge steige, die tagsüber nach Königs Wusterhausen fahren. Die Hoffnung, dass die Flucht einer ganzen Klasse von ihrer Schule, ihren Eltern und ihrer Heimat nicht noch schärfere Spannungen, noch härtere Druckmittel schafft.
Die Angst muß endlich abgebaut werden. Dann würde das Kapitel Storkow bei aller menschlichen Tragik doch noch einen guten Sinn bekommen. Wie jenes Unglück am Bahnübergang, wo jetzt ein Wärter darüber wacht, daß nichts mehr geschehen kann.

16. Rettung in der Nacht

Eltern und Geschwister fliehen

Die SED und der Staatssicherheitsdienst glaubten schließlich doch, wenigstens in ihrem Machtbereich, zugreifen zu können:

> *Anstifter vermutlich Fam. G a r s k a , Frau Garska erschien mehrmals während des Aufenthaltes der Jungen in der Hohenzollerstr., begleitete die Jungen zu Aussprachen beim Hauptschulamt Bln.-West und zu Alliiertendienststellen.*
> *Herr GARSKA ist Berufsschullehrer. Frau GARSKA brachte auch die Schülerin Walpurga G. nach Bln.-West.*[121]

Was war geschehen?

Nachdem in der Schule bekannt geworden war, dass sich Dietrich nach West-Berlin abgesetzt hatte, gingen immer wieder Klassenkameraden zu seiner Familie. Sie erfuhren, Dietrich sei in einem Flüchtlingslager untergebracht. Auch in den nächsten Tagen erschienen sie. Sie wollten sich beraten lassen über ihre eigene Flucht.

Die Eltern ermahnten ihre Jungen, nicht so oft zu Dietrichs Eltern zu gehen, das könne sie gefährden. Die Mutter von Horst R. kam ebenfalls oft, obwohl sie wusste, dass sie nicht kommen durfte. Ihr war klar, dass sie beobachtet wurde. Sie wollte nur fragen, wie es Dietrich gehe, sie litt mit. Auf der Straße wurde Mutz von Frauen eingeladen, die ihr Mitgefühl ausdrücken wollten, aber sie ging nicht hin, sie wollte nicht das erzählen, was die wissen wollten, jede dieser Frauen hätte

Spitzel sein können. Auch Georg Schwerz kam. Er erzählte von seinen Magenschmerzen, was er dem Vater von Dietrich gut erklären konnte, weil der selbst magenkrank war. Die ganze Geschichte werde für ihn Folgen haben, man werde ihm die Schuld geben, aber er sei nicht daran schuld. Mutz sah in ein getroffenes Herz, aber sie fand, er redete zu viel von sich und hielt ihm demonstrativ ihr eigenes Interesse entgegen: Das alles habe sie nicht zu interessieren, sie wolle ihren Jungen wiederhaben. Sie glaubte, konsequent ihr Löwenspiel für ihr Kind verfolgen zu müssen.

Es kam der 18. Januar, ein Freitag. Es war schon dunkel. In der Wohnung hörten die Eltern von Dietrich ein Klopfen an der Wohnungstür. Als sie nachsehen wollten, wer draußen stand, hörten sie ein Flüstern: Kein Licht anmachen. Draußen stand Frau Scha., Berufsschullehrerin und Kollegin von Dietrichs Vater: Macht, dass ihr wegkommt, Montag kommen sie. Heute war Parteiversammlung. Man hat über euch geredet. Ihr seid im Verdacht, die Sache angezettelt zu haben. Und Mutz: Mensch, komm rein. Das Licht blieb aus. Frau Scha. wiederholte nur, was sie schon mitgeteilt hatte. Sofort war beschlossen: Wir gehen. Die Bereitschaft zur Flucht war in den letzten Wochen gereift. Es musste nicht mehr diskutiert werden. Nun wurde Mutz praktisch: Nehmt euch, was ihr braucht. Die Warnung war mit nichts zu bezahlen, aber Zeichen der Dankbarkeit konnte man setzen. Scha.s wohnten schräg gegenüber in der Gerichtsstraße. Im Schutz der Dunkelheit trugen sie in ihre Wohnung, was sie gebrauchen konnten. Die Schleppaktion wurde kurz dramatisch, als sie die schwere Nähmaschine über die Straße trugen. Der Nähkasten brach durch und fiel krachend auf die Pflastersteine. Erschrecken, Schauen in alle Richtungen, auf die Bäume, die zu Schutzschilden für verborgene feindliche Beobachter wurden. Anhalten des Atems. Es geschah nichts. Aufheben, weiterschleppen.

Als die Transaktion beendet war, wurde der Fluchtplan beraten. Der Vater von Dietrich sollte als Erster fahren. Die ganze Familie zusammen, Eltern mit drei Kindern, das wäre nicht gelungen. Er sollte am nächsten Tag, einem Sonnabend, nach Berlin fahren mit der vorgetäuschten Absicht, Materialien für den Chemieunterricht am Alexanderplatz einzukaufen, wofür er eine Bescheinigung vorlegen konnte. Wilfried, 15 Jahre, Berufsschüler in Berlin, sollte am Sonntag vorgeben, zu einer Sportveranstaltung zu fahren, er war Vizemeister der Berliner Berufsschulen im Mittelstreckenlauf. Er sollte sich nach West-Berlin absetzen und auf dem Bahnhof Westkreuz so lange warten, bis Mutz mit den anderen beiden Geschwistern dort ankommen werde, auch wenn es bis in die Nacht dauern sollte.

Am Sonnabend, der Vater war schon in Richtung Berlin mit dem Zug unterwegs, fragte Mutz ihren Nachbarn Karl Mie., Schwiegersohn des Tischlermeisters Br., ob er sie und die beiden Kinder Rainer und Sigrid, 13 und 11 Jahre alt, mit dem Auto zum Bahnhof Hubertushöhe, einem Vorortbahnhof von Storkow, fahren könne. Auf dem Bahnhof Storkow in den Zug zu steigen, das wäre aufgefallen, sie wären wohl nicht weit gekommen. Karl war sofort einverstanden, er hatte schon geahnt, dass sie »wegmachen« wollten: Was wollt ihr denn noch hier? Karl war ein lebensfroher Draufgänger, Abenteurer. In Hubertushöhe einzusteigen, sei auch nicht sicher. Er bot ihr an, mit dem Auto direkt nach Berlin zu fahren. Mutz überließ ihm das Sofa und zwei Sessel, neu bezogen. Am Sonntagmorgen fuhren sie los. An der Berliner Grenze stand die Volkspolizei. Die Personalausweise, bitte. Mutz und Karl mussten nun Ehepaar mit zwei Kindern spielen. Damit sich Sigrid nicht verplapperte, bekam sie einen Apfel mit der Aufforderung, nichts zu sagen, nur immer in den Apfel zu beißen und zu kauen. Bloß kein Verdacht auf Republikflucht und Beihilfe zur Republikflucht! Karl spielte die Nummer: Ich suche unsere Personalausweise. Mutz spielte die Vergessliche: Ach, Mensch, jetzt habe ich die Ausweise auf dem Küchentisch liegen gelassen. So was! Karl spielte weiter: Gretchen, ich wollte sie einstecken, aber ich sollte ja nicht. Karls Frau hieß auch Gretchen, der Name floss locker über seine Lippen. Den Kraftfahrzeugschein hatte er auch nicht dabei. Ein sowjetischer Offizier kam hinzu. Zu Gretchen und Karl sagte er nichts, schaute nur in das Auto, sagte etwas zum Volkspolizisten. Der fragte Karl: Wo wollen Sie denn hin? Wir wollen mit den Kindern zum Tierpark nach Treptow. Gretchen setzte nach: Schöner Tierpark, tut mir leid, Kinder, wir müssen wieder umkehren. Der Volkspolizist aber gab die Reise frei: Na, denn fahren Sie mal. Auf dem Rückweg kommen Sie hier wieder vorbei, dann ist alles in Ordnung. Karl fuhr los und brachte Gretchen und die Kinder bis zum Bahnhof Alexanderplatz, gab Gretchen Geld für die Möbel, das sie noch gut gebrauchen konnte, nahm einen anderen Weg zurück nach Storkow. Er hatte ein falsches Nummernschild montiert.

Sie setzten sich in die S-Bahn. Um die Kinder zu beruhigen, wurde Schwarzer Peter gespielt. Rainer flüsterte: Ich muss mal. Auch das noch! Mutz forderte ihn, ebenso leise, auf: Rainer, lass es rennen. Es rannte. Die letzte Kontrolle war geschafft, der Zug fuhr an, Richtung West-Berlin, Lehrter Bahnhof. Ein Fahrgast, der dem Kartenspiel zugeschaut hatte, sagte: Na, jetzt haben Sie es geschafft. Erschrockene Frage von Mutz: Wieso? Na, Sie haben die ganze Zeit die und die Karte falsch herum gehalten. Sie fuhren durch bis Westkreuz, Wilfried wartete dort schon einige Stunden: Mensch, ich habe Hunger. Dann ab nach Marienfelde, wo der Vater sie schon erwartete. Die Familie war wieder zusammen.

Am Montag erschienen zwei Männer in der Gerichtsstraße, sie schellten an der Nachbarwohnung bei Karl Mie., weil die gesuchte Familie von Dietrich nicht aufzufinden war: Aber Sie müssen doch etwas gemerkt haben, die ganze Wohnung ist doch leer, die Möbel sind alle raus. Sein Schwiegervater reagierte ruhig: Wir ham nischt jehört, wir arbeeten hinten in de Werkstatt, da is Krach, und die andern ham ooch ihr Tun.

Als der eine der Männer mit der flachen Hand ungehalten auf das Sofa schlug, wurde Opa Br. zurechtweisend: Du, hau nich so uff det Sofa, det is neu. Es war das Sofa, das als Lohn für die Fluchthilfe den Besitzer gewechselt hatte, vorher noch neu bezogen von Leder Lindner. Der Alte flunkerte, die beiden Genossen verzogen sich.

*

Die Mutter von Karsten folgte drei Monate später im Mai 1957. Sie wollte nicht mehr in der DDR leben. Die DDR war für sie nur noch Diktatur, von der sie sich befreien musste. Das ging nur durch Flucht. Sie wollte auch wieder mit ihrem Sohn zusammen sein.

Sie fuhr mit ihrer Tochter Iris, 14 Jahre alt, Anfang Mai nach West-Berlin. Als sie auf sicherem Boden angekommen waren, sagte sie lapidar zu ihrer Tochter: So, das war unsere Flucht. Sie musste so verfügend handeln, denn Iris wäre nicht mitgefahren. Sie hing am Scharmützelsee, den hätte sie freiwillig nie verlassen. Noch heute fühlt Iris Glück, wenn sie aus den USA, wo sie inzwischen wohnt, auf Besuch zurückkommt. Den Scharmützelsee schätzten auch andere: Maxim Gorki suchte hier Heilung, Berliner verbrachten hier ihre Wochenenden: Max Schmeling, Heinz Rühmann, Käthe Dorsch …

Zur gleichen Zeit machte sich die Mutter von Dieter mit Bärbel, ihrer Tochter, auf den Weg. Ihre Flucht war langfristig geplant. Allmähliche Haushaltsauflösung, Verteilung von Hab und Gut bei Nachbarn, die später Pakete an eine Deckadresse schickten. Manches Vertraute, manches Nützliche konnte gerettet werden. Bärbel war eingeweiht. Sie zog mit.

*

Arthurs Eltern mussten flüchten. Sie wurden zwar nicht gewarnt, der Vater war nicht in unmittelbarer Gefahr, aber in existenzielle Ausweglosigkeit gedrückt worden. Arthur hatte einen Bruder, der in Berlin ein Kunst- und Grafikstudium angefangen hatte. Ihm wurde aufgetragen, Arthur zurückzuholen oder er werde von der Hochschule verwiesen. So kam es. Er flüchtete auch nach West-Berlin, nachdem man ihm in Frankfurt (Oder) eine neue Arbeit gegeben hatte, Anstreicher. Dann schikanierte man ihn mit Aufträgen, die zeitlich nicht zu schaffen waren.

Als der zweite Sohn sich in den Westen abgesetzt hatte, entließ man den Vater, nicht nur aus seiner hohen Position, sondern aus der Arbeit überhaupt. Er war als Bezirksoberbaumeister mit militärischen Projekten betraut worden. Das größte Vorhaben war eine unterirdische atombombensichere militärische Großanlage bei Bad Freienwalde für 30 000 Mann mit schwerem Gerät. Er bekam keine Arbeit mehr angeboten. Er war 48 Jahre alt. Als er mit einem Bekannten ein Baugeschäft gründen wollte, beschied man ihm, der Bekannte könne eine Zulassung erhalten, nicht aber er, Arthurs Vater. 1958 flüchteten Arthurs Eltern nach West-Berlin.

Arthurs Vater war Mitglied in der SED. Er war nicht freiwillig eingetreten. Erst legte man ihm den Beitritt nahe, dann bedrängte man ihn, schließlich stellte man ihn vor die Wahl: Entweder Eintritt in die Partei oder Verlust seiner Position. Er trat ein. Dem Gedanken des Sozialismus stand er nahe, er verband mit ihm eine humanitäre Gesellschaft. Politisch tätig wollte er jedoch nicht sein. Schließlich musste er einsehen, dass der DDR-Sozialismus nicht der war und werden konnte, den er sich vorstellte. Die lauschenden Genossen hatten ihn schon längst eingeordnet: *Mitglied der SED, zeigt sich aber in den Diskussionen negativ.*[122] Enttäuscht formulierte er: Die Braunen und die Roten, alles eins. Und ging.

17. Im neuen Paradies

Unser Weg ins Abitur

8. Januar 1957, ein Dienstag. Wir waren auf dem Frankfurter Flughafen angekommen. Noch am selben Abend erreichten wir unser neues Heim in Bensheim an der Bergstraße, das bischöfliche Konvikt. Rechts vom Eingang war unser Nachtlager für die nächsten vier Wochen aufgebaut. In der Aula standen 15 Betten, die Wäsche duftete frisch, der Raum beruhigte trotz seiner Höhe durch das Holz an seinen Wänden. Essen war für uns schon bereitgestellt. Herr Dr. Paul Tillmann begrüßte uns freundlich. Wieder waren wir von fremden Menschen aufgenommen. Dass wir wie in einem Notlager in der Aula untergebracht waren, hatte seinen Grund. Das Haus war mit 100 Schülern voll. Dr. Tillmann hatte sich trotzdem spontan bereit erklärt, uns in seiner Aula übernachten zu lassen, bis das für uns vorgesehene Internat in Zwingenberg, 5 km von Bensheim entfernt, bereitet war. Am nächsten Tag schauten wir uns um, das Haus von außen, das Haus von innen. Ein hoher Bau, verwunschen, innen wie außen, beeindruckend die Treppe, ein Treppenhaus, schmiedeeisernes Geländer, sein Holzlauf aus glatter Eiche. Hier war alles alt, gewachsen, immer anders, aufregend geheimnisvoll.

Am nächsten Morgen der Speisesaal. Viele Tische, alle von Internatsschülern besetzt, nur Jungen, wir bekamen zwei Tische zugewiesen, vorne eine Empore, auf der Dr. Tillmann saß. Er erhob sich, begrüßte uns vor allen Schülern. Sie klatschten Beifall. Dann das Neueste überhaupt: Gebet. Junge, Junge. So viel war klar: Kopf gesenkt, Hände übereinander gelegt. Gefaltet: Nein. In den vier Wochen gewöhnten wir uns auch daran. Die Autorität von Dr. Tillmann wirkte. Das Essen schmeckte sehr gut und reichte auch für uns. Schüler, die als Tischbetreuer eingesetzt waren, brachten Nachschlag.

Warum gerade Bensheim? Schon in Berlin hatte sich der Caritas-Verband, eine Institution der katholischen Kirche, um uns gekümmert. Von ihm aus führte der Weg zum »Studienwerk für heimatvertriebene katholische Schüler und Schülerinnen«. Wir Jungen waren alle evangelisch, nur Walburga war katholisch. Die konfessionellen Unterschiede wurden in der Notlage für unwichtig erklärt. Bensheim wurde deshalb bestimmt, weil das Aufbaugymnasium dort wegen seiner pädagogischen Struktur der Oberschule in der DDR am nächsten kam.

Im Konvikt hat uns vor allem ein Kaplan beeindruckt, der auch als Konrektor tätig war, Eckhard Noske. Wir nannten ihn Eumel. Er war ein Faszinosum für uns religionsferne DDR-Bürger. In einem Brief von 1997 an den Verfasser erinnert er sich an unsere Begegnungen:

> *Ich weiß nicht, ob Sie dabei waren, als ich im Laufe eines Gesprächs (im Gang vor dem Studiersaal) von einem aus einer Gruppe von sechs/acht Jungen gefragt worden bin, wie ich eigentlich als aufgeschlossener Mensch an Gott glauben könne; es ließe sich doch vieles natürlich erklären. Soweit ich mich erinnern kann, sprach ich damals von den Grenzen der Wissenschaft und Forschung, von der Sinnhaftigkeit des Universums bzw. dem präzisen Ablauf vieler Vorgänge in der Natur, was auf einen unabhängigen größeren Geist schließen lasse, der über allem steht. Ich weiß zwar, dass wir uns noch öfter unterhalten haben, aber ich vermied es, »Bekehrungsversuche« zu starten.*

Sinnhaftigkeit verbanden wir mit Wissenschaft und Natur. Den unabhängigen größeren Geist brauchten wir nicht. Unser kulturelles Erbe aus der DDR. Aber diesem Seelsorger vertrauten wir. Einige von uns bewunderten ihn, vielleicht gerade wegen seiner menschlichen Zuwendung, in der nichts instrumentalisiert wurde. Er hatte auch seinen Bezug zu uns:

> *Übrigens habe ich Sie damals alle bewundert, weil Sie die Courage aufgebracht hatten, Heimat, Elternhaus, Schule und gewohnte Umgebung für Ihre Überzeugung zu verlassen und in den unbekannten, in der DDR geschmähten Westen zu emigrieren, dazu noch auf abenteuerliche, risikoreiche Weise. Ich habe Ihr Beispiel oft im Religionsunterricht aufgegriffen, um Zivilcourage und Gewissensfreiheit zu demonstrieren.*

Ganz andere Hilfe erhielten wir von Frau Pfaue und Herrn Dr. Foesser, beide aus Bensheim. Sie sammelten in privater Initiative Textilien aller Art und Schuhe für uns bei Bensheimer Einwohnern. Wir hatten nur das mit, was wir auf der Flucht angezogen hatten. Wir waren wieder ausgestattet. Zum Dank gingen wir durch Bensheim und sammelten mit geschüttelten Dosen Geld für das Müttergenesungswerk.

*

Noch in derselben Woche führte man uns in unsere neue Schule ein. Das Aufbaugymnasium, auch ein altes Gebäude, gebogene Fenster, Säulen, die die Decken trugen, farbige Fliesen auf den Böden der Flure, die Türen aus mächtigem, dunkelbraun gebeiztem Eichenholz. Auf ihnen Bezeichnungen, die wir lernen mussten: OIII, UII, UI, OI. Wir waren UI, Unterprima, wie in Storkow Klasse 12, aber UI, das war mehr, das war wichtig, würdig. Und nebenan, Wand an Wand, die Goetheschule, Mädchengymnasium mit Internat, in dem auch Walburga untergebracht war. Zur Begrüßung versammelten wir uns im Erdgeschoss der Schule, wo der Flur sich zu einem Quadrat weitete. Im »Bergsträsser Anzeigeblatt«, ohne Datum, steht dazu:

Wir wollen ganze Menschen aus euch machen

Auch im goldenen Westen gibt es viel Arbeit für Abiturienten

Im Auftrage des hessischen Kultusministers und des Regierungspräsidenten begrüßte Oberstudiendirektor Dr. Ludwig die jungen Leute. Falls sie es noch nicht gemerkt hätten, würden sie sehr bald feststellen, dass auch der sogenannte goldene Westen kein Paradies sei, betonte er. Auch hier sei das Leben hart und man werde in ihrem eigenen Interesse in der Schule hohe Leistungen von ihnen fordern müssen, um sie mit Wissen und Können so auszustatten, dass sie einmal im Leben bestehen könnten. Soweit wie irgend möglich werde man es ihnen aber erleichtern, sich einzuleben und einzufügen (...)

Es wird ein Lehrplan aufgestellt werden, der weitgehend dem seitherigen der Schüler entspricht. So wird vor allen Dingen auch weiterhin für sie Russisch die erste Fremdsprache sein. In der zweiten Fremdsprache, Latein, wurden sie erst seit fünfviertel Jahren unterrichtet und sind deshalb darin gegenüber den hiesigen Schülern im Rückstand.

Oberstudiendirektor Dr. Ludwig erklärte weiter: Sie müssten sich daran gewöhnen, dass im freien Westen der Unterricht in der höheren Schule nicht gleichbedeutend sei mit der Vorbereitung auf einen bestimmten Beruf oder Zweck. Er habe vielmehr das Ziel, sie zu ganzen Menschen zu machen. Sie sollten kritisch durch die Zeit gehen, sich nicht von den Götzen des goldenen Westens, Lebensstandard und Lebensgenuss, imponieren lassen, sondern die echten menschlichen Werte suchen (...)

Im Namen seiner ganzen Klasse bedankte sich der Schüler Dietrich Garstka. Sie seien völlig überrascht von der freundlichen Aufnahme und vor allem von der Bereitschaft, ihnen eigens einen besonderen Lehrplan auszuarbeiten. Er gelobte, dass sie alle sich bemühen würden, das in sie gesetzte Vertrauen zu rechtfertigen (...)

*

Unsere neuen Lehrer waren meist ältere Herren, einige davon kauzig. Ein persönliches Verhältnis wie in der DDR entwickelten wir zu fast keinem von ihnen. Die Zeit von einem Jahr reichte wohl nicht. Unser Klassenlehrer Gerhard Schwabenland war der Jüngste, Jahrgang 1926, also so alt wie Georg Schwerz und Werner Mogel in Storkow. Neulehrer war er nicht. Die gab es hier nicht. Der Krieg aber hatte auch ihn geschlagen. Er wurde aus dem Gymnasium herausgeholt ohne Abitur, erhielt einen sogenannten Reifevermerk, der nach dem »Endsieg« zu einem Studium berechtigen sollte. Er kam wie die beiden Storkower Lehrer in Gefangenschaft, er in die amerikanische. Der Reifevermerk berechtigte selbstverständlich nicht zum Studium, sodass der Heimgekehrte in einem Sonderlehrgang von neun Monaten das Abitur nachholen musste, seine schönste Schulzeit, wie er später berichtete. Er studierte Deutsch, Englisch und Geschichte. 1954, zwei Jahre vor unserer Ankunft, fing er am Alten Kurfürstlichen Gymnasium in Bensheim als Studienassessor an. Also ein junger Lehrer, der kurz nach dem Krieg ein ordentliches Studium abgeschlossen hatte. Einen solchen Lehrer hatten wir in der DDR nicht.

Am 23. Januar 1957 verließen wir das gastliche Provisorium des Konvikts in Bensheim und zogen um auf die Orbishöhe nach Zwingenberg, 5 km von Bensheim entfernt. Die evangelische Landeskirche gewährte uns in ihrem Haus eine idyllische Unterkunft. Ein 1913 erbautes gemütliches Haus auf den Hängen des Odenwaldes, unterhalb des höchsten Odenwaldberges, des Melibocus. Die Landschaft um unser Internat erlebten wir als Paradies.

Wir wohnten im 1. Stock, zu zweit, zu dritt oder zu viert. Marie-Luise Lütgert, die Heimleiterin, wurde unsere Vertraute, nach wenigen Wochen nannten wir sie Mutti und duzten sie. Sie vertrat uns in der Schule als einziges Elternbeiratsmitglied. Viel Wärme für uns spürten wir bei Inge Georgi, der Hauswirtschaftsleiterin, sie hieß bei uns Schorschi, auch sie duzten wir.

Nur wenn es »Sputt« zu essen gab, maulten wir. Sputt waren dickröhrige Makkaroni mit Tomatensoße aus dem gewellten Blecheimer. Nicht auszuhalten.

Was nun neu war, das waren die freien Nachmittage. Keine gesellschaftliche Arbeit mehr, kein FDJ-Nachmittag mehr. Viele von uns ließen die Zügel schleifen. Einen Numerus clausus, den gab es nicht, jede Ausbildung, jeder Beruf stand uns offen. Wir strengten uns beim Lernen anfangs nicht an. Das Klima machte vielen von uns zu schaffen. Die andauernde schwüle Luft, die wir aus der Mark Brandenburg nicht kannten, machte uns träge. Die Nachmittage gehörten mehr und mehr den Mädchen aus dem Internat, wir waren dreist genug, auf sie zuzugehen, was uns leicht gemacht wurde, denn in ihren Köpfen war eine Aura um uns, die sie anlockte. Auf dem Tanztee der Tanzschule Richter verhielten wir uns linkisch, Gesellschaftstänze beherrschten wir nicht. Ein älterer Schüler kam auf uns zu: Mensch, geht zu den Mädchen, von uns wollen die nichts, die wollen mit euch tanzen. Wir wagten es, Einheitsschritt für alle Tänze: zwei links, eins rechts, passte immer. Wir schlichen zu Mutter Kuhn, einer verwinkelten dämmerigen Gaststätte, in der uns der Geist Professor Unrats mit abenteuerlichen Verlockungen umgarnte.

Nach wie vor interessierten sich fremde Menschen für uns. Der ungarische Flüchtlingsverband in der Bundesrepublik Deutschland erklärte uns zu Ehrenmitgliedern, wir antworteten nicht, weil wir keiner Institution beitreten wollten, von der man annehmen konnte, sie sei durchsetzt vom Dienst für die Staatssicherheit. Wir waren bei der Jungen Union in Köln. Eine schlagende Studentenverbindung feierte mit uns strammen Kommers zu Himmelfahrt auf dem Alsbacher Schloss, wir wurden abgefüllt.

Die Bergstraße war wie ein Rausch. Auf der Orbishöhe in Zwingenberg wohnten wir zwischen duftenden Wolken weißer Obstbaumblüten. Am Hang des Odenwaldes zu wohnen hatte etwas von Übersicht, wenn sie auch nebulös war. Irgendwo im Westen musste der Rhein fließen. Manche wollten ihn an klaren Tagen aus halber Höhe mit bloßen Augen gesehen haben.

Auf den Höhen lockten das Alsbacher und das Auerbacher Schloss, die uns weiter schickten zur Schlossruine nach Heidelberg. Tiefer im Odenwald kletterten wir auf massive Gesteinsbrocken des Felsenmeeres, liegengelassenes Spielzeug für Zyklopen. Weiter nach Süden bei Grasellenbach sollte Siegfried ermordet worden sein. Das musste nicht stimmen. Aber von dem kühlen Rinnsal aus öffneten sich uns Odenwald und Bergstraße für die sagenhafte deutsche Geschichte. Die ging tiefer als der Klassenkampf für eine bessere Welt.

Bensheim erlebten wir als eine offene Stadt. Sie öffnete sich nach Norden und nach Süden. Oben in Frankfurt war Goethe, war die Paulskirche, war ein Brunnen, aus dem zu einer Kaiserkrönung Wein geflossen sein sollte, und da waren die vollen Geschäfte, die glitzernden Autos. Unten in Heidelberg waren Eichendorff, der Philosophenweg und die Amerikaner. In unserer Kreisstadt Beeskow versteckten sich die sowjetischen Soldaten als drohender Knüppel hinter hohen Kasernenmauern. Die amerikanischen Soldaten präsentierten sich, offen, lässig, wenn auch leicht arrogant. Auch sie waren Besatzungsmacht, aber wir meinten, sie verteidigten unsere Freiheit.

Und dann der Wein. Wir kannten ihn in Storkow und in den umliegenden märkischen Dörfern als rankende Pflanze an sonnigen Häuserwänden. In Bensheim und Zwingenberg stand er üppig auf einem Boden, der dunkler und fester lag als der lockere helle Sand bei uns in der Mark. Dennoch waren beide Kinder derselben Eiszeit vor 10 000 Jahren. An der Bergstraße blieb der kompakte fruchtbare Löß, bei uns löchriger Sand zurück. Unseren Wein aßen wir. Aromatische Trauben säuerten den Raum zwischen Zunge und Gaumen. Tafeltrauben von der Wand. An der Bergstraße das dionysische Fest des Erzeugens und Trinkens. Ehrfurcht vor dem jahrtausendealten Ritual der Lese, des Quetschens, der Kelter, der

Gärung, des Lagerns in hölzernen Fässern unter gewölbten Kellerdecken. Wir tranken mit. Heranwachsende Weinkenner eigneten sich erstes Wissen an, mehr über das zuträgliche Maß als über die Definition der Qualität.

Unsere märkische Heimat war eine verwunschene Landschaft, in deren stillen Winkeln zwischen duftenden Kiefern und Roggenfeldern ihre Seele träumte. Die mittelalterliche Burg in Storkow, Bastion gegen die Slawen im Osten, schien in sumpfiger Tiefe zu versinken. Der berüchtigte Michael Kohlhaas versteckte sich in schützender Undurchdringlichkeit. An der Bergstraße schienen die Burgen und Schlösser in blühender Höhe wie mit einem leichten Pinsel hingetupft. Es war, als schallten immer noch Gesänge berauschter Studenten zu uns herunter. Ein offenes Land für Durchziehende. Fahrende Völker von Nord nach Süd, von Süd nach Nord. Dieser immer lebendige Zug hatte etwas mit Freiheit zu tun. In ihr lebten Aufbruch, Bewegung, Wanderung. »Morgenlandfahrt« im Strom der Geschichte. Es war die Zeit, in der Hermann Hesse zur großen Ausfahrt rief. Hier an der Bergstraße fühlten wir, dass wir irgendwann daran teilnehmen würden.

*

Wie wir aus der Perspektive der neuen, westlichen Lehrer beurteilt wurden, daran erinnert sich in einem Gespräch mit dem Verfasser im Jahr 2006 Gerhard Schwabenland, unser neuer Klassenlehrer:

Das war ja schon eine Überraschung, dass ich damit beauftragt wurde, denn ihr wart ja in diesem sogenannten Aufbaugymnasium da unten in der Schule und ich oben im Gymnasium und sollte also jetzt als junger Assessor da runtergehen, und zwar nicht abgeordnet in das dortige Kollegium noch mit anderen Unterrichtsstunden, sondern ich bin dann gependelt, hin- und hergegangen.

Da war ja doch zunächst einmal eine gewisse Unsicherheit. Wie gehe ich mit denen um, was muss man denen beibringen, was bringen die mit. Das sind alles Fragen, die man sich zunächst mal gestellt hatte. Als mir das der Direktor gesagt hatte, habe ich gedacht, Herrgott noch mal, was macht man denn da? Ich war schön in meinem eingefahrenen Betrieb oben im Gymnasium, dann kommt so etwas. In eine andere Schule. Aber was ich dazu sagen kann: Die Sache ist von Anfang an besser gelaufen, als ich gedacht hatte.
Ich hatte natürlich eine positive Vorgabe, psychologisch gesehen, als mich die Niederschlagung des Ungarnaufstandes furchtbar mitgenommen hatte.
Das hat mir ganz schrecklich weh getan. Ich erinnere mich noch, ehe der niedergeschlagen wurde, war die Rede von der Revolution dort, wie da die kommunistische Geheimpolizei zum Teil erschossen wurde. Ich war mit meinem Vater und ein paar anderen Leuten auf dem Friedhof zu einer Beerdigung. Da haben wir noch zusammengestanden und redeten mit innerer Genugtuung, dass es den Ungarn offenbar gelang, sich frei zu machen. Und dann kommt dieser furchtbare Rückschlag. Deswegen hatte ich von vornherein ein gewisses Vorverständnis, weil ich doch davon auch so betroffen war. Das hat mir die Sache erleichtert, weil da eine Übereinstimmung bestanden hatte.
Man hat natürlich Rücksicht nehmen müssen auf die Stundenplangestaltung im alten Gymnasium, denn dort war ich weiterhin beschäftigt und kam dann zu euch mit Deutsch, Geschichte und Sozialkunde.
Das war also eine neue Klasse: Wollen wir mal sehen, wer die sind. Und da war mein erster Eindruck: Freundliche junge Leute, mit denen sind keine großen Schwierigkeiten zu erwarten, man muss nur sehen, dass die jetzt so richtig zum Abitur geführt werden. Und da habe ich doch viel Interessantes gesehen. Was mir z.B. als Deutschlehrer aufgefallen ist, war Folgendes: In der damaligen Zeit, das hat sich später wieder etwas geändert, waren die sogenannten Besinnungsaufsätze en vogue. Man musste also in der Lage sein, mit Argumenten eigene Meinungen zum Besten zu

geben. Dann habe ich erfahren, ei ja, wenn bei euch ein Aufsatz geschrieben wurde, es ging um Lessing, wenn ich mich nicht irre, dann war das ein auswendig gelerntes Thema, und der Aufsatz überprüfte dann im Wesentlichen, ob man über den Dichter entsprechend etwas wusste, entsprechend gelernt hatte. Uns ging es darum, euch beizubringen, es gibt eine gewisse Technik, z. B. Sammeln von Argumenten und Gegenargumenten, aus denen dann eine begründete Bewertung, Stellungnahme abgegeben werden sollte. Das ist schließlich auch ganz schön gelaufen meiner Erinnerung nach.

Ich habe hin und wieder kurz mit anderen Lehrern gesprochen, z. B. mit dem Mathelehrer, der auch so seine Überraschung erlebt hat. Er sollte ja ein gewisses mathematisches Denken beibringen, das heißt, die Schüler von Schritt zu Schritt hinführen zu einer Ableitung, sodass am Schluss eine mathematische Formel stand. Und der hat zu mir gesagt, die haben gesagt, sagen Sie uns doch die Formel, und dann rechnen wir schon.

Dann kann ich noch eine Erfahrung einbringen, die ich viel später als Studienleiter im Alten Kurfürstlichen Gymnasium gemacht hatte. Wir hatten eine ganze Reihe von Schülern, die aus der DDR kamen und dort auch Russisch als Pflichtfremdsprache gehabt hatten. Das sollte hier für das Abitur die erste Fremdsprache sein. Der Eindruck unserer Russischlehrerin war der: Die hiesigen Schüler, die Russisch als dritte Fremdsprache gewählt hatten, die haben das aus Interesse getan und waren entsprechend motiviert. Mit dem Ergebnis, dass sie die Leute, die aus der DDR mit vier bis fünf Jahren Russisch kamen, mit zwei Jahren ohne Weiteres in die Tasche gesteckt haben. Das war bei euch nicht so feststellbar. Der Russischlehrer, den ihr gehabt habt, war offenbar einer, der nicht mit sonderlichem Verständnis für eure Situation gearbeitet hat und nur draufgedrückt hat, dass das gemacht wird, was im Unterricht verlangt wird.

Und wie war es mit der Ideologisierung im Fach Geschichte?

Ihr habt diese Sachen gar nicht so vorgetragen. Ihr habt zugehört und aufgenommen, aber das war nicht in einem Verhältnis, dass ihr gesagt habt, halt, das ist ja ganz anders, das haben wir so gelernt. Offenbar wart ihr derart einverstanden mit dem, was geboten wurde in den einzelnen Fächern. Diskussionen hat es nie gegeben, und zwar nicht, weil die unterdrückt worden wären, sondern ihr habt offenbar das angenommen, akzeptiert, was da gebracht wurde. Ihr hattet auch die entsprechenden anderen Schulbücher, aus denen das abzuleiten war, und das hat sich ja ganz gut angehört. So war das.

Waren wir besonders fleißig?

Nein. Ihr wart 18 Jahre alte Schüler, die dann auch gesehen haben, dass sie sich nicht überanstrengen, was ja durchaus legitim ist. Innerhalb kurzer Zeit wart ihr so akklimatisiert, dass da keine Streberklasse war. Nun war das in einer Zeit, in der es auch hier noch verhältnismäßig ruhig war an den Schulen, also insofern seid ihr nicht sonderlich aufgefallen. Der ganze Stil des Umgangs war auch schließlich so, dass, bei aller Freundlichkeit, der Lehrer gesagt hat, was gemacht wird. Der Aufruhr der 60er-Jahre war weit weg.

Wie war das mit der Religion?

Ich erinnere mich, dass ich mal vor Weihnachten auch ein paar Weihnachtsgedichte vorgetragen habe und das Weihnachtsevangelium. Das habt ihr über euch ergehen lassen. Dann kam die Walburga, und die hat mir gesagt: Hören Sie mal, so Sachen gehen nicht an die ran. Dann habe ich das seinlassen, denn missionieren wollte ich ja nicht. Das hat dann im Unterricht weiter überhaupt keine Rolle gespielt.

Gerhard Schwabenland führte uns auch in die westliche Lebenswelt außerhalb der Schule ein. Er erinnert sich an ein Beispiel:

Ich dachte, ich tue euch mal einen Gefallen und habe den Busunternehmer Werner angesprochen: Wir machen so viele Klassenausflüge mit Ihnen, Sie könnten uns mal mit dieser Klasse, die haben kein Geld, nach Frankfurt (Main) fahren. Das hat er dann auch gemacht. Und dann waren wir dort, damit ihr mal den Betrieb in einer Großstadt sehen konntet. Nun gut, ihr hattet schon Berlin kennengelernt durch euren Aufenthalt dort, aber dann mal so in Ruhe durch ein Kaufhaus gehen, ich war nicht darauf aus, euch das Goethehaus zu zeigen oder Derartiges, sondern etwas von der damaligen Lebenswelt, in die ihr euch ja auch einfügen solltet.

Aus welchem Denken heraus unser Klassenlehrer uns begleitete, drückt seine Ehefrau Pia Schwabenland aus:

Für mich war das eher ein soziales Problem, zu wissen, dass ihr aus eurer Schule rausgerissen seid, weg von daheim, von euren Eltern. Für mich selbst war das Elternhaus etwas ungeheuer Wichtiges. Ich habe ein heiles Elternhaus erlebt wie Gerhard auch. Vor allen Dingen war das ein Schutz. Auch bei uns im Krieg, bei den Nazis war das Elternhaus ein Schutz, ein Rückhalt. Dann war mein Gedanke, ihr seid jetzt ohne Elternhaus, sprich: ohne Schutz. Das war für mich euer Problem.

*

Als das Abitur nahte, konzentrierten wir uns auf das, was zu lernen war. Der Erfolg: Alle bestanden die Prüfungen. Die waren so einfach nicht. Oberschulrat Dr. Ludwig setzte noch im Augenblick der Begrüßung einige Prüfungen fest, die nicht vorgesehen waren. Die Abiturfeier war das letzte öffentliche Ereignis, in dem wir Schüler die Aufmerksamkeit auf uns zogen. Die »Neue Presse« vom 17. März 1957 berichtete:

Eine besondere Abiturientenfeier
Sie durchbrachen den Ring

Die 16 Storkower Oberschüler – Viele schöne Reden
An vielen höheren Schulen im Kreise Bergstraße und in der gan-

zen Bundesrepublik werden in diesen Wochen Feiern veranstaltet für die Abiturienten, die nach bestandener Reifeprüfung an der Schwelle eines neuen Lebensabschnittes stehen. Die Abschiedsfeier aber, die am Samstag im Aufbaugymnasium in Bensheim begangen wurde, war über den Kreis der unmittelbar Beteiligten hinaus von Bedeutung; denn unter den 35 jungen Menschen, die ihr Reifezeugnis in Empfang nehmen konnten, befanden sich auch die sechzehn Schüler, die vor Jahresfrist aus ihrem Heimatort Storkow in der Sowjetzone hierher flüchteten.
Studienrat Schwabenland als Klassenführer erwähnte in seiner Ansprache, wie viel Schwierigkeiten es anfänglich infolge der völligen Umstellung in jeder Hinsicht zu überwinden gab. Er berichtete auch, dass zwei der Mütter bereits Pfingsten nach Bensheim kamen und sich vom Wohlergehen ihrer Kinder überzeugten. Andere Angehörige folgten, bis die sowjetzonalen Behörden jeden Besuch unterbanden. So hatten die Eltern ihn, den Klassenführer, gebeten, sie bei dieser Feier zu vertreten. In dieser Eigenschaft und als Lehrer führte er aus, dass Bildung nichts Abgeschlossenes sei. Mitarbeit und Mitverantwortung, wie die Schule sie von ihnen gefordert habe, werde auch das Leben in verstärktem Maße täglich von ihnen verlangen, und erst wer dazu ja sage, habe die Reifeprüfung wirklich bestanden. Er schloss seine Ermahnungen mit der Aufforderung »Freuen Sie sich über alles Schöne und verlernen Sie nie, sich zu begeistern«. Studienrätin Schuch schloss sich seinen guten Wünschen an und würdigte vor allem den ausgezeichneten kameradschaftlichen Geist der Klasse.
(...)
Bürgermeister Zubrod (Zwingenberg) hob hervor, dass dem Mut und der aufrechten Haltung der Storkower Gruppe weit über die Grenzen der Bundesrepublik hinaus Anerkennung gezollt wurde. Er schätzte sich glücklich, dass Zwingenberg den jungen Menschen ein Heim bieten konnte, und er bat sie, das altertümliche Städtchen nie zu vergessen (...)
Landrat Dr. Lommel beglückwünschte die Abiturienten (...) Gerade in dem festen Vertrauen auf die kameradschaftliche Zuver-

lässigkeit, das allein es dem Trüpplein junger Menschen gestattete, den Ring der Unfreiheit zu sprengen, der sie in der Ostzone umgab, sah der Landrat einen Beweis dafür, dass es auch in unserer so fragwürdig gewordenen Welt noch Ideale gebe, nach denen auszurichten es sich lohne. »Wenn die Welt im Materialismus verharrt, dann wehe ihr. Wenn sie sich jedoch zu diesen geistigen Werten durchringt, dann wird sie sich auch verteidigen lassen«, stellte er fest (…)

Außenminister Heinrich von Brentano, in dessen Wahlkreis wir gewohnt und gelernt hatten und ihm dort auch begegnet waren, gratulierte uns zum bestandenen Abitur, indem er sich schriftlich an unseren Klassenlehrer Gerhard Schwabenland wandte.

Sehr geehrter Herr Studienrat,
es hat mich sehr gefreut zu hören, dass die Storkower Oberschüler die Reifeprüfung in so eindrucksvoller Weise bestanden haben. Bitte übermitteln Sie als Klassenlehrer den 15 Herren und der jungen Dame meine herzlichsten Glückwünsche zu dieser prächtigen Leistung, die, wie ich weiß, gar nicht einfach gewesen ist und viel Mühe gekostet hat.
Ich verbinde damit meinen aufrichtigen Dank an Sie und alle Beteiligten, die den Storkowern dies möglich gemacht haben. Den Abiturienten wünsche ich für ihren weiteren Lebensweg alles Gute. Wir alle hoffen heißen Herzens, dass sie in nicht allzu ferner Zeit in eine freie Heimat zurückkehren dürfen.
Gerade heute, am Vorabend der außenpolitischen Debatte des Bundestages, liegt mir daran, dies noch einmal ausdrücklich zu sagen.
Mit verbindlichen Empfehlungen
Ihr sehr ergebener
Brentano

Heinrich von Brentano ließ uns durch unseren Klassenlehrer je ein Buch als Geschenk überreichen.

18. Klassentreffen

Wiedersehen nach 40 Jahren

Nach dem Abitur verließen wir die Bergstraße. Wir zerstreuten uns. An unterschiedlichen Ausbildungsstätten qualifizierten wir uns für verschiedene Berufe. Während unserer Ausbildung trafen wir uns noch spontan in kleineren Gruppen. Der »Stern« lud uns fünf Jahre nach dem Abitur nach Darmstadt ein, Anfang der 60er-Jahre folgten wir einer Einladung der Landsmannschaft Berlin-Brandenburg nach Wolfsburg. Wir versammelten uns zu Klassentreffen, zum 20-jährigen Abitur 1978 in Bensheim und Zwingenberg waren alle gekommen, nur Reinhard nicht. Zu den letzten Klassentreffen in den 80er-Jahren kamen nicht mehr alle.

Aber wir als Einzelne verfolgten die Spuren rückwärts. Die Heimat zog. Fast alle unsere Familien waren in der DDR geblieben. Seit dem 13. August 1961, dem Tag des Mauerbaus, konnten wir uns mit ihnen auch in West-Berlin nicht mehr treffen. Persönliche Begegnungen waren nicht mehr möglich. Die Eltern und Geschwister durften uns nicht besuchen. Wir durften zunächst auch nicht zurück in die DDR, unsere Republikflucht war strafbar. Erst mit dem Grundlagenvertrag zwischen der Bundesrepublik Deutschland und der Deutschen Demokratischen Republik aus dem Jahr 1972 wurden wir als Republikflüchtige amnestiert. Vor allem die, deren Familien in Storkow wohnten, besuchten wiederholt unsere Heimat. Klaus S., Horst R. und Reinhard fuhren oft nach Storkow zu ihren Familien.

Dietrich, der keine Verwandten mehr in der DDR hatte, fuhr dreimal nach Storkow, das erste Mal 1973. Da er ein orthopädisches Attest vorweisen konnte, durfte er mit dem Auto einreisen, zu Verwandten seiner Freundin Thekla nach Thüringen. Von dort fuhr er nach Storkow, und er sah: Über die Stadt und die alte Schule hatte sich ein Schleier gelegt, unter der die Idylle von einst wie im Zauber festgehalten war. Ein Schornstein wie aus einem Zementwerk reckte sich auf dem alten Eingangsgelände nach oben, die Schule beheizte sich selbst. Geruch von Hausbrand über dem Gebäude. Dietrich kannte diesen Geruch aus dem Ruhrgebiet, wo er jetzt wohnte. Er mochte ihn, wusste aber, es ist Dreck. Die Ruhr in Storkow am See. Aber der Geruch steigerte sich zum Gestank durch die Zweitaktermotoren. Hausbrand und Autos erzeugten eine bleierne Sinnlichkeit von Industrie, die sich wie eine Blase über alle Plätze und Wege legte.

Er versuchte nicht, eine der Klassenkameradinnen, die hier geblieben waren, aufzusuchen, er wollte sie nicht in Verlegenheit bringen. Aber zu seinem alten Lehrer Paul Holz ging er. Eine Stunde haben sie sich unterhalten. Dietrich musste von jedem erzählen. Als er von sich erzählte, dass er auch Geografie unterrichtete, freute sich Paul Holz und als sie sich über die Glazialstrukturen in Brandenburg austauschten, schimmerten seine Augen: Da kam einer aus dem tiefen Westen und erzählte, wie er sich in der Heimat auskannte, aber mehr noch, wie er an ihr hing. Er nannte ihm zum Schluss die Adresse von Schüwe, der sei zu Hause, Dietrich klingelte, aber die Tür blieb verschlossen, es war noch taghell. Dietrich konnte nicht wissen, dass sein Klassenlehrer Kassner nicht mehr öffnete, wenn er annehmen musste, die Partei wollte ihn wieder bedrängen zu irgendeiner Art von Einverständnis.

Als er einmal mit seinem Käfer die Transitstrecke von Drewitz nach Marienborn, der Grenzstation zum Westen, fuhr und dort kontrolliert wurde, kam ein Grenzoffizier mit seinen Grenzpapieren auf ihn zu und meinte: Sagen Sie mal, Sie sind die Strecke von 140 km in zwei Stunden gefahren. Da ist doch was nicht in Ordnung. Dietrich erklärte, er habe auf den zwei Rastplätzen eine Pause gemacht. Die Salzkartoffeln und der Rotkohl schmeckten ihm so gut. Der Grenzer schaute Dietrich an und wies ihn knapp an: Fahren Sie vor diese Mauer da. Er stellte sich abseits der Autoschlange in eine Art Holzkiste für parkende Autos. Nach einer Stunde kam ein Offizier aus dem Wachtgehäuse, überreichte ihm seine Papiere: Sie können jetzt weiterfahren. Dietrich sagte nichts, fragte nichts, er lächelte nur und fuhr los. Der Geschmack der unverdorbenen heimischen Kartoffel war ihm diese Stunde wert.

Solche zwangsneurotischen Verfügungen eines paranoiden Staatsbewusstseins erlebten wir Pendler zwischen West und Ost immer wieder. Dietrich nahm seine Schüler auf Studienfahrten mit nach Ost-Berlin, der Hauptstadt der DDR. Ihr Urteil: öde, langweilig, hässlich, dreckig, stinkig, anmaßend. Die DDR stieß sie ab. Deutschland war das nicht. Sie war auch nicht Russland. Sie war nichts, Niemandsland.

Wolfgang besuchte 1978 für 14 Tage seine Cousine in Storkow. Sein Gefühl, als er die Stadt und die Schule sah: katastrophal. Mit dem Schwager seines Bruders, Klaus H., der in Storkow wohnte, fuhr er an den Wolziger See, um frische Fische zu kaufen. Eine Gruppe von Männern stand einige Meter entfernt links von ihnen. Als sie die beiden sahen, drehten sie sich um und entfernten sich einige Schritte. Sein Schwager klärte ihn auf: Die haben mit der Volkspolizei zu tun. Sie dürfen mit dir nicht sprechen. Wolfgang besuchte mit Klaus H. seinen Bruder in einem Halbleiterforschungsinstitut in Ost-Berlin. Sie stellten ihren Wagen 200 m entfernt vom Betriebsgelände ab. Wolfgang blieb am Auto stehen, Klaus H. ging allein in das Gebäude zum Pförtner und bat ihn, mit Herrn Sch. sprechen zu können. Der Pförtner rief den Bruder an und teilte ihm mit: Sie haben Besuch aus dem Westen.

Bernd-Jürgen fuhr öfter in die DDR, weil sein Bruder Hans-Dieter in Königs Wusterhausen wohnte. Mitte der

80er-Jahre fuhren sie nach Storkow, um die Schule wiederzusehen. Sie liefen auf der Fontanestraße an der alten Schule vorbei. Bernd-Jürgens Eindruck: verlassen, vergammelt, verlottert, nur noch deprimierend. Noch einmal besuchte er in den 80er-Jahren seinen Bruder. Im Tränenpalast am Bahnhof Friedrichstraße wurde er zur Ausweiskontrolle gerufen. Er öffnete seine Brieftasche, um den Ausweis herauszugeben. In der Mitte der Brieftasche lagen lose aufeinandergelegt Fotos von Venedig. Was haben Sie sonst noch dabei? Bilder aus Venedig. Als er sie aus der Brieftasche nehmen wollte, rutschten sie ihm aus der Hand und fielen auf den Boden und in das Wachthäuschen des Ausweiskontrolleurs. Bernd-Jürgen wollte freundlich sein: Hier, jetzt können Sie mal sehen, wie es in Venedig aussieht. Langer grimmiger Blick auf Bernd-Jürgen: Treten Sie mal zur Seite. Ein anderer Grenzsoldat dirigierte ihn in einen Raum, den er vorher gar nicht wahrgenommen hatte. Tür zu, kein Fenster, Schummerlicht und eine Klappe an der Wand. Bernd-Jürgen überkam zum ersten Mal in seinem Leben das Gefühl einer absoluten Ohnmacht und Verlassenheit. Nach zehn Minuten, ratsch, die Klappe wurde nach oben geschoben, ein uniformiertes Mützengesicht schaute für einige Sekunden in den Verschlag, ratsch, die Klappe fiel wieder zu. Nach 20 Minuten öffnete sich die Tür, er wurde aus der Klappenkammer herausgelassen. Gesagt wurde nichts mehr.

Karsten traf sich in den 80er-Jahren mit seiner Cousine, die in Oranienburg wohnte, am Bahnhof Friedrichstraße. Sie gingen über die Straße Unter den Linden zum Roten Rathaus. Dort gingen sie in den Ratskeller. Als sie in den großen Saal traten, saß kein Gast an irgendeinem Tisch. Karsten ging zu den Fensterplätzen. Rausschauen ist schön. Aber auf allen Tischen der Fensterreihe stand ein Knickschild: Reserviert bis 14 Uhr. Er fragte eine im Saal stehende Dame, wann denn die Gäste kämen. Weiß ich nicht. Aber wir möchten gerne am Fenster sitzen. Geht nicht, ist reserviert, das sehen Sie doch.

Wer sind Sie denn, setzte Karsten ungehalten nach. Ich bin die Genossin Platzanweiserin. Können Sie mir nicht einen Platz am Fenster anweisen? Es ist doch keiner hier. Die Genossin Platzanweiserin: Wo Sie sitzen, weise ich an. Sie wies den beiden Gästen einen Platz in der Mitte des Saales an, sie saßen an einem runden Tisch, der um eine Säule gestellt war. Sie blieben bis 14 Uhr, kein Gast kam. Zu reden gab es nichts mehr, die Cousine wollte nicht auffallen.

Als Karsten 1981 die alte Schule zum ersten Mal wiedersah, er war mit seiner Cousine und ihrem Mann zusammen, stieg er aus dem Auto und wollte die Schule fotografieren. Die Cousine bat: Mensch, lass das, das bringt Scherereien. Du darfst hier nicht fotografieren, das ist ein öffentliches Gebäude. Warum denn nicht? Verdacht auf Spionage. Ach so. Karsten erinnerte sich, dass er in Oranienburg das Schloss fotografiert hatte und ihn dabei ein älterer Herr ansprach: Sie sind wohl aus dem Westen? Sie dürfen das nicht fotografieren. Was er nicht sagte: Im Schloss saß der Staatssicherheitsdienst. Aber unsere Schule? Gut, ich will euch keinen Ärger machen.

Noch 1992, die DDR hatte sich zwei Jahre zuvor aufgelöst, erlebte er die Schule als abweisenden Ort. Er ging auf das Schulgebäude zu, den Fotoapparat auf dem Bauch. Er schoss Fotos. Ein älterer Mann kam auf ihn zu, dem man, wie Karsten meinte, den Genossen schon auf 100 Meter Entfernung ansah. Was machen Sie hier? Ton des Anschisses. Sehen Sie doch, ich fotografiere. Das dürfen Sie hier nicht. Sie können mich mal. Die DDR ist vorbei. Sie, ich kann Sie anzeigen. Tun Sie das. Ich bin ein ehemaliger Schüler dieser Schule. Kann jeder sagen. Karsten wandte sich ab und stieg in sein Auto.

Dieter konnte zum ersten Mal 1986 in die DDR reisen. Vorher, als Oberstleutnant der Luftwaffe, war es ihm verboten, die DDR zu besuchen. Die DDR war der Feind. Nach der Wende dann nach Storkow. Sein Eindruck nach 35 Jahren: Mein lieber Mann. Die Schule enttäuschend, ärmlich wie alles, was ich in der DDR gesehen hatte. Als er durch Storkow ging, fragte er sich zu Ursula durch. Er klingelte, Ursula stand in der Tür und sagte nur: Dieter. Im Gefühl der Wärme waren sie sofort wieder vertraut.

*

Die Wende kam. Ursula und ihr Mann Erich, beide Lehrer an unserer alten Schule, aber in einem neuen Gebäude, blickten zurück in unsere Geschichte. Sie wollten mit ihren Schülern die Ereignisse von 1956 aufarbeiten. Ursula konnte einige unserer Adressen herausbekommen und schrieb 1992:

Storkow, den 20. 9. 1992

Lieber ...!
Sicherlich bist Du sehr erstaunt darüber, von mir Post zu erhalten. Im folgenden möchte ich Dir erklären, was es für eine Bewandtnis damit hat.
Seit 1971 arbeite ich als Fachlehrerin für Deutsch und Russisch an unserer ehemaligen Schule in Karlslust. Vieles hat sich nach unserem Auseinandergehen in der 12. Klasse verändert.
Mit dem Beginn des Schuljahres 1992/93 wurde an unserer Schule eine gymnasiale Oberstufe eingeführt. Das hat viel Kraft gekostet, bis wir endlich die Zustimmung der Landesregierung hatten. Wir haben nun zwei 11. Klassen eröffnet, eine betreue ich als Klassenlehrerin.
Unsere Schüler haben sich interessiert mit unserem damaligen »Schicksal« befasst und möchten Euch kennenlernen. Es wäre das Schönste für uns alle, wenn wir den Abiturball in drei Jahren mit einem Klassentreffen unserer ehemaligen Klasse verbinden könnten (...)

Es grüßt Dich herzlich Deine ehemalige Klassenkameradin

Ursula (...)

Von denen, die den Brief erhalten hatten, antworteten sechs von uns. Den Fragebogen, den Ursel schickte, um Einschätzungen von uns zur damaligen Situation zu erhalten, füllten aus dem Westen nur vier von uns aus.

Bernd-Jürgen begründet für viele, warum er nicht reagierte: Ich wollte nach so langer Zeit so direkt nicht eingehen auf das, was da gefragt wurde. Wofür sollte das verwendet werden? Wer war daran mit welchem Zweck beteiligt? Das konnte ich alles nicht beurteilen und ließ es.

Das Ergebnis der Projektarbeit wurde an einer Stellwand in der Schule und im Eingangsraum der Stadtverwaltung von Storkow gezeigt. Die Storkower schauten interessiert hin, nur wenige wussten von dem dargestellten Ereignis.

*

Dietrich fuhr zum Fall der Mauer nach Berlin. Mit einem Vorschlaghammer, den er sich von einem Mauerschläger ausgeliehen hatte, schlug er auf die Betonwand in der Nähe des Brandenburger Tores ein und versuchte die Spaltung der 33 Jahre symbolisch aus seinem Kopf zu hämmern. Auf die Mauer kam er nicht, bewaffnete Grenzpolizisten standen schon wieder auf ihr. Der Kurfürstendamm war nur noch Symbol: Er war zur Fußgängerzone geworden. Kein Auto fuhr. Auf der Straße zu beiden Seiten des Mittelstreifens lagen Zeitungen, Plastikbecher, Plastiktüten verstreut. Sie bedeckten den grauen Asphaltbelag. In Höhe des »Kranzler« stand ein einzelner Trabbi quer zur Fahrtrichtung, aus seinem hinteren Fenster schaute die »Bild« heraus mit der Schlagzeile vom Fall der Mauer. Mit seiner Tante, der Pfarrerswitwe aus Spandau-Pichelsdorf, fuhr er nach Werder an der Havel, sie setzten sich an Tische mit Kaffee und selbst gebackenem Kuchen, die die Einwohner aus ihren Garagen geholt und an das Havelufer gestellt hatten, und redeten mit ihnen über Deutschland. Aber Storkow? Nein, Storkow erst später.

1994 war es so weit. Seine Frau fragte ihn, ob er nicht doch mal nach Storkow fahren wolle. Ihm fiel ein, man könnte am Storkower See Urlaub machen. Sie übernahm die Telefonate, bis die Ferien in Storkow im Sommer 1994 in einem Ferienhaus gebucht waren. Da seine Frau ihren eigenen Nachnamen Hoffmann behalten hatte, wurde sein Name bei der Buchung nicht genannt. Sie zeigte ihm die Bestätigung der Buchung aus Storkow. Kurz schaute er auf den Namen des Vermieters: Schwarz oder Schwerz, so genau schaute er nicht hin. Aber die Sekunde des Hinblickens reichte. Den Namen kannte er doch. Sein Direktor in Storkow? 38 Jahre waren vergangen. Solchen Zufall wird es nicht geben. Das ist sicher ein anderer. Zur Seite gelegt und abgetan. Die Arbeit verdrängte die Fragen.

14 Tage später fuhren sie mit dem Auto los. Die A 12 war schon Heimat, alte Reichsautobahn, die geteerten Querrinnen zwischen den Betonplatten schlugen den Takt ins Auto hinein. Schnittwunden an den Kiefernstämmen, um Harz zu gewinnen. Der Wald stand nahe an der Fahrbahn, eine Standspur gab es nicht, auch keine Leitplanken, die sie hätte begrenzen können. Auf der Spur der Ausfahrt brummten kostbare Pflastersteine aus märkischem Granit unter den rollenden Reifen. An der zerstörten Burg vorbei nach Karlslust in die Karl-Marx-Straße. So heißt sie immer noch? Der weltoffene rebellische Marx und die verwunschene Idylle von feuchten Wiesen und glucksenden Bächen. Das passt nicht, das hat noch nie gepasst. Schließlich die Einfahrt in die Fontanestraße. Wie schön, so nahe der alten Schule. Ausstieg aus dem Auto vor dem metallenen Tor zur Ferienwohnung. Der Gastgeber hatte seine neuen Gäste schon gesehen, am Autokennzeichen erkannte er sie. Er ging vom Hof aus auf das Tor zu und öffnete den einen Flügel. Sie lächelten sich an. Dietrich blieb hinter seiner Frau: Schön, dass Sie gekommen sind. Guten Tag, Frau Hoffmann, guten Tag, Herr Hoffmann. Die Begrüßung seiner Frau fiel charmant aus. Dietrich hielt sich zurück. Aus der

Distanz schaute er auf den Gastgeber. Tatsächlich, der alte Direktor stand vor ihm. Gealtert, die Haare waren weiß geworden, die Züge im Gesicht schärfer. Schwerz hatte Dietrich nicht erkannt. Das ließ er erst einmal so, jetzt nicht gleich ins Haus fallen. Das wird sich später finden.

Auch am nächsten Tag konnte sich Dietrich nicht zu erkennen geben. Regenschauer prasselten auf Storkow nieder. In die Garage von Schwerz war Wasser geflossen. Als Dietrich sah, wie er sich mit Schaufel und Eimer mühte, das Wasser zu entfernen, packte er mit an, eine Stunde brauchten sie, bis die Garage wasserfrei war. Was für eine Garage! Sie war ein Lager für technische Improvisationen. In allen Regalen Reste, Reste z. B. von Stoffen, Drähten, Schrauben, Nägeln, Schnüren, dazu Werkzeuge aller Art. Dietrichs Frau nannte sie Tante Emmas Schraubenladen, DDR-Kram-Garage. Notwendiges Vorratslager in der Mangel-DDR. Schwerz: Herr Hoffmann, so hat ein Tourist noch nie geholfen. Übermorgen sollten wir uns mal am Abend zusammensetzen, auf die Veranda, heute und morgen geht es leider nicht. Dietrich dachte: Gut, dann lüfte ich mein Inkognito auf der Veranda. Jetzt nach der Arbeit, verdreckt, verschwitzt, passt es nicht. Die Verabredung stand.

Auf Dietrichs Frau wirkte der Direktor wie ein Stück alter Kultur: höflich, aufmerksam, entgegenkommend, hilfsbereit, charmant. In ihm lebe die Genügsamkeit der älteren Generation. Er nutze die Gelegenheit, um zu erklären, zu dozieren. So wie du, setzte sie hinzu. Sie hörte ihm gerne zu, wenn er von den ökologischen Problemen sprach. Die grüne Wendung des alten Direktors.

Der Veranda-Abend kam. Auf dem Tisch Rotwein und Wasser, leichtes Gebäck. Plauderei des Anfangs. Die Minuten plätscherten freundlich dahin. Frau Schwerz hörte fast nur zu. Dann erzählte Georg Schwerz von sich. Er sei aus Pommern, er sei kein Brandenburger. Märker, entgegnete Dietrich, wir sagen nicht Brandenburger, wir sagen Märker.

Auf das Erstaunen von Schwerz fügte er hinzu: Ich bin eigentlich kein Westdeutscher, sondern Ostdeutscher, sogar aus dieser Gegend. Dietrich musste mehr sagen, damit klar wurde, wer er war. Er musste persönlich werden. Hätte er doch gleich bei der Ankunft seinen Namen gesagt. Nun war es so. Also los: Und wir, wir hatten sogar miteinander zu tun. Ich bin hier in Storkow zur Schule gegangen. Das Ende war nicht angenehm. So, das musste genügen. Jetzt war der Direktor dran. Georg Schwerz wurde ganz ruhig, schaute auf Dietrich und sagte leise, fast wie zu sich selbst: Dann sind Sie der 56er-Jahrgang. Ja. Was Dietrichs Frau sah: Alle Konvention fiel für Sekunden aus seinem Gesicht. Dann sind Sie, dann sind Sie … Dietrich nannte seinen Namen. Ja, fügte er hinzu, das war eine schlimme Zeit. Mit müden Augen schaute er auf den Tisch, er blickte keinen an, er sah in sich hinein. Fast flüsterte er, als er sagte: Es tut nur noch ein bisschen weh.

Aus seiner Versenkung löste er sich schnell: Also da muss ich jetzt aber etwas sagen. Ich bin kein Verräter gewesen. Von mir ging hier nichts raus. Aus Beeskow kam der Auftrag, die Sache aufzuklären, den Rädelsführer zu finden. Ich wusste doch selbst nichts. Das hätten wir alles gelöst, wenn man uns in Ruhe gelassen hätte. Er erzählte, wie er damals bedrängt wurde. Es war, als hätte er alles gerade eben erst erlebt. Später fragte er, was aus uns geworden sei: Ich weiß das nicht. Ich habe das nie erfahren. Mit mir sprach keiner darüber. Die dachten doch, ich hätte die Klasse verraten. Ruhig und interessiert hörte er sich an, was Dietrich von den einzelnen Kameraden wusste. Er wurde emphatisch: Jetzt müssen wir darüber reden, die Geschichte muss aufgearbeitet werden, aber ehrlich muss es sein. Dietrich kam es vor, als ob er jetzt dazu da war, ihn, seinen alten Direktor, zu rehabilitieren.

Nach 40 Jahren überkam Georg Schwerz das Gefühl der Verletzung, als ob es ihm heute zugefügt worden wäre. Unsere Geschichte hatte er nicht vergessen, nicht überwunden, sie war ihm nicht gleichgültig geworden. Sie war verdrängt.

Diese schützende Decke hielt nun nicht mehr. Dietrich erklärte, warum er sich jetzt erst zu erkennen gegeben habe, was Georg Schwerz verstand. Trinken wir auf das Wiedersehen, das ist ein Augenblick der Freude. Mit Dietrichs Aufforderung lockerte sich die Stimmung.

Da die Dämmerung in Dunkelheit überging und die Mücken lästig wurden, setzten sie sich ins Wohnzimmer. Schwerz holte ein Fotoalbum heraus, Bilder aus der Schulzeit von damals, auf denen auch Mitglieder unserer Klasse abgebildet waren, man blätterte, man redete, das war das, der ist der, die ist die. Von den alten Geschichten wollte Schwerz nicht lange reden. Er wollte von sich reden, von den Schwierigkeiten, die er habe erleben müssen. Er verschwand in sein Arbeitszimmer und kam zurück mit einer dünnen Klemmmappe. Aus ihr holte er mit Schreibmaschine geschriebene Dokumente heraus, in denen ihm mitgeteilt worden war, dass er als Direktor entlassen sei: Damit Sie das sehen, wie man mit mir umgegangen ist.

Dietrich dachte: Will der jetzt, dass ich Schuldgefühle bekomme? Das dachte seine Frau nicht. Sie dachte: Der alte Direktor hat seine eigene Geschichte, die will er jetzt erzählen. Über Diffamierungen wollte er reden. Als er über die Höhe der Rente sprach, keilte er aus: Die Ostlehrer sind doch sowieso alle doof, die werden erst mal alle abgestuft.

Sie sprachen noch mehrere Male miteinander. Schwerz übergab Dietrich Kopien der schriftlichen Mitteilungen über seine Degradierung. Er zeigte ihm Heftchen, die er für das Fach Biologie zur Fortbildung für Lehrer in der DDR geschrieben hatte, »Pädagogische Lesungen«. Sie unterhielten sich über das, was Schwerz interessierte: das Unrecht, das ihm widerfahren sei, und seine Leistung als Lehrer und Ausbilder für Lehrer. Was Dietrich erlebt hatte, was genau aus ihm, aus den anderen geworden war, danach fragte er nicht lange. Ihn bedrängte seine nicht bewältigte Vergangenheit mit uns. Dietrich verstand sein Gefühl und ließ ihn reden. Was er mitteilte, war ein Lebenslauf in brechenden Epochen, denen er folgen musste, ohne sich selbst zu verlieren. Er ließ ihn auch reden, weil er ihn grundsätzlich mochte, seinen alten ehrgeizigen Lehrer, von dem er viel gelernt hatte.

*

Ein Jahr später, 1995, wurde in Storkow zum ersten Mal wieder das Abitur gefeiert. Die Abiturklasse hatte einige von uns, deren Adressen ihnen bekannt waren, eingeladen, nicht alle konnten oder wollten kommen.

Aus dem Westen kamen Arthur, Dieter und Reinhard, Gisela und Ursula waren aus dem Osten dabei. Es war ein Wiedersehen nach vielen Jahren. Gisela und Gertraud fühlten eine mulmige Spannung. Wer wird kommen, wie werden sie sein? Sie fuhren auf den Parkplatz, neben ihnen stand ein Auto mit westdeutschem Kennzeichen. Ist das schon einer? Der Fahrer stieg aus. Mensch, das ist doch Arthur. Der hat sich gar nicht verändert. Sie gingen zum Essen ins Hotel Karlslust. Arthur redete noch wie früher, und Gisela redete noch wie früher, Gertraud hielt sich zurück, das kannte man auch von früher.

Die abendliche Feier fand in der Kurmarkkaserne statt. Hier saßen sie nun an einem Tisch zusammen und redeten über damals und über sich. Es wurde getanzt. Arthur tanzte nicht. Reinhard ließ kaum einen Tanz aus. Man spielte Rock. Reinhard zu Gisela: Komm, das ist das Richtige für uns. Gisela lehnte ab: Du willst so verrückt mit mir tanzen, nee. Reinhard erinnerte sie: Früher hast du jeden Mist mitgemacht, komm. Jetzt, bitte schön, ist nicht früher. Reinhard griff zum Glas. Gisela merkte:

Mit Reinhard war ich auf einer Wellenlänge. Seine Art, mit mir zu reden, die war so natürlich. Was er von seinem Leben erzählte, das kam mir so bekannt vor, locker, geradeaus, scheißegal, was die anderen denken.

Auch Dieter unterhielt sich mit Reinhard intensiv. Die gegensätzlichen Biografien faszinierten. Dieter Oberstleutnant der Luftwaffe, Reinhard Sozialhilfeempfänger.

Sie wurden schließlich auf die Bühne gerufen. Angekündigt als die Klasse von 1956, die von der Schule verwiesen worden war. Sie sprachen durchs Mikrofon zu denen, die im Saal saßen. Dieter drückte seine Freude aus, wieder hier in Storkow zu sein. Er freue sich, dass sich die Schule an uns, an die damalige Zeit erinnere. Das sei für ihn ein Zeichen der Verbundenheit mit uns. So redete auch Reinhard. Arthur ließ sich grundsätzlicher aus. Er ermahnte die jungen Menschen, nicht einfach in den Tag hinein zu leben, sich nicht hängen zu lassen, sondern ihr Leben aktiv zu gestalten, das sei nun gefordert. Reinhard wendete sich nachher zu Arthur: Hast du das für nötig gehalten? Das war nicht gerade positiv. Arthur meinte, die Jugendlichen müssten wach gemacht werden. Gisela zog öffentlich ihre Schlussfolgerung: Wir wollen nur zeigen, aus uns hier im Osten ist auch etwas geworden.

*

Im Herbst desselben Jahres, 1995, rief ein Redakteur von »Spiegel-TV« bei Dietrich an: Wir haben Ihre Stasi-Akte. Interessiert Sie das? Dietrich: Und was wollen Sie von mir? Wir wollen Sie wieder zusammenbringen. Eine Woche später saßen zwei Redakteure in seiner Wohnung in Essen. Wie kommen Sie zu unserer Stasi-Akte? So etwas bekommen wir angeboten. Dietrich schaute in die Akte und staunte, was dort an Beobachtungen über uns gesammelt worden war. Das Ziel des »Spiegel«: Sie wollten einen Film über uns drehen. Sie brauchten etwa fünf von unserer Klasse. Dietrich versprach, die Adressen zu besorgen und Klassenkameraden zu nennen, die an einer Beteiligung an dem Film interessiert seien. Viele waren nicht zu erreichen oder hatten keine Zeit, schließlich fanden sich Bernd-Jürgen und Karsten bereit, Reinhard und

Walburga, die in Berlin lebten, wurden vom »Spiegel« eingeladen, Siegfried wurde in den USA aufgesucht.

Die fünf trafen sich im Berliner »Hotel Esplanade«. Dietrich ging als Letzter in die ebenerdige Empfangshalle. Da standen sie, die er 20 Jahre nicht gesehen hatte, Reinhard fast 40 Jahre nicht. Alle hatten zugelegt, nur Reinhard nicht, der war smart geblieben, aber in seinem Gesicht hatte sich seine krumme Lebensgeschichte eingefurcht, von der wir später erst erfahren sollten. Seine Haare grauweiß. Er wackelte immer noch von den Füßen bis in den Kopf hoch. Bernd-Jürgen war weiß geworden, sie umarmten sich, ihre Nähe von früher war geblieben. Karsten stand gravitätisch fest, streckte seine Hand aus und sagte: Ach, der Künstler. Er meinte die längeren Lockenhaare. Walburga schaute aus steifem Nacken zu Dietrich hoch, er wusste nicht mehr, wie klein sie war. Aus ihren einst betörenden Augen hatte sich die Sehnsucht verloren. Sie hatten sich zu Schlitzen verengt, als ob sie nur noch Ausblick, aber keinen Einblick mehr zulassen wollten.

Es gab nicht viel Gelegenheit zu reden, weil das Filmteam zur Arbeit rief. Mit ihm fuhren sie zu drei Stationen ihres Schicksalsweges, nach Storkow in die alte Schule, nach Berlin in die S-Bahn zwischen Friedrichstraße und Lehrter Bahnhof, zum Flüchtlingslager nach Zehlendorf, dann in die Normannenstraße, ins Zentrum des Stasi-Kraken: ihre Stasi-Akte, Mielkes Zimmer, die Aktenräume, die vollgestopften Säcke mit Papierschnitzeln, die in Gläsern eingeschlossenen Geruchsproben von Verdächtigen in Wattebäuschchen, die graue Sinnlichkeit der Flure ohne Ende.

Reinhard lachte, als er unsere Stasi-Akte durchblätterte: Da haben se sich nu so anjestrengt, das und das und das haben se aufjeschrieben. Und nu? Papier, allet nur Papier. Das Leben war draußen. Das sind doch Tote, die so was schreiben. Jott oh Jott, wie erbärmlich. Sein Lachen gluckste aus seinem Mund und schüttelte ihn durch.

In Storkow die Begegnung mit der alten Schule. Der Stufenraum von damals, Schüwes Reich und Mogels Geschichtsstunde, dieselben Bänke und Tische wie vor 40 Jahren. Alles erhalten. Der Raum war Museum, nur die Wanduhr fehlte. Die Stufen des Mittelgangs ausgetreten. Wie war ihnen denn? Enge, es war so eng in dem Raum. Er war so nahe und so weit weg. Sie setzten sich auf ihre alten Plätze. Dann war Stille. Was war das denn nun, als Sie hier schwiegen, wollte das Filmteam wissen. Ursula von oben: Ach, das war ein Dummer-Jungen-Streich, der dann aufgebauscht wurde. Dietrich: Nein, so war es nicht. Wir wussten, was wir taten. Dummer-Jungen-Streich, nein. Nicken der anderen. Dann noch ein Blick in den oberen Klassenraum, in dem wir das zweite Mal schwiegen. Auch hier die alten Möbel, modernisiert mit Wasseranschluss für jede Bank. Das Filmteam drängte zur Rückfahrt nach Berlin.

*

Das Jahr 1996 kam, ein Jubiläumsjahr, 40 Jahre Entlassung aus der Schule. Noch in Berlin hatten die Klassenkameraden ein Klassentreffen verabredet, Dietrich wollte das organisieren. In den Sommerferien fuhr er wieder nach Storkow. Dort wusste man schon von dem Vorhaben. Der Redakteur der »Märkischen Oderzeitung«, H. K., kam auf ihn zu, weil er meinte, seine Zeitung müsse das Treffen, er sagte »historisches« Treffen, begleiten. Bürgermeister Chudak war interessiert, das Treffen sei eine Angelegenheit für ganz Storkow. Die Politik und die Medien müssten aufmerksam gemacht werden. Er fädelte Kontakte ein. In der Zeitung wurde das Treffen angekündigt. Dietrich hoffte, sie werde von Ehemaligen gelesen, die dann zu uns kämen. Ein Wiedersehen nach 40 Jahren.

Er besuchte die Frau unseres Klassenlehrers Kassner. Sie sprachen vor allem über den Lehrer. Dietrich hörte von Kassners Geschichte, über die dieser mit uns nie gesprochen hatte. Er besuchte die Mütter von Siegfried, von Horst R., von

Karsten. In herzlichen Gesprächen durchlebten sie noch einmal ihre gemeinsame Vergangenheit.

*

Aber eine Aufgabe stand noch vor ihm. Werner Mogel, FDJ-Sekretär und Geschichtslehrer von damals, wollte er besuchen. Ohne Anmeldung wollte er nicht hingehen, auch nicht einfach anrufen. Also schrieb er einen kurzen Brief, in dem er seinen Besuch für einen bestimmten Tag ankündigte. Seine Ferienadresse war beigelegt, falls der vorgeschlagene Termin unpassend gewesen wäre. An einem der ersten Tage im August machte er sich auf, Theodor-Storm-Straße, kein Haus, wie Schwerz eins hatte, sondern eine Wohnung in einem Plattenbau aus DDR-Zeit. Er klingelte. Aus der Sprechanlage knatterte es. Er sprach seinen Namen hinein. Eine weibliche Stimme antwortete: Aha. Einladend klang der Ton nicht, er verbreitete eher kontrollierende Aufmerksamkeit. Ruth Mogel stand im Flur und reichte ihm die Hand. Sie wies ins Wohnzimmer. In der Mitte des Zimmers, dem Eingang zugewandt, stand Werner Mogel. Hätte Dietrich ihn wiedererkannt, wenn er nicht gewusst hätte, das ist Werner Mogel? Er war viel kleiner als in seiner Erinnerung. Seine schwarzen Haare waren grau und weiß geworden, aber er schaute immer noch aus dunklen wachen Augen. Auf seinen Lippen lag nur noch ein Abglanz von violetter Seide, es fehlte ihnen der einst feuchte Schimmer. Ein Händedruck, ein ›Guten Tag‹, sie setzten sich. Werner Mogel saß ihm schräg gegenüber in einem Sessel, seine Beine legte er auf einen Fußschemel, Ruth Mogel ließ sich auf einem Sofa nieder, Dietrich setzte sich auf einen Sessel, von dem aus er beide frontal anschauen konnte. In gerader Linie vor ihm stand eine Glasvitrine, in der ihm Bücher auffielen, die wie in einem Museum aufgestellt waren. Im Mittelpunkt stand »Nackt unter Wölfen« von Bruno Apitz. Wer in der DDR kannte das nicht? Aber so ausgestellt?

Antifaschismus in der Vitrine. Bücher sonst noch, in dem kleinen Zimmer voller Möbel. Gemütlich. Lebensraum.

Ruth Mogel begann den Zustand ihres Mannes zu erklären. Er war krank, man hatte ihm eine Niere transplantiert. Beine hoch, Urinproben, Medikamente nehmen. Dietrich bot an, ein anderes Mal zu kommen, wenn sich sein Zustand gebessert habe. Nein, antwortete sie, es werde nicht besser. Nun erzählte sie, wie sie versucht habe, den Besuch wegen der Krankheit ihres Mannes zu verhindern. Sie sei zu seinem Vermieter gegangen, um Dietrich zu finden, musste sich von dem aber sagen lassen, er sei in Berlin und komme erst am späten Abend zurück. Schließlich habe ihr Mann gesagt: Lass ihn kommen. Ruth Mogel fügte hinzu: Mein Mann soll noch ein paar ruhige Jahre leben. Ich habe aufzupassen. Ich habe die störenden Einflüsse abzuwehren. Einladend war das nicht, was ihm hier erzählt wurde. Er musste Werner Mogel also schonen, Konfrontation ausschließen und dachte: Lass ihn reden, vielleicht erzählt er, was interessiert.

Werner Mogel eröffnete das Gespräch: Ich hoffe, das ist das letzte Mal, dass ich über den Fall rede. Dietrich dachte: Am Anfang mit dem Ende beginnen, das öffnet keine Türen. Ich habe mit ihm über uns noch nicht geredet. Auf dem kleinen Tisch vor dem Sofa lagen Artikel aus der »Märkischen Oderzeitung«, die sich mit unserer Klasse vor dem Klassentreffen beschäftigten.

Weil Dietrich wusste, dass Werner Mogel Mitglied der PDS ist, sprach er von der neomarxistischen Bewegung in der alten Bundesrepublik, die er miterlebt hatte. Und nun sei alles anders gekommen. Wir müssten uns alle bemühen um eine sachliche und wahrhaftige Darstellung der epochalen Ereignisse. Werner Mogels Antwort kam lapidar: Der Sieger schreibt die Geschichte. Das ist nichts Besonderes, das war immer so, entgegnete Dietrich. Werner Mogel nickte kurz Zustimmung.

Noch einmal setzte Dietrich an: Aber die DDR besteht

nicht mehr. Letztlich, wenn man historisch-materialistisch erklärt, ist die DDR untergegangen am Mangel an Produktivität. Werner Mogel reagierte direkt: Ja, das sagt auch Lenin, die Produktivität entscheidet über das Sein einer Gesellschaft. Dietrich fiel das Lenin-Zitat aus der »Großen Initiative« ein, die Menschen müssten fähig sein, noch für den Entferntesten mit großer Initiative tätig zu sein. Klassisches Beispiel für Voluntarismus, idealistisch am wirklichen Menschen vorbeigedacht. Dietrich hielt an sich, glaubte, die Auseinandersetzung meiden zu müssen. Werner war immer Idealist mit dem Hammer in der Hand.

Aber war es nicht auch so, dass das politische Leben der DDR in Moskau entschieden wurde? Werner Mogel setzte dagegen: Nein, nicht nur. Auch hier wurden Fehler gemacht. Dann sinnierte er, schaute auf seine Fußspitzen. Ruth Mogel sprang ein: Ich war auch einmal im Westen. Ich hatte keine staunenden Augen für den materiellen Reichtum, von dem ich immer wieder hörte. Ich habe dort einen Mann gesehen, der sich nur wenige Apfelsinen kaufen konnte. Ach so, dachte ich, hier gibt es also auch Armut. Der allgemeine Reichtum ist eine Lüge. Dann kam sie auf ihr Lieblingsthema, Musik. Sie sei so musikbegeistert gewesen und sei es noch, aber was sie jetzt für Chöre im Rundfunk hören müssten, das sei nur enttäuschend. Sie denke an den bedeutenden Jugendchor in Wernigerode. Nichts sei mehr mit ihm. Es sei so viel Schönes kaputt gemacht worden.

Dietrich befragte Werner Mogel jetzt nach seiner Lebensgeschichte, die er ihm ausführlich beschrieb. Ja, wenn das hier so läuft, dann können wir miteinander reden. Vielleicht hatte er angenommen, da komme einer mit der antikommunistischen Keule des Siegers. Ruth Mogel erzählte Dietrich, dass sie im Frühjahr 1957 eine Postkarte erhalten habe. Sie erinnerte sich an den Text: Die Laterne, an der du Kommunistenschwein hängen wirst, steht schon. Mit der Karte sei sie zur Volkspolizei gegangen, abgestempelt gewesen sei sie in Hamburg. Auf der Karte habe kein Absender gestanden. Danach sei alles ruhig geblieben.

Werner Mogel zog die Bilanz seiner Lebenserfahrung:

Ein Grundgedanke hat mich immer geleitet. Nie wieder Krieg. Und was ich mir selbst als Aufgabe gestellt habe, war die Sorge für die jungen Menschen. Ich hatte immer einen Traum: Leiter eines Waisenhauses. Um mich herum sitzen die jungen Menschen, und ich erzähle ihnen vom Leben. So habe ich auch meine Arbeit in der FDJ gesehen. Die Anweisung von oben war, wir sollten werben. Die parteipolitische Arbeit spielte für mich nicht die Hauptrolle. Ich dachte, man muss gute Arbeit leisten, dann kommen sie schon in die FDJ.

Jetzt kam er von selbst auf unsere Klasse, Dietrich musste nicht fragen:

Ich erinnere mich. Es war frühmorgens in der ersten Stunde. Nach der Begrüßung »Freundschaft« stellte ich das Stundenziel vor und dann kam die Wiederholung. Es meldete sich niemand. Ich rief jemanden auf, nichts, noch einen, wieder nichts. Sie schauten alle auf die Uhr, die in der Klasse hing. Das veranlasste mich zu glauben, die wollen mich hochnehmen. Ich erinnerte mich an meine Berufsschulzeit. Wir hatten einen Lehrer, der trug immer Fliege. Wenn er nervös war, ruckelte er an ihr. Wir beschlossen, alle mit Fliege zu kommen. Dann saßen wir alle mit Fliege in der Klasse. Auf ein stilles Kommando zogen wir sie am Gummiband nach vorne und ließen sie zurück an den Hals klatschen. In die Richtung also dachte ich. Mensch, die gucken auf die Uhr, keiner sagt was. Bleibe ruhig, mache deinen Unterricht. Als Letzte fragte ich Gisela, die war FDJ-Leiterin, die wird doch was sagen. Aber die sagte nur, dass nichts sei. Der Unterricht lief dann wieder. Für mich hatte das gar keine Bedeutung, ich dachte an irgendeinen Ulk. Am nächsten Morgen begrüßte mich ein Kollege: Bei dir haben sie gestern eine Schweigeminute gemacht, wegen Ungarn? Ich sagte, nee, das hätte ich doch merken müssen. Für mich hatte das gar keine Bedeutung.

Ich erinnere mich noch an die Lehrerversammlung unter Vorsitz von Lange. Er erklärte uns, was wir falsch gemacht haben und wie wir es richtig zu machen haben. In weitere Gespräche bin ich nicht einbezogen worden.
Als die Klasse wegging, waren wir nicht hier, wir waren im Erzgebirge in einem FDGB-Heim [Freier Deutscher Gewerkschaftsbund]. Nach der Rückkehr trafen wir die Verlobte vom Kollegen Fricke. Mit schwerem Koffer hastete sie quer über die Wiese an der Burg in Richtung Bahnhof. Als wir hörten, dass die Klasse weggegangen war, war ich empört. Ich war erschüttert, dass es so weit gekommen ist. Von Anfang an war meine Meinung, so hätte ich das nicht aufgezogen. Das war doch ein richtiger Dummer-Jungen-Streich. Der hatte doch gar nicht eine solche hohe politische Bedeutung.

Sonst habe er keine Erinnerung mehr. Dietrich fragte nicht weiter, es war schon spät, drei Stunden saß er schon hier. Zeit für Medikamente. Die Krankheit taktierte Mogels Tag, aufgehoben im sorgenden Blick seiner Frau. Der Abschied. Für Sie beide alles Gute. Händedruck mit beiden. Und draußen die Unruhe in Dietrich: Ich habe zu wenig gefragt nach damals. Die Geschichte mit der Sowjetkolonie, das Zitat mit den Mördern, der Vorwurf des Verrats. Aber damals waren diese Fragen noch nicht so präzise in seinem Kopf, er hatte gerade erst angefangen, sich mit der alten Geschichte intensiv zu beschäftigen. Wichtig war ihm, Werner Mogel überhaupt besucht zu haben. Ihm war bewusst, solche Fragen stellt man einem Kranken nicht, vielleicht stellt man sie überhaupt nicht, wenn man den ganzen Menschen Werner Mogel ernst nimmt und ihn nicht fixiert auf Einzelheiten, die ihn stigmatisieren mussten. Davon war Dietrich weit entfernt. Das Gegenteil wäre möglich gewesen. In alter Vertrautheit hätte er ihn ansprechen können: Mensch, Werner, warum hast du damals das und das und das nicht und das auch nicht gemacht? Das verbat sich freilich. Werner hätte die Lebendigkeit der alten

Zuwendung nicht verstehen können. Der Sieger schreibt die Geschichte.

In einem Gespräch mit einem alten Kollegen äußerte sich Werner Mogel über sich selbst: Ich weiß nicht, mir fällt alles so schwer. Es ist mir alles so ernst, so drückend. Dann geht es wieder eine Weile. Und dann ist es wieder so. Ich komme da nicht raus.

*

Das Klassentreffen nach 40 Jahren musste vorbereitet werden. Der 21. September wurde festgelegt. Erste Veröffentlichungen über unsere Klasse in der »Märkischen Oderzeitung« veranlassten Dietrich, sich an die Storkower Administration zu wenden. Am 19. Mai 1994 erschien zum ersten Mal ein Artikel über unsere Klasse, verfasst von dem Stadthistoriker Gerd Tschechne. In seinem sachlichen Bericht, in dem auch unsere Namen genannt wurden, bezog er klare Position:

> *Das Engagement und der Mut der jungen Leute vor 38 Jahren erhellen nicht nur den Charakter des diktatorischen Systems jener Zeit, sie gehören auch zur Storkower Schulgeschichte. Am 29. Oktober 1956 kam es in der 12. Klasse der Kurt-Steffelbauer-Oberschule zu einem Zwischenfall, der Storkow in Atem halten sollte (...)*

Nachhaltig wirkte dieser Bericht nicht. 1996 hatten die Schüler der Kurt-Steffelbauer-Oberschule gefragt, ob der Name ihrer Schule noch zeitgemäß sei. Der PDS-Vorstand von Storkow verteilte dazu ein Informationsblatt, auf dem ein offener Brief abgedruckt war, in dem er sich dafür aussprach, den Namen beizubehalten. Die PDS hatte Ereignisse, die mit der Schule zusammenhingen, hinzugefügt. Ein Ereignis aber hatte sie weggelassen. Die »Märkische Oderzeitung« titelte am 14. Juni 1996: *PDS hat das Jahr 1956 vergessen*. Sie berichtete von der »offenen Antwort« des Bürgermeisters Werner Chudak auf den offenen Brief des PDS-Vorstandes. Dann heißt es:

Zugleich verweist er darauf, dass die PDS in ihrem als Flugblatt verteilten offenen Brief eine wichtige Jahreszahl »vergessen« habe: das Jahr 1956. »Der Name Kurt Steffelbauer musste herhalten, um eine Abiturklasse aus Storkow zu vertreiben«, erinnert Werner Chudak. Zweifellos werde es noch mehr »großzügigen« Umgang mit dem Namen gegeben haben, aber dieser Vorgang sei wohl prägnant genug. In diesem Zusammenhang erinnert er an das »Clochmerle«-Wort: »Gott wird mit allen Saucen gereicht, ohne dass er gefragt wird.«

Dietrich las diese Stellungnahme, bedankte sich bei dem Bürgermeister und informierte ihn brieflich über das Klassentreffen. Wenn die Stadt Storkow ein Interesse habe, an diesem Treffen in irgendeiner Form teilzunehmen, dann solle er ihn das wissen lassen, denn er organisiere dieses Treffen. In den Ferien trafen sie sich. Chudak wünschte sich, die Stadt Storkow an diesem Treffen beteiligen zu können. Publicity könne Storkow nur gut tun. Dietrich stellte ihm frei, politische Institutionen aus dem Landkreis Oder-Spree und dem Land Brandenburg, auch interessierte Medien, einzuladen, wenn es dem Interesse der Kommune Storkow dienen könne. Das Klassentreffen hatte damit einen öffentlichen Rahmen, der als Antwort auf das Totschweigen in der DDR und auch noch nach der Wende gemeint war. Die Zeitung kündigte das Treffen ausführlich an, sie titelte: *1956 war die ganze Klasse weg – heute das Wiedersehen.* Vielleicht würden das einige lesen, die wir von früher kannten, vielleicht würden sie kommen.

*

Am 20. September 1996, einem Freitagabend, waren alle in Storkow angekommen. Vier waren nicht dabei: Gerd war ein paar Monate zuvor gestorben, einer war krank, Waltraut hatte sich nicht gemeldet, Hans-Jürgen war verschollen. Das erste Wiedersehen für die ganze Klasse, nach 20 oder nach 40 Jahren. Wir waren jetzt 57 oder 58 Jahre, damals 17 oder 18 Jahre alt. Aufgeregt waren wir. Zurück an den Ort des verhängnisvollen Schweigens.

Gisela und Gertraud kamen zusammen an. Sie gingen durch die Räume des Hotels Karlslust am Storkower See, bis sie auf die Veranda stießen. Hier hatten sich vier Herren aufgestellt. Sie hatten Gisela sofort erkannt. Gertraud nach einigem Zögern. Die Herren fragten: So, nun sagt mal, wer sind wir? Gisela: Das ist gemein von euch. Das Wiedersehen wurde zum Rätselspiel, in dem sich die gespannte Erwartung im Ach, im Ja, im Nein entladen konnte. Gekommen waren auch unser Mathelehrer aus Storkow, Wolfgang Fricke, und unser Klassenlehrer aus Bensheim, Gerhard Schwabenland, mit seiner Frau Pia.

Wir erzählten auch, was aus uns geworden war: Agrar-Ingenieur-Ökonomin, Apotheker, davon gleich drei, Chemiker, Computerfachmann, Kaufmann, Lehrer, Offizier, Postbeamter, Radiologie-Assistentin, Sozialhilfeempfänger, Zollbeamter. Zwei von uns waren Doktoren, Bernd-Jürgen und Dieter.

Eine Sperre zwischen Ost und West gab es nicht. Wir redeten miteinander, wie Klassenkameraden miteinander reden, jede und jeder gehörten zu jeder und jedem. Eine Mauer, so schien es, hatte es zwischen uns nie gegeben. Zwar bemerkte Gisela, die Herren aus dem Westen hätten so etwas von einer wohlsituierten gepflegten Distanz, aber in den Gesprächen sei die verschwunden. Wir seien an diesem Abend die gewesen, die sich als Jugendliche nur vorübergehend getrennt und dann wieder selbstverständlich miteinander geredet hätten.

*

Um 10.00 Uhr am Morgen versammelten wir uns im alten Stufenraum, in dem wir vor 40 Jahren gemeinsam geschwiegen hatten. Die Politik, die Presse, der Rundfunk, das Fernsehen warteten schon. Informelle Begrüßungen, mit der Schulleiterin Elke Mohr, mit dem Bürgermeister, dem Landtagsabgeordneten der SPD, Manfred Rademacher, den Vertretern des Bildungsministeriums in Potsdam, Frau Dr. Jutta Thiemann und Herrn Ernst, mit der Kreisschulrätin aus Beeskow, Karin Wenzel. Horst R. stand im alten Klassenraum und staunte über das öffentliche Interesse. Er fragte Dietrich: Was ist hier los? Wollen die uns vielleicht zu Ehrenbürgern von Storkow machen? Dietrich schaute auf Horst: Ach du meine Güte! Weißt du nicht, wo du bist? Die kommen doch fast alle von auswärts. Kein Stadtrat, kein Lehrer der Schule, keine Schüler. Ich sage dir mal zwei Zahlen: Bundestagswahl 1994 in Storkow – PDS 21,3 Prozent, Kommunalwahl 1993 in Storkow – PDS 31,2 Prozent. Noch Fragen?

Wir setzten uns schließlich auf die Bänke, auf denen wir auch in unserer Schulzeit gesessen hatten. Mit uns saßen auf den hinteren Bänken Wolfgang Fricke und Gerhard Schwabenland mit seiner Frau.

Schulleiterin Elke Mohr eröffnete die Veranstaltung, indem sie von ihrer Jugend sprach. Sie sei noch gar nicht auf der Welt gewesen, als sich die Ereignisse abspielten, die uns heute hier zusammengeführt hätten. Vor allem von der Aufgabe der Schule, zur Demokratie zu erziehen, redete sie, als Mahnung, Lehre aus unserem Fall.

Dann sprach Bürgermeister Chudak:

Sehr geehrte Damen und Herren,
liebe ehemalige Storkower Pennäler!
Sollte ich mich mit dieser Anrede schon einem Fettnäpfchen genähert haben, so will ich gern ein zweites hinzufügen. Sie, liebe ehemaligen Schülerinnen und Schüler der Abiturklasse, an dessen Treffen ich heute teilhaben darf, will ich ausdrücklich zuerst hier in Storkow begrüßen.
Sie, sehr geehrte Gäste, begrüße ich dennoch nicht weniger herzlich in der reizvollsten märkischen Kleinstadt, die ich als Bürgermeister derselben kenne. Es ist für mich allerdings durchaus vorstellbar, dass der eine oder der andere allein auf Grund der hier in

Jugendjahren bitter erlebten Lebenserfahrung eine andere Erinnerung an das Land um Storkow in sich trägt (…)
Seit fast 25 Jahren bin ich Storkower. Und soweit ich mich erinnere, ist vor der Wende außerhalb Familien- und guter Bekanntenkreise recht wenig über Ihre Klasse gesprochen worden. Es wurde wohl auch wenig um Hintergründe und Zusammenhänge nachgefragt. Ein Mangel, den auch ich für mich in Anspruch nehmen muss. Die Flucht einer Abiturklasse aus der DDR ist eine der Realitäten, von denen heute niemand mehr behaupten kann, nichts erfahren zu können (…)
Geschichtsaufarbeitung ist wohl auch, Einzelschicksale nicht zu Schönheitsfehlern zu verharmlosen. Gerade aus diesen Erwägungen hat mich der Landrat unseres Landkreises Oder-Spree, Herr Dr. Schröter, gebeten, Ihnen herzliche Grüße zu übermitteln. Er verweist in seinem Schreiben auf Erfahrungen, die er 1953 und 1956 als Mitglied der Jungen Gemeinde in Görlitz hatte. An dieser Stelle auch die vom Ministerpräsidenten Brandenburgs übermittelten guten Wünsche für Ihr Treffen (…)

Jutta Thiemann vom Bildungsministerium in Potsdam begeisterte sich über den Augenblick, den sie hier erleben könne. Der Raum müsste voller Schüler sein. Diese Stunde könne viele Stunden Geschichtsunterricht ersetzen, hier könne man Geschichte unmittelbar erleben, sie sei zum Greifen nahe.

Dietrich erinnerte in seiner Rede schließlich noch einmal an die Ereignisse von 1956, er ging auf die Lehrer von damals ein und bewertete unsere Aktion:

Unsere demonstrativen Aktionen waren spontan beschlossen, an ihnen war nichts Strategisches eines geplanten Widerstandskampfes. Aber dass diese Klasse der 17- und 18-Jährigen dieses gemeinschaftliche Bekenntnis durchgehalten hat, ist vielleicht der Widerstand, den wir diesem Regime wirklich entgegengesetzt haben. Jeder wusste schließlich, was für die eigene Zukunft auf dem Spiel stand. Es war die Haltung des erhobenen Hauptes angesichts dumpf instrumentalisierter Macht.

Er ging ein auf die Genossen Lehrer und schlussfolgerte:

Wir sind jeweils ein Teil der Geschichte des anderen. Wir haben nicht das Recht, uns moralisch über sie zu erheben. Sie handelten nicht vorsätzlich gegen uns. Wir müssen und wollen zugeben: Unsere Schweigeaktion und unsere Flucht waren unser Glück. Unser Leben im Westen war ein Geschenk, das uns viele Menschen in verschiedenen Verantwortungsbereichen gemacht haben.

*

Nach dieser letzten Rede wurde Sekt ausgeschenkt, die Journalisten setzten zu Interviews an, man ging nach draußen auf den Schulhof, die Interviews wurden hier fortgesetzt.

Während Dietrich gerade von Angelika Unterlauf für »SAT 1« befragt wurde, stand leicht rechts vor ihm eine Frau, die aufmerksam zuhörte, was er auf die Fragen antwortete. Na ja, sie wird warten, bis sie fragen kann. Aber sie lächelte Dietrich ständig an. Das tut eine Journalistin doch nicht. Frau Unterlauf war fertig, da wandte sich Dietrich an die lächelnde Frau und fragte, ob er ihr helfen könne. Ihr Lächeln: Wir kennen uns. Ich müsste Sie kennen? Dietrich betrachtete sie prüfend, im fiel nichts ein. Dann sagte sie nur einen Namen: Marion. Marion, natürlich. Ist es möglich? Er suchte in ihrem älter gewordenen Gesicht, in ihren zarten Falten auf der glatten Stirn, in ihren kurzen grauen Haaren, die sich leicht im Pony über die Stirn wölbten, das Mädchen von damals. Was sollten sie tun? Sie umarmten sich und hielten sich fest. Jetzt lächelten andere, Dietrichs Frau und Marions Mann, die nahe bei ihnen standen.

Wie kommst du hier her? Ich war in Storkow, da habe ich gehört, dass eure Klasse sich hier in Storkow treffen wird. Da fahren wir hin, ich will die wiedersehen, ich will Dietrich wiedersehen. Klaus, mein Mann, sagte, fahr hin, vielleicht siehst du ihn und auch die anderen. Wie schön, dich wiederzusehen.

Und ob. Können wir später miteinander reden? Heute am frühen Nachmittag sind wir im Hotel. Wunderbar. Bis dann.

Marion und Dietrich trafen sich im Hotel Karlslust. Sie erzählten von ihren Berufen, Marion war Lehrerin, Dietrich Lehrer. Wie hast du mich gefunden? Marion: Als wir ankamen, bin ich zum naturwissenschaftlichen Gebäude gegangen, oben auf der Freitreppe erkannte ich Horst R. wieder. Ich fragte ihn: Sind Sie Horst R.? Er bejahte, etwas erstaunt. Ich war mit euch auf der Schule. Wo ist Dietrich? Er zeigte mit dem Finger: Da unten, der da ins Mikrophon spricht. Der mit den längeren blonden Haaren? Er nickte. Ich ging mit meinem Mann nach unten, stellte mich zu dir und hörte zu. Ich muss mich bewundern, diesen Schritt getan zu haben. Aber ich hatte eine unbändige Neugier in mir. Ich bin gar nicht so mutig, ich bin zurückhaltend, keine Draufgängerin. Ich wollte mich zeigen. Egal, wie es ausgeht. Wie ist seine Reaktion? Ich wollte erfahren, wie es dir in den vielen Jahren ergangen ist. Wie wird er reagieren? Ich war so gespannt. Es war dann so schön. So viel Wärme. Nach 40 Jahren. Dietrich lächelte, in ihm war es nicht anders. Seine Frage: Wie war das, als wir weg waren? Traurig, nur traurig. Unsere Freunde waren weg. Ihr wart die Großen, ihr Jungen wart annehmbare Typen vom Äußeren. Wir waren alle in euch verknallt. Wir wollten dazugehören. Wir wollten mit euch etwas erleben. Es war für mich schwer, an dich heranzukommen. Ich fand dich interessant, aber du warst so distanziert, so lässig, so cool. Aber es gab ja einen Weg, das waren die vielen kulturellen Veranstaltungen. Mutz, deine Mutter, hat so vieles mit uns unternommen, tanzen, Theater spielen, dann der Chor mit Musiklehrer Ziethas. Das alles war eine so schöne Zeit. Auf einmal war alles weg. Wir haben auch nicht erfahren, was wirklich passiert war. Hat man euch in der Schule nicht informiert? Nein, überhaupt nicht. Nur aus dem RIAS haben wir etwas von euch erfahren. Aber wir wollten es doch genau wissen. Habt ihr denn nicht gefragt? Um Gottes willen. Wir haben uns nicht getraut. Das war politisch. Als Halbwüchsiger fragte man so etwas in der Schule nicht. Das fiel einfach unter den Tisch. Bleibst du heute Abend bei uns? Nein, wir müssen zurück nach Berlin. Ich habe mein Ziel erreicht. Dann der Abschied. Auf bald.

*

Am späten Nachmittag fanden wir uns bei Ursula zu Kaffee und Kuchen ein. Am Abend dann alle zusammen im Hotel Karlslust. Jetzt war alles privat. Politik interessierte nicht mehr. Lachen schallte mal hier, mal dort durch die Veranda, das Essen schmeckte, der Wein floss und die Worte rollten von du zu du. An der rechten Querseite der Veranda saßen die Lehrer. Unser Klassenlehrer aus Bensheim überließ sich ganz dem Gefühl des Behagens: *Ich saß mit dem ehemaligen Parteisekretär eurer Schule, mit eurem Mathematiklehrer zusammen, ich habe das einfach nur genossen.* Wolfgang Fricke stand auf, als Dietrich, der vierte Lehrer, an ihren Tisch kam, und umarmte ihn spontan, für unseren Mathematiker eine nahezu vulkanische Explosion von Zuwendung.

Wahrscheinlich entsprang seine ausgelassene Stimmung einem neuen, überquellenden Gefühl in ihm. Er hatte sich verliebt. Und seine Freundin war unter uns. Es war unsere Klassenkameradin Walburga. Das knallte. Mensch, Walburga, wie ist dir denn? Seit wann denn? Wo denn? Sie verriet nichts.

Wolfgang Fricke erklärte später:

Am 12. 12. 1995 rief mich mein Cousin aus dem Erzgebirge an, ich solle das Fernsehen einschalten, da laufe ein Film über die Flucht-Klasse aus Storkow. Ich schaltete ein, und da sah ich einige von ihnen. Nein, verändert haben sie sich nicht. Bernd-Jürgen betont die Silben noch wie früher. Ich war so überrascht, ich habe mich so gefreut. Die ganze Nacht konnte ich nicht schlafen, habe kein Auge zugemacht. Am nächsten Tag versuchte ich beim

»Spiegel« die Adressen herauszubekommen. Am selben Tag aber riefen mich Bernd-Jürgen und Walburga an. Mit Walburga verabredete ich mich für Silvester in Berlin. Ich fuhr schon zwei Tage vorher hin. Sie lud mich zu sich ein, ich sei ihr so allein vorgekommen. Ich traf meinen besten Schulfreund aus dem Erzgebirge, Jochen Speck, Vater des bekannten Fernseh-Moderators. Nach 30 Jahren sahen wir uns in Pankow wieder. Als ich wieder bei Walburga war, rief Reinhard wegen des »Spiegel-TV« an. Ich übernahm den Hörer, wir trafen uns in einer Kneipe im Nikolaiviertel und redeten mehrere Stunden zusammen. Zum Abschied fiel mir Reinhard um den Hals und sagte: Das war schön. Silvester feierte ich mit Walburga. Wir gingen in die Uhlandstraße ins »Hamlet«, aßen zusammen. Nach dem Essen zurück in ihre Wohnung. Da nahm das Schicksal seinen Lauf. Ich verlängerte meinen Aufenthalt in Berlin, wir entdeckten gemeinsame Interessen. Ja, so war das.

*

Am 30. 9. 1996 erschien im »Spiegel« ein Bericht über das Klassentreffen mit dem Titel *Wandertag im Minenfeld*, geschrieben von Walter Mayr. In Auszügen:

(…) Zum Klassentreffen nach 40 Jahren versammeln sich am Storkower Seeufer die Hauptfiguren aus einem Kapitel im Tagebuch des Kalten Krieges: Die Flucht der Abiturienten war ein politisches Ereignis von Rang, und, acht Wochen nach Beginn des Ungarn-Aufstands, ein Jahr nach Verkündigung der Hallsteindoktrin, ein Geschenk für die Adenauer-Regierung (…)
Die alte Klasse 12 aus Storkow, die da bei Sekt und Erinnerungen wieder zusammenrückt, bündelt wie im Brennglas deutsche Geschichte seit Kriegsausbruch: geboren 1938 und 1939, getrennt seit den Fünfzigern im Bundesmaßstab vier (West) zu eins (Ost), wiedervereint nach der Wende. Alle sind Kinder der Streusandbüchse, wie die schwermütige Mark genannt wird, mit ihren Seen, Störchen und Birkenwäldern. Nur einer ist hierher zurückgezogen.

Er, der Forscher werden wollte, als er in Berlin-West eintraf, ist nun ein größeres Rad im Getriebe des Pharmakonzerns Merck, »6,5 Milliarden Umsatz pro Jahr«, sagt er. Ein anderer steht für Basler Großchemie, und der mit der Sony-Kamera ist in Schaumburg vor den Toren Chicagos zu Hause. Zum Protzen neigt keiner von ihnen. »Wer beide Systeme kennt«, sagt Garstka, sei »mehr aufgerufen« zur Verständigung als andere.

Reinhard V., der dem kategorischen Imperativ den Gehorsam gekündigt und im Westen »die Karriere nach unten« gewählt hat, sagt nun, die einzige Ethik, die wirklich Geltung habe, sei die von Soll und Haben: »Der Bauch sieht alles anders.« Fügen mag er sich der Einsicht noch immer nicht. Als Totengräber auf ABM-Basis, sagt er, habe er sich so seine Gedanken gemacht: »Wenn die Knochen durcheinanderkullern, wenn das Gebiss aus dem Schädel fällt, siehst du, was von Karriere bleibt.«

Storkow ist eine von Krieg und Planwirtschaft beschädigte 6000-Einwohner-Stadt. Ost und West, Oberschicht und Unterfutter, inspizieren an diesem Tag einträchtig ihr altes Terrain. Die Prozession Ehemaliger führt ein Einheimischer an – der Mann von Ursel (…)

Die Heimkehrer erfahren (…) von ihm, wo, verborgen in den Sicheldünen, die NVA jene Raketenstellungen aus Plaste gebaut hat, mit denen der Irak im Golfkrieg die Amerikaner narrte: Die US Air Force zerbombte Attrappen. »15 von 16 waren aus Storkow«, sagt Herr Oe. mit dosiertem Stolz. Jetzt sitze die Bundeswehr in den Sicheldünen und produziere weiter. Die Besucher schweigen. Deutsch-deutsche Begegnungen sind Wandertage im Minenfeld (…)

Linker Hand liegt auch das Haus von Georg »Charly« Schwerz, Direktor zum Zeitpunkt der Republikflucht. Der sitzt an diesem Morgen im Wohnzimmer, und er sagt, es falle ihm nicht ein, zum Treffen zu kommen und sich dann von allen krumm ansehen zu lassen (…)

»Ick war'n armes Schwein jewesen als Gutsarbeiter vor dem Krieg«, sagt er. 80 Prozent schwerbeschädigt von der Ostfront

zurückgekehrt, ist er dann mit 30 Direktor geworden. Die 12. Klasse, sagt Schwerz, »das war die Elite, gesiebt, hochintelligente Leute«. Die Schweigeminuten seien ohne Not »zum Weltskandal hochprovoziert« worden (...)
Schwerz hat später junge Forscher angeleitet, hat eine wissenschaftliche Arbeit darüber verfasst, wie Kartoffelkäfer sich aus dem Lager des Klassenfeinds durch ungünstige Windeinwirkung Richtung Oder ausbreiten, und er ist 33 Jahre später, im Oktober 1989, aus der SED ausgetreten. »Ich bin geprügelt worden von allen Seiten«, sagt Schwerz verletzt. »Und nun soll ich mich da hinsetzen? Mit wem soll ich mich unterhalten?«

Dieser Artikel erregte Unwillen bei einigen aus der Klasse. Einer sagte, viel Unsinn sei darin, andere redeten von überflüssigen Verletzungen. Nur einer amüsierte sich, Heinrich Heine, sagte er, habe mal in Storkow vorbeigeschaut.

Einige ärgerten sich über die Darstellung von Reinhard. Gemeint war auch der »Spiegel«-Fernsehfilm über unsere Klasse. Die Kamera hatte in einem langsamen Schwenk die chaotische, ungepflegte Küche abgebildet. Das sei würdelos, ekelhaft, sensationsgierig. Dietrich rief Reinhard an und fragte ihn, wie diese Bilder zustande gekommen seien, die Aufregung in Storkow sei groß. Der antwortete lakonisch:

Was wollen die denn? Ich selbst habe die Fernsehleute eingeladen, ich selbst habe sie aufgefordert, auch die Küche zu zeigen. Ich wollte das zeigen. Ich habe nichts zu tun mit diesen »Dekorum«-Leuten. Sollen sie doch reden.

Er war uns über. Was aber hatte ihn abstürzen lassen? Reinhard lebte grundsätzlich, in allen Situationen. Er studierte in Darmstadt Maschinenbau. Er überwarf sich mit seinem Professor. Es kam zum Eklat, er musste das Studium abbrechen. Er verbiss sich in der Abwertung der anderen: Die haben doch keine Ahnung. Man gab ihm noch einmal eine Chance. Er studierte wieder. Jetzt legte er sich mit dem Dekan an. Kameraden aus unserer Klasse, Bernd-Jürgen und Karsten, redeten auf ihn ein. Ihren Rat nahm er nicht an. Ganz auf sich gestellt wollte er sich durchboxen. Ohne Erfolg. Er musste gehen. Mit dem Studium war es vorbei. Auf Baustellen schlug er sich durch, Flachverdrahtung. Schließlich lebte er von Sozialhilfe.

*

Drei Jahre nach dem Klassentreffen fanden sich einige aus unserer Klasse noch einmal in der alten Schule ein. Anlass war das 50-jährige Schuljubiläum 1999. Abends ein Festakt in der Turnhalle. Gisela, Reinhard und Dietrich saßen an einem Tisch, zusammen mit Astrid und Isolde, die bis zur 10. Klasse mit uns die Schule besucht hatten. Gekonnt und wirksam stellten Schüler die Geschichte unserer Schule in Bildern dar. Als der Gang durch diese Geschichte zu Ende war, schauten wir uns an. Wir kamen nicht vor. Dann noch eine Zugabe. Ein ehemaliger Lehrer aus DDR-Zeiten ging nach vorne und bedankte sich für die mitreißenden Vorstellungen der Schüler. Er sprach von Frieden und Völkerfreundschaft. Seine weißen Haare glänzten im Licht der Scheinwerfer. Werner Mogel. Wir am Tisch schauten zu ihm, schauten uns an. Bruchlose Kontinuität von 40 Jahren. Donnerwetter. Dietrich war nur überrascht. Warum redete gerade er? Reinhard wackelte sich ins Lachen hinein: Ich höre ihn, und ich sehe ihn, wenn ich gar nicht hinsehe, die Worte haben wir alle schon gehört vor 40 Jahren. Dietrich fühlte, er müsste jetzt auch nach vorne gehen und sagen, sie seien auch hier. Aber das wäre unpassend gewesen. Als er sich im Gang zur Turnhalle vor Beginn der Feier mit Storkower Bürgern unterhalten hatte, stand Werner Mogel in seiner Nähe und wartete, so sah es Dietrich, bis er in eine Gesprächspause eintreten konnte. Er stellte sich vor Dietrich und sagte: Ich höre, Sie schreiben an der Geschichte Ihrer Klasse. Ich weiß, was man von mir denkt. Ich sei der Verräter. Ich will Ihnen sagen: Ich bin das nicht gewesen. Ich wollte, dass Sie das wissen. Dann ging er. Auf dem Weg nach draußen stellte sich die Tochter unseres Klassenlehrers Kassner Dietrich vor, der Abend hatte sein Gegengewicht.

Unsere Klassenmitglieder saßen noch zusammen. Mit dem Gefühl der Enttäuschung wendete sich Dietrich an Gisela. Er erzählte ihr von dem Erlebnis der Gesprächsrunde vom Mittag. Er war zu einem öffentlichen Gespräch über den Umgang mit der Geschichte der Schule eingeladen worden. Ihn bedrückte die klagende Stimmung der meisten Teilnehmer. Gisela meinte: Das musst du verstehen. Es ist nicht leicht für die Menschen, die hier 40 Jahre gelebt haben und jetzt das Gefühl haben müssen, sie hätten sich zu rechtfertigen für ein Leben in der DDR.

Ich kann dir einiges von mir erzählen: Den Sprung, den ihr damals gemacht hattet, den mussten wir 1990 machen. Gleich nach der Wende bin ich zufällig bei der CDU gelandet, im Senioren-Club. Mit denen habe ich schöne Fahrten gemacht, nach Königswinter und nach Bonn. Aber was ich nicht mag, das ist der Fanatismus einiger Ost-CDU-Leute gegen die DDR. Als wir einmal in Weimar waren, habe ich gesagt: »Ach, guckt mal, hier gibt es noch DDR-Brötchen«, im Schaufenster war das angeschlagen. Da fauchte mich einer an: »Ich will das Wort nicht mehr hören.« – »Moment mal, das waren unsere Brötchen, und die waren auch besser.«

Reinhard erhob sein Glas mit Beaujolais: Gisela, du solltest gar keine Brötchen essen, DDR hin, DDR her. Beaujolais ist besser. Dietrich setzte seine Sympathie für DDR-Brötchen dagegen: Es lebe die Storkower Landbäckerei und die Brötchen von früher, die anderen sind aufgeblasen, angestrichen. Prost. Gisela erzählte weiter:

Mir fällt gerade ein, weil es schon spät ist … Ich guckte so um diese Zeit ins Fernsehen, als die Mauer fiel. Da sagte doch so ein junger Mann: Wer jetzt schläft, der ist tot. Du Idiot, habe ich gedacht, es gibt auch Leute, die arbeiten müssen. Mich hat auch geärgert, dass vor der Wende so viele von uns abgehauen sind. Die DDR-Bürger in der Prager Botschaft, das hat mich emotional berührt, sicher, aber wir können doch nicht alle abhauen, *hier* muss sich was ändern, so habe ich damals gedacht. Und überhaupt, wenn ich immer wieder höre, wir waren eingesperrt. Ich habe das nicht so empfunden. Das Leben war so. Es war nicht schlecht. Ich war die typische DDR-Normalität. Ich bin damit gut gefahren.

Bei einem Besuch aus dem Westen beklagte sich ein Verwandter aus der DDR über den Mangel bei uns. Da habe ich ihn gefragt: »Du hast einen Kühlschrank, eine Waschmaschine, einen Herd, du hast ein Auto, einen Škoda, was willst du?« Der West-Besuch hatte dann meinen Verwandten gefragt: »Sag mal, ist Gisela Kommunistin?« Was ist das denn für ein Denken?

Sicher, ich habe viel verdrängt. Sonst wäre es gar nicht gegangen. Ich hatte mir eine Haltung zurechtgelegt: Abwarten, wie es wird. Nicht mehr auffallen. Ein Bewerbungsgespräch für die SED hatte ich nie. Ich wäre auch nicht reingegangen. In die DSF (Deutsch-Sowjetische Freundschaft) bin ich bewusst nicht reingegangen. Mein Vater ist bei den Kämpfen auf den Seelower Höhen gefallen. Als Kind dachte ich: Die haben meinen Vater erschossen. Ich wusste, das galt für andere auch. Aber es war mein Vater. Ich hatte eine miese Kindheit. Mutter krank, Vater tot. Erst in den 80er-Jahren bin ich eingetreten, weil ich dem »Kollektiv der sozialistischen Arbeit« den finanziellen Erfolg nicht verderben wollte. Als Mitglied des Kollektivs musste man der DSF angehören. Ich wollte keine Funktion haben. Im Gesundheitswesen war das eher möglich. Zur Mai-Demonstration z. B. bin ich nicht gegangen, ich habe mich zum Bereitschaftsdienst gemeldet. Ich bin ideologisch untergetaucht. Damit habe ich gelebt. So ging es.

Die Stasi existierte, ja, aber ich habe das alles nicht so verbissen gesehen. Wenn mehrere von uns zusammenstanden, dann haben wir uns im Spaß gesagt: So, von uns ist einer bei der Stasi, denn wir hatten im Kopf, jeder Vierte gehört zu dieser Firma.

Und jetzt sind wir Rentner. Manchmal ist es schwer, ich muss mich einschränken. Viel ist es nicht. Es reicht. Was ich aber nicht leiden kann, das ist das Überstülpen. Diese neue Art von Sprache, die von uns verlangt wird. Ich sehe das nicht ein. Sage ich Kollektiv statt Team, werde ich ausgelacht.

Reinhard lachte in sich hinein: Ein Kollektiv waren wir nicht, ein Team waren wir auch nicht. Wir waren wir. Und da sagen sie: Was haben die schon gemacht, die Schüler in Storkow. Ja, sicher, was haben wir schon gemacht. Aber sie haben es nicht gemacht.

Anmerkungen

1 MfSZA, S. 1.
2 MfSZA, S. 2.
3 MfSZA, S. 3.
4 MfSZA, S. 4.
5 RIAS-Archiv. Auch alle folgenden RIAS-Texte in diesem Kapitel.
6 AP, Dr. Endre Marton, 26. Oktober 1956 (im RIAS-Archiv nicht erhalten).
7 In: Leben Singen Kämpfen, Liederbuch der Deutschen Jugend, Berlin, 1954, Seite 125.
8 BLHA, Seite 27–28.
9 BLHA, Seite 38.
10 Text und Musik von Reinhold Limberg, in: Leben Singen Kämpfen, Liederbuch der deutschen Jugend, herausgegeben vom Zentralrat der Freien Deutschen Jugend, Berlin 1954, Seite 38.
11 Franz Becker, Die große Wende in einer kleinen Stadt, Berlin 1980, Seite 460.
12 In: Seht, Großes wird vollbracht, Ein Leseheft zum 15. Jahrestag der Gründung der Deutschen Demokratischen Republik, Berlin 1964, Seite 65.
13 Gerd Rühle, Das dritte Reich, Dokumentarische Darstellung des Aufbaues der Nation, Das erste Jahr, 1933, Berlin 1934, Seite 113.
14 Text: Heinrich Arnolf, in: Leben Singen Kämpfen, Liederbuch der deutschen Jugend, Berlin 1954, Seite 188.
15 Zitiert nach Fritz Klein, Deutschland 1918, Berlin 1962, Seite 188.
16 Lied aus dem spanischen Freiheitskampf vom Thälmann-Batallion, Musik: Paul Dessau.
17 POSS 1956.
18 Zitiert nach: WAZ, 5. 10. 1956.
19 BLHA, Seite 38, Bericht über die Ereignisse an der Oberschule in Storkow, Frankfurt (Oder), 11. 1. 1957.
20 POSS 1956.
21 MfSZA, ohne Seitenangabe, Extraeinlage.
22 MfSZA, Seite 26.
23 BLHA, Seite, 26, 8. 1. 1957.
24 POSS 1956.
25 BLHA, Seite 39.
26 MfSZA, Seite 23.
27 MfSZA, Seite 22.
28 Ebenda.
29 BLHA, Seite 34–35.
30 MfSZA, Seite 51.
31 BLHA, Seite 38.
32 BLHA, Seite 9–11.
33 BLHA, Seite 30–31.
34 BLHA, Seite 32.
35 BLHA, Seite 33.
36 MfSZA, Seite 56.
37 MfSZA, Seite 3.

38 Ebenda.
39 BLHA, Seite 39.
40 POSS 1956.
41 POSS 1956.
42 POSS 1956.
43 Ebenda.
44 BLHA, Seite 41.
45 Ebenda.
46 BLHA, Seite 40.
47 BLHA, Seite 26.
48 BLHA, Seite 27.
49 BLHA, Seite 57.
50 BLHA, Seite 27.
51 MfSZA, Seite 56.
52 BLHA, Seite 18.
53 Text: Hermann Claudius, Musik: Michael Englert (1921), in: Leben Singen Kämpfen, Liederbuch der deutschen Jugend, Berlin 1954, Seite 204.
54 MfSZA, Seite 119–120: RIAS-Interview vom 2. Januar 1957.
55 MfSZA, Seite 114, 5. 1. 1957, Sender Freies Berlin.
56 POSS 1956.
57 Archiv Georg Schwerz.
58 BLHA, Seite 36.
59 POSS 1956.
60 MfSZA, Seite 22.
61 Archiv Georg Schwerz.
62 POSS 1956.
63 BLHA, Seite 20.
64 POSS 1956.
65 Die Verfassung der Deutschen Demokratischen Republik, hrsg. vom Amt für Information der Regierung der Deutschen Demokratischen Republik, o. J.
66 MfSZA, Seite 67, andere Belege Seite 53,59, 66.
67 Ebenda.
68 POSS 1956.
69 Ebenda.
70 Ebenda.
71 Ebenda.
72 Interview in SAT 1 am 20. September 1996.
73 POSS 1956.
74 Ebenda.
75 Ebenda.
76 BLHA, Seite 46.
77 MfSZA, Seite 13.
78 BLHA, Seite 22.
79 MfSZA, Seite 79.
80 BLHA, Seite 28.
81 BLHA, Seite 54.
82 MfSZA, Seite 10–11.
83 MfSZA, Seite 52.
84 MfSZA, Seite 55.
85 Ebenda.
86 BSAPM, Seite 47/48.
87 BLHA, Seite 46, Lagebericht vom 23. 1. 1957.
88 KAB.
89 Ebenda.
90 BLHA, Seite 63.
91 Ebenda.
92 BLHA, Seite 64.
93 »Die Welt«, 24. 1. 1957.
94 MfSZA, Seite 95.
95 MfSZA, Seite 90.
96 MfSZA, Seite 91–92.
97 BLHA, Seite, 27.
98 Ebenda.
99 Ebenda.
100 BLHA, Seite 43.
101 MfSZA, Seite 2.
102 MfSZA, Seite 56–57.
103 MfSZA, Seite 13.
104 BLHA, Seite 23.
105 Ebenda.
106 BLHA, Seite 41.
107 BLHA, Seite 25.
108 Ebenda.
109 BLHA, Seite 50.
110 MfSZA, Seite 6.

111 BLHA, Seite 18.
112 MfSZA, Seite 15.
113 MfSZA, Seite 51.
114 MfSZA, Seite 10.
115 BSAPM, Seite 47–48.
116 BLHA, Seite 25.
117 BLHA, Seite 14.
118 BSAPM, Seite 45.
119 MfSZA, Seite 15–16.
120 BLHA, Seite 63.
121 MfSZA, Seite 102.
122 BLHA, Seite 59.

Quellen

Archiv des Deutschlandradios im Funkhaus Berlin, RIAS, Tondokumente mit Sendedatum. Zitiert als: RIAS

Brandenburgisches Landeshauptarchiv, Rep. 730 SED-Bezirksleitung Frankfurt/Oder, Nr. 1025. Zitiert als: BLHA

Kreisarchiv Beeskow, Lagebericht. Zitiert als: KAB

Märkische Oderzeitung. Zitiert als: MOZ

Mfs Zentralarchiv, Der Bundesbeauftragte für die Unterlagen des Staatssicherheitsdienstes der ehemaligen Deutschen Demokratischen Republik – Zentralarchiv, 8801/57. Zitiert als: MfSZA

Neues Deutschland. Zitiert als: ND

Projektgruppe Oberschule Storkow 1956, Gesamtschule Storkow unter Leitung von Erich und Ursula Oehring, Gespräch mit Georg Schwerz 1994. Zitiert als: POSS 1956

Stiftung Archiv der Parteien und Massenorganisationen der DDR im Bundesarchiv, SAPMO-BArch, DY 30/IV 2/9.02/40. Zitiert als: BSAPM

Verschiedene Zeitungen und Zeitschriften 1956/57

Abbildungen

Alle © privat außer
Nr. 10, 12: © UllsteinBild;
Nr. 13: © Bauer-Verlag, Hamburg;
Nr. 15: © dpa – Bildarchiv;
Nr. 16, 17, 21: © Schermer/Archiv der Stadt Bensheim
Nr. 25, 26: Dr. Tomas Kittan, Berlin